林雁君 著

回到故乡的岸边

——林雁君作品集

眺望年少
回首年华
故乡，是故事开始的地方
·············

百花洲文艺出版社
HUAZHOU LITERATURE AND ART PRESS

图书在版编目（CIP）数据

回到故乡的岸边：林雁君作品集 / 林雁君著. ——
南昌：百花洲文艺出版社，2023.8
ISBN 978-7-5500-5224-6

Ⅰ.①回⋯　Ⅱ.①林⋯　Ⅲ.①散文集—中国—当代②
小说集—中国—当代③诗集—中国—当代　Ⅳ.
①I217.2

中国国家版本馆CIP数据核字（2023）第131941号

回到故乡的岸边：林雁君作品集

HUIDAO GUXIANG DE AN BIAN：LIN YANJUN ZUOPINJI

林雁君　著

出 版 人　　陈　波
责任编辑　　郝玮刚　蔡央扬
封面设计　　辉汉文化
出版发行　　百花洲文艺出版社
社　　址　　南昌市红谷滩区世贸路898号博能中心一期A座20楼
邮　　编　　330038
经　　销　　全国新华书店
印　　刷　　成都勤德印务有限公司
开　　本　　880mm×1230mm　1/32　　　　印张　9.5
版　　次　　2023年8月第1版
印　　次　　2023年8月第1次印刷
字　　数　　220千字
书　　号　　ISBN 978-7-5500-5224-6
定　　价　　52.00元

赣版权登字　　05-2023-177

网　　址　　http://www.bhzwy.com
图书若有印装错误，影响阅读，可向承印厂联系调换。

自　序

◎林雁君

　　自媒体写作兴起的这些年对于热爱写作的我来说，文字有了新的"去处"，发旧作、写新作，朴素的文字，居然受到了很多读者的支持，于是儿时的作家梦似乎被"唤醒"，有了出文集的想法。在众多人的关心下，也经历了很多的困难，我的拙作《回到故乡的岸边》，终于和大家见面了。

　　我幼时因小儿麻痹症致肢残，年少时，摇晃的身体、艰难的行走，残疾，要比健全人付出更多的毅力和勇气，去跨越生命的荆棘。那时我的内心自卑而又敏感，读读写写，成了孤独世界里的"出口"，也写满了对残缺命运的不甘心。这一路上，我是倔强的，我不愿被命运扼住喉咙，我想挣脱、想改变，尽管身体上遭受困顿，但哪怕是有一点点希望，我都要努力改变这困苦的命运。

　　二十岁那年，我有了一家自己的书店，但随着"脊髓灰质炎症"的后遗症，我的右腿肌肉在逐渐萎缩，左右腿长短不一，手按压着那肢无力的腿，才能艰难地行走，裤腿也被手搓磨破，脊柱也变得侧弯。吃力的步伐，让我常常是汗水淋漓，我想治疗腿疾的愿望梗在心头"呐喊"。年少时，面对为生活重担压得脾气暴躁的父亲，我很想去找到离开家的母亲，问她可不可以带我去看病；我曾无数次梦想着，自己能够找到那个能医治我腿疾的医生，我想问一问，可不可以把我变得和别人一样；八岁，我的发小丽带着我走了三个多小时的山路，找到了县医院，在夕阳西下的围墙边，我们两个小屁孩没有遇到想见的"白大褂"。

在那个年代的农村，父辈为了生计和养育一大家子已花光所有的精力，能够把我们兄弟姐妹几个养活已不易，顾不上我的腿病。可是，我那肢无力的腿啊！摔倒、爬起，爬起、摔倒，在一年又一年的时间里，等着医治。

我自己终于储存了一点积蓄，在亲人和朋友的帮助下，联系到了医院，医生说："尽管已不是最佳治疗的年龄，但可以改变手按压着腿走路，缓解脊椎侧弯程度，改善腿行动力……"我静静地听着医生分析，平静的外表下，心脏在怦怦跳动，我已等了二十多年，想到自己艰难的每一步，我的泪水忍不住滴落而下。

于是，我开始了长达三年的儿麻矫正治疗。那三年里，我共历经了五次儿麻矫正大手术，只有经历过的人才能知道，那种断骨、矫正、拉骨的痛苦。但是，在每次手术麻醉过后的痛不欲生、身体不能侧翻、夜不能寐的时间里，我居然没有因为痛而掉过一滴眼泪。漫漫长夜，我读诗集，我读到诗人艾青那句"天快要亮了！"我也在"战斗"！迎着窗外每个渐亮的晨色，我的心里充满了期待。我躺着写作，有时趴在床上写作，写满一本本与病痛达成和解的日记，写满了一个少女对未来美好生活的憧憬。

记得一位老师说："少年的记忆，是一个作家的宝藏。"我时常梦见自己坐在故乡的岸边，仍是年少的模样，秋天的山脚下，我一深一浅的脚印，仍会把落叶踩出"咔吱、咔吱"的声响。春有杜鹃红，秋有稻草黄，溪水边有大水牛在吃草，天空上还有排队阵的大雁，我的"玩伴"很多，我想，因为去抒写，年少的我，才不会孤单。生活的波澜，也给予了我生命不一样的感悟，写作在寻求"出口"，它抚平疼痛，也指引我向着远方。读读写写能让我贮备知识的力量，懂得在残缺的生命里寻找自己的光亮。

生活是所有创作的源泉，给了我深刻感悟的还有"心灵馨残疾人艺术团"。我是在二〇一三年一月遇到了比我更不易的"他们"，在公益帮助两年后，我辞去了自己稳定的工作，全职接任了残疾人艺术团的工作。残疾人文化服务工作很辛苦，但是，我是他们，他们是我，我知道，这会是一份有意义的事业。因为渴望温暖，所以更懂得如何去付出温暖，我想用我小小的力量，再去带动一些力量，去帮助他们实现艺术梦想，迈向更大的舞台。在十来年的青春拼搏里，我没有偷懒，没有忘记初心，我一路颠簸着向前，残疾人文化艺术之花悄然绽放，在掌声雷动的那一刻，是生命在感动生命。尽管繁忙的工作让我停下写作，但我收获了太多深刻的生命故事，那些不屈服于命运、同样高贵的灵魂，蕴藏在我心里，我知道，终有一天，它会跃然在纸上。

而今，我走了很长的一段路，我似乎走出了那片孤独的荒野地，残缺的身体，束缚不住我自由的灵魂。也许是因为艰难与动荡，我才更倾于描述温暖与安宁，在眺望与回首之间，站在故乡的岸边，命运里所有的"喧嚣"已平静，我欣喜看见，一个依然简单、朴素的自己。行至半路，对文学的求知学习欲却越发强烈，我期待时间能慢下来，留那么一点空间，整理那些生命故事

——我的，和我身边人的，在脊椎炎疼痛不来"光顾"时，用文字去搓暖每个寒冬的小小角落。我缓缓敞开回忆，我看见残疾人朋友们在舞台上那自信的笑容，我不后悔我的写作才刚刚开始。

这是我整理的第一本实体书，内心有欣喜，也有怕忙碌中疏漏的惶恐，请读者海涵。文字还在流淌，我感谢在自媒体上鼓励过我的每一位读者，还有那些给予我温暖的人，因为您，我才有写下去的勇气。

二〇二三年六月二十五日

目录

散　文

故　事

小　说

散文

炊烟从屋顶袅袅升腾，
宛如一条透明的白柔纱，
丝丝缕缕弥漫出从前的记忆……

父亲和鱼

八年前的那个秋天，一向健壮的父亲突发脑梗死，一病不起。在他瘫痪卧床的这八年里，他的大脑开始一点点地萎缩，记忆一步步地模糊，他依稀记得我们兄弟姐妹几个小时候成长的片段，和在那个饭都吃不饱的年代，无父长子的他撑起整个家的艰苦岁月。

然而，只要他那双眼睛还能看着我，喊出我的名字，我就还能感受到父爱，在这个世界上，我依然是有父亲的人。

小时候家乡的那个村子，因为靠海，村民们大多以打鱼为生，父亲也是。

印象中，父亲的手掌特别大，因为常年打鱼撒网、补网、做农活，父亲的手显得大而粗壮，也正是这双手，撑起了一家人的生活，也帮助几个兄弟姐妹成家立业。

父亲的手艺极巧，他会编织很多的农具，扫把、畚斗、竹筐等，手艺活在村里很有名气，然而比手艺活更出名的是他的硬脾气。小时候，父母因生活琐事经常吵架，一吵架，父亲就会扔东西，盘子、椅子、碗，屋里的生活用品都想拿来出气，父亲生气时的脾气是极坏的，母亲终于有一天离开了家，去了外地打工，那一年，我 10 岁，弟弟 4 岁。

母亲不在家后，父亲脾气更坏了，常常因一点小事对我们发火，打鱼回来，如果我们没有及时把米饭煮好，他会把铝锅盖扔在地上用脚猛力踩扁，若有一边缘仍有凸着的地方，似乎就像他的气未出完，必须踩到扁平为止。以前做饭不像现在方便，是土灶的，柴火慢慢煮，还得控制火候，大火、小火煮透三次，才能吃。那时候，我和妹妹因为年纪小，没控制好火候，常常把米饭煮煳，心里很害怕父亲回来又发脾气，我们就会藏在父亲找不到的地方，等父亲赶码头的时间到了，他前脚出门，我们后脚回家，经常是饿得饥肠辘辘，回家啃啃烧煳的锅巴饭充饥。

现在回想，记忆中的柴火饭依然是很香的！

打鱼的时间随着潮汐变化而变化，父亲回来有时是深夜，他会喊我们起来，和他一起把打来的鱼分好类，第二天早上好拿到菜场卖，有时碰到冬天夜里特别冷，我们姐妹几个会在暖暖的被窝里拖着不肯起床，他就会拿着扁担在木楼板上使劲地敲，大声地喊着我们的小名："起来不起来、起来不起来……"父亲的大嗓门，似乎全村的人都要被他喊醒。

那时候，我们不理解父亲，也很怕父亲，直到今天我们自己做了父母，才明白生活的不易，父亲要及时吃好饭，才能赶上出海的时间，那些一小筐一小筐分好的鱼，上早市卖的钱，都是我们姐弟几个上学的学费。

父亲不发脾气的时候，他很热心，他会把编织的农用品送给村里的老人们，会把前几天发脾气摔坏的竹椅修好，把踩坏的铝锅盖一点一点地敲回去……

补补修修，也许就是父辈们对劳苦生活的宣泄与和解。

母亲去了外地后，卖鱼的工作就落到我们姐妹身上，要是过了早集市的时间，我们就要去村里叫卖，常常是我提大篮子，妹妹提小篮子，两个十岁出头的小姑娘不敢喊出声，两姐妹就商量轮流着数次数，我喊几声、她喊几声，我和妹妹提着篮子就在村里的小路上来回地走着，用稚嫩的声音喊着："卖新鲜的鱼，有虾、有小螃蟹……"

印象最深的是，每年的暑假，都会是"包头鱼"收获期，"包头鱼"头很大，烧起来腥味重，所以卖不了好价钱，我印象中是最难卖的鱼之一。

记得有一年，那天的父亲一网整整收了两大箩筐的包头鱼，因为他还要撒一次网，他让一起打鱼的阿丘叔叔带了回来，让我和妹妹拿到四公里外的大菜市场去卖。两大箩筐的包头鱼放在自行车上，车头尾失重，我们怎么也拖不动。好心的阿丘叔叔帮我们把两大箩筐的包头鱼送到大集市。妹妹和我骑着自行车，瘦弱的我们不甘掉队，紧跟在后面，外衣被风吹得鼓鼓的，追得气喘吁吁，终于赶上了阿丘叔叔。

夕阳的晚霞把大集市的大门口映得通红明亮。

因刚好快到傍晚菜市时间，很多人在那里等渔夫的新鲜鱼，阿丘叔叔把我们送到菜场门口就赶船去了，走的时候还不忘帮我们大声吆喝了几句："新鲜的包头鱼到啦……"

菜场口围来好多人，"小姑娘！这鱼多少钱一斤？挺新鲜的……"

糟了！我忘了问父亲多少钱一斤了！

平时一块三的，今天就卖一块好了！

我猛说："一块钱一斤，一块钱一斤。"心里想着已是傍晚，便宜点卖得快……

一下子，来了好多人，我称重量，妹妹收钱，然后又拥来好多人，全都在那里抢，年少的我们心里都慌了，都不知道怎么称了，一条好大好大的包头鱼，放在杆秤上，秤杆都是猛地跳起来，然后都说是一斤、一斤！

拥挤中，我看到有人拿走了还没给钱，我拿着秤追了过去，人群中我听到有好心人帮我一起喊住那个没给钱的人，心里特别地感动。

每每想起这段往事，我的眼里依然会噙满泪花，生活不易，但年少时的磨砺，也锻炼了我们姐妹坚韧的品格。

人群渐渐散去，两箩筐的鱼全部卖完了，我和妹妹蹲在落满了鱼鳞片的箩筐旁数钱。妹妹的马尾上粘了许多的鱼鳞片。两大箩筐的包头鱼，我们只卖了四十多元钱。

天已渐渐黑下来，初夏柔和的风一阵阵吹过，摇晃着梧桐树繁密的树枝末梢，哗、哗、哗作响！

鱼少卖钱了，怎么办呢？

我有些想哭，心里很害怕，又难过，觉得对不起父亲的辛劳。

回到家，父亲刚回来不久，他问我卖了多少钱，我说："只卖了四十多元！"

那一次，严厉的父亲居然没有对我们发脾气，只是轻轻地说了一句："吃饭吧！"

小时候，总是特别羡慕同学，他们可以不用卖鱼，可以到处疯玩，我们比起同龄人过早地承担起生活里的各种角色，从小在艰苦的环境里成长，生活也锻炼了我们。

小时候的父亲是严厉的，我和妹妹曾梦想着逃离，但终究未逃离。

每个人的童年都是一本书吧，就好像每片白云都有着它不同的故事。

尽管父亲是严厉的，但我们依然有着很多的快乐。父亲碰到打鱼"大丰收"时，偶尔会让我们吃到软壳的蝤蠓（梭子蟹）、大虾，新鲜到还能叫出声的小黄鱼，这些东西在现在可是"珍品"，很难吃到了。父亲会用农家的老酒炖蝤蠓，每个人分一些，剩下的老酒给这个女儿喝一点、那个女儿喝一点，我们这几个姐妹的酒量就这样日渐增长！父亲看看我们一个个红扑扑的小脸蛋，就笑得特别开心，那是我们和父亲最开心的时候。

记忆中，父亲最爱喝老家自制的米酒，经常抿得唇间咂咂作响，眯着眼，回味那股醇香，那表情神态，仍清晰地在我脑海中。仿佛只要他抿着那酒香，一切的辛苦都能过去。

前些年，父亲还健壮时，每次去看他，在车里远远就能看见他站在村口，脸朝着我车子开来的方向，望着一辆辆车子经过，等得那么有耐心。忽然间，我看到那个曾经脾气暴躁的父亲，变得安静慈和，心里对自己说，等有时间就带他去外面多走走。

然后，世间并不是什么事情都可以等，健壮的父亲说倒下就倒下了。

记得他多次跟我说："你要多去看看老家，那是祖祖辈辈留下的根。"

现在车子偶尔经过曾是故乡的地方，因村拆迁，已是一片废墟、满目萧然。想到那里有我回不去的故乡和来不及孝敬的人，我顿时热泪盈眶。

"父母在，人生尚有来处；父母去，人生只剩归途。"

我望着病床上的父亲，他一双粗大的手耷拉在被角上，已没有了当年撒网打鱼时的威力，眼神再也不复当年发脾气时的犀利，扎针、吃药会哭得像个孩子，有时候会哭着说，那个他当宝贝的农具用品，藏在某个地方了，千万不要扔了呀……

他在回忆生命里重要的东西，又似乎在跟他生命里重要的东西，一样样地道别。

然而，我是多么希望他能像以前一样在我身边走来走去，哪怕是对我发发脾气。真希望这辈子的父爱再久一点、再久一些。

二　　叔

每年的清明前夕，细雨总是纷纷的，柔软又绵长，这是暮春之际，人们对已故亲人长长的思念。

记得那一天是 4 月 28 日，平时龙骧虎步的二叔说没就没了。

他静静地躺在那里，像睡着了一样，我感觉一切那么不真实，好像在梦里，似乎等梦醒了，一切又将安然无恙。

那天夜雨如丝，关于二叔的回忆往事一幕幕呈现在脑海。我闭上眼睛，骑着蓝色凤凰自行车的二叔，对我笑着；可是，当我睁开湿润的眼睛，二叔躺在那里，一动也不动……

如果说我们的生活总是先苦后甜，那么，那个年代经历过抗日战争、生活坎坷的二叔，65 岁，生活上的充盈才刚刚开始啊！

记得父亲说过，二叔刚出生几个月大时，日本鬼子经常进村烧杀抢掠，村民们，特别是女人们，偷偷藏在一个破巷子里的墙洞里，或是逃到山坳里，有些躲在沟渠边的岩石缝后，奶奶来不及抱走坐在木椅里的二叔，等日本人走后，奶奶一路哭跑回来，以为二叔已遭不测，家里牲畜、粮食被抢光，幸二叔安然无恙，乡亲们都说，日本人凶恶，这娃儿真是命大。

二叔是父亲三兄弟中的老二，因爷爷生病走得早，他和父亲一起成了家里的顶梁柱，从小跟着父亲忙农活，跟在父亲旁边当帮手，因从小干体力活，虽个子不高，但却长得特别壮实，相貌堂堂，气质威凛，挑担谷子的速度在村里小伙子中是佼佼者，村里村外都有媒人给他介绍姑娘。

在父亲的操持下，老宅盖起了新楼房，二叔成了家。

二叔的脾气有些急躁，父亲也是，奶奶曾说，这脾气像爷爷，都是石头似的硬汉子。我不曾见过爷爷，但是每当听长辈们讲他，脑子里总会刻画出他严厉的模样，从父亲、二叔的表情里也能感受到他们对爷爷的敬重。

二叔育有一子一女，为了生计，他和婶婶一家人搬到了婶婶娘家附近，因为房子未落实，孩子户口不在当地，两个孩子读书都是花钱进学校读的，一家四口靠二叔一人维持。经过几年的打拼，二叔终于在当地买了房子，生活渐渐走上上坡路。

本以为生活可以越来越好了，但是二叔唯一的儿子叛逆期没学好，跟了社会上的混混，几年荒废下来，还进了监狱。一待就是七八年，从来不掉泪的二叔，那时头顶上头发白了一半。

眼看孩子快要刑满释放，生活有了新的盼头，他的女婿却因过失伤人也进了监狱，也被判了七八年。

生活不如意，二叔的头发全白了。

我成家有了孩子，后来搬出了老家，与二叔的联系渐渐变少，每年正月、清明等日子，亲人们才有时间聚在一起。印象中，不管生活如何变化，二叔一直未学开车，他一直骑着那辆蓝色的凤凰自行车，节俭又朴素，风里来雨里去，在时间的流逝中，二叔渐渐苍老。

清明祭祖时，他会早早地去菜市场，买最新鲜的菜，祭祖下山后，他自己掌勺，烧给亲人们吃。大家有说有笑，那时是亲人们相聚最开心的时候。

二叔的儿子回来后，他希望儿子洗心革面，但现实并不如他所愿，儿子仍在外面折腾了好几年，近些日子终于平静成熟些了，接着二叔的女婿也回来了。

二叔说，一家人终于吃上团圆饭了！这样的幸福场景，二叔等了十几年！

前两年，老家农村整改拆迁，二叔老家的房子拆迁了，多年前在镇上买的房子也被拆迁。

拆迁后一次回老家，碰到二叔在老房子的废墟边转悠，

我望着他的背影，仿佛从前的老屋仍立在身旁，炊烟从屋顶袅袅升腾，宛如一条透明的白柔纱，丝丝缕缕弥漫出从前的记忆。老屋墙壁上的一道道画痕，画满了孩子成长的回忆，那扇虚掩着的木门，推推拉拉都会咯吱一声，仿佛奶奶在问："谁啊，是二娃子回来了吗?"

斑驳的记忆喷薄而出，萦绕在心头，我望着二叔的背影，二叔望着已是废墟的老宅，这里承载着我们来时的路，也寄托着眼前这位老人对生命的守候。

二叔买了新房子，我一直觉得他可以享福了，甚至觉得他会有很多的时间去享清福。

可是，等我们这些晚辈们知道二叔的病时，他的病已是晚期，不到几个月的时间，他从一位很壮实的男人，变成一个面黄肌瘦的老头。

那天出院，他们家的新房子还在装修，把二叔送到了拆迁办配给的老人屋，那间老人屋其实是一间被征迁未拆除的四层楼民房的一楼，二叔就躺在那简陋的房间里。

那天，我和姐姐过去，二叔已吃不下任何东西，病痛已在吞噬着二叔的每一寸肤骨，消瘦的他，骨子里却仍然是个硬汉子，他没有落一滴泪，只是被病痛折磨到不行时，他会喊叫一句，看到此情此景，我退到屋外，泪如雨下。

我们姐妹轮流给二叔双腿按摩，帮助他舒缓一些疼痛，我心里明白，二叔即将离开我们。

二叔劳苦一生，为操持家庭付出了他全部的生命力，而如

今，他的生命走到了尽头，他这一生所创造的财富都留给了孩子，最后自己却在这个破旧的房间里与生命告别，什么也带不走，想到这个，我的眼泪就掉下来。

第二天夜里，二叔走了，带着他太仓促坎坷的一生，从此没有了尘世的纷繁喧嚣，没有了人生的酸甜苦辣，没有了沧桑的岁月。在没有病痛的那个世界里，二叔您要好好享福！

有时我在夜晚遥望天空，想起书上占卜人说的话："天上的星和地下的人一般多，每个人都有自己的星宿，亲人去世了，那颗属于他的星就滑落下来。"

但是亲人，永远是心里的一颗不落的星星！

出　口

　　小时候，因为腿疾，我上不了体育课，我常常坐在教室的窗口发呆，看着同学们在操场上个个像马儿一样欢快地奔跑着，我心里很自卑，也很羡慕同学。我常常只能和自己交谈，久而久之，我开始与自己对话，于是，我把自己的自卑、无助、孤独、羡慕，都写在了作文里，成了那时候与这个世界交谈的一种方式。

　　有一天，语文老师拿着我的作文朗读给全班的同学听，并表扬了我，看到老师和同学用肯定的眼神看着我，我的泪水不自觉地夺眶而出，写，让那时候那个自卑的我有了存在感，我开始学会与生活对话。

　　对于身体行动上有禁锢的我来说，写作成为我心灵上的救赎，在受限的身体面前，我感到我的内心是丰盈和完整的，它为我困顿的生活打开了一扇窗，它是一个出口，在人生漫漫黑夜里，成为指引的灯塔。

　　在二十世纪八十年代初的农村，那是刚解决温饱的年代，生活物品和书籍极度缺乏，除了学校发的几本教科书外，我也没有钱再买别的书，阅读是有限的，有时候，意外获得一本破旧的《故事会》，如获珍宝，看了一遍又一遍，那是现实生活之外的生动故事。我时常走路时都会在想，故事里的人物命运后来会什么样呢？如果我是写作者，我会希望它是一个什么样的结局呢？

　　那时，数学不好的我，紧紧抓住能增加自信的语文写作这根稻草，把年少时的自卑和迷茫，生活里的小倔强都写到文章里去。

春有杜鹃红，秋有稻草黄，溪水边有大水牛在吃草，天空上还有排队阵的大雁，我觉得我的"玩伴"很多，我想，因为有写作，我残缺的身体和年少的心灵，才不会孤单。

春花秋月，四季轮回，花开有异，我们每个人都按照自己的节奏行走于人世间。

从一周岁感染"脊髓灰质炎"后，我的右肢落下残疾，生活里，我吃尽了不能正常行走的苦，那时我做梦都想着能去大医院看病。二十岁那年，我终于如愿被推进手术室，经历了五次儿麻矫正大手术，当疼痛折磨得我整夜整夜不能睡时，我居然没有因为疼痛而流过一滴眼泪，漫漫长夜，我读诗集，读到艾青那句"天快要亮了！"我也在"战斗"。看着窗外渐亮的晨色，我的心里充满了期待，我写日记，写满一本本与病痛达成和解的日记，写满了一个少女对未来美好生活的憧憬。

生活波澜，但写作，给予了我心灵上的平静，我慢慢了解自己，悠悠岁月，回过头来与自己交谈，与命运握手，与生活里的不如意和解。诗歌、散文、小说，似心里的一朵朵小花，慢慢地点缀在平凡的生活里。

文字的轨迹是生活的轨迹，这么多年来，尽管为生活奔波忙碌，但写作仍是心底里的一轮白月光，走走停停、停停走走，它一直泛着银光，照亮我前进的路。

记得村上春树在《1973年的弹子球》里讲过这样一句话："事物必须兼具入口和出口，此外别无选择。"就好像来到世间的人，被岁月磨砺，经历苦，也渐渐平静地看待苦，秋风冷雨里，体验生命可贵，憧憬美好希望。我虽柔弱但倔强，虽渺小也会有光芒，写作大概就是这么一个出口。

写作或许不能带来什么，但是时间久了会发现，与自己的灵魂交谈，让我们活得更像自己。孟子曰"良贵"，每个生命都有自己的高贵，残缺的生命也有高贵。

　　生命不是被安排，而是在追求让自己成为更好的自己时，被激励，文字就会是这样一种神奇的力量。

豆　豆

刚来单位时，那时候刚好是初夏的五月，清风柔和，树木静立，单位院子里的那棵桂花树显得格外端庄和秀气，一副养精蓄锐、蓄势待发的模样，在孕育着这一年的香气。

那时候豆豆就已在了。

豆豆是门卫阿姨养的一只小黄狗，那时刚见它，它就蹲在单位大门口，摇着浅棕色的尾巴，默不作声地凝视着我，仿佛在问我"你是谁、你是谁……?"我向来害怕狗，看着它，不敢挪动半步，再看它并没有咬我的意思，我便缓缓地挪动碎步，再轻手轻脚地走进单位的院子。

门卫阿姨说："你不用害怕，它不会咬你，有些陌生人过来，它会叫得很凶，叫得天塌下来似的，它只看看你，不出声，表示对你很友善。"

可我一直不喜欢狗，感觉狗都很凶暴。但渐渐地和豆豆熟悉了起来。

豆豆经常会在院子里到处闲窜，有时它还会追着树荫下的碎阳光嬉闹着自娱自乐，跳着无人知晓的"华尔兹"，时而站立仰面陶醉，时而滚地撒欢，看得我也感到欢畅。就如我们人一样，有些快乐适合一人回味，无须与他人分享。

豆豆有时在门口闭目养神的样子很可爱，懒懒地晒着太阳，我会蹲下来端详它，并有生第一次抚摸这种常见的动物，浅棕色外形下，一样有着生命的脉搏在跳动着，我常痴想："一个动物是带着什么使命来到这个世界的呢?"

豆豆微微睁开眼看看我,又假装睡着,它信任我,我有些感动,开始喜欢它。

刚来单位时,为了艺术团的节目内容拓展,几乎一年时间的周末、节假日都在排练,10来岁的儿子常常跟着我加班,他喜欢小动物,一直要求在家养只狗,我没答应。

看到豆豆,儿子可喜欢了,他会经常给豆豆带些好吃的,就这样,我们把豆豆给"俘虏"了。一到周末加班,离单位门口还老远,豆豆摇着浅棕色尾巴就开始对着阿姨叫,示意阿姨开门,进来后,就咬咬我的裙角,追着孩子绕圈圈撒娇玩。

有时候,工作忙一连几天没瞧豆豆,进进出出,豆豆还是摇着浅棕色的尾巴在背后默默看着我。它似乎明白人脸上的情绪,像个老朋友似的,失落地在背后看着我。

时间很快,豆豆也长得很快,转眼五年的时间,豆豆从一只小黄狗,变成了一只壮实的大黄狗。而我在为工作付出了全身心努力的这五年里,变成了略显憔悴的中年女子。

开春那时,门卫阿姨说豆豆变得有些躁动,我不知道这对狗预示着什么。

记得那天是周六,我下班时天已黝黑,正逢春雨天气湿冷,我开着电瓶车往单位门口出去,豆豆跑了过来,它的嘴在我鞋面上撕拉了一下,我感觉豆豆的牙齿碰到脚背了,直接去了医院。

周末休息一天后回来上班,门卫阿姨和我说,豆豆不见了。

在注射狂犬疫苗那一个月期间,我又吐又泻,人软绵绵的,整天想睡觉,经常梦见豆豆,我仿佛看到了豆豆流下长长的泪水,伤心的眼神在我心里蔓延……

大家都不知道豆豆去了哪里,但是我知道,豆豆已不在了!

前段时间,这座城市一直下雨,雨密密地下,水渐渐地积。

又是一年初夏，我望着玻璃窗外朦胧的夜色，单位的那棵四季桂又开花了！我想起了树荫下嬉闹的豆豆，我想起了它老是摇着浅棕色的尾巴在背后看着我……

寻 光 的 人

　　一束春天的阳光在树叶间随风嬉戏，金光点点、光彩夺目，我一时惊喜，就对旁边的男孩说："你看哪，那棵树树梢间的阳光真好看呀！"

　　男孩尴尬地摇了摇头。

　　我的笑容隐去，顿时心里万分歉意，"对不起，阳光那么好看，我就顺口而出了，没注意自己的言辞……"

　　男孩说："哈哈，没关系，谢谢你告诉我外面的风景。"

　　天空湛蓝，大地绿意盎然，四季繁花摇曳，世间万物色彩斑斓。可是，他什么也看不见……

　　盲，是什么？是漆黑、是空洞、是无助？

　　山是无青、海亦无浪？

　　他们如何面对这一生漫长的黑暗！

　　我用一条黑布蒙上了眼睛，世界顿时如停电般，一片漆黑，我在家里试着摸索着做事情，十分钟后，我感觉别扭又难受，但我想再坚持下去，大概一小时，因为看不见，我整个人都很烦躁，我不能看手机，不能看书，不能看窗外的风景，我如同与光明隔离，我感觉到无助，没有安全感，甚至抽泣，我解掉了那条黑布，当明亮冲击我眼睛的那一刻，我感觉我能看到这个明亮的世界是多么幸运！

　　看不见，很苦，我只是体验黑暗一小时，而他们，是在黑暗里活一辈子。盲人，是所有残疾人中最苦的！

"你的眼睛去大医院仔细检查过吗？还有没有机会医治？"我小心翼翼地问着。

"看过，到温州眼视光医院检查过的！"

QQ的那一头很快闪来一串字，虽然他看不见，但打字的速度比我快好多，电脑操作非常娴熟。

他说："是视网膜色素变性，先天性的，父母是基因携带者，七八岁的时候还能看见一些，那时去上学还能自己骑自行车，后来视线就越来越模糊，现在已经看不到任何东西了。"

"视网膜能移植吗？"我问道。

"太细了，精确度要求非常高，将来不知道……"他感叹道。

我说："你还年轻，医学技术日益发展，说不定用不了多久，你的眼睛就能治疗。"

我的话显得苍白无力，他知道我在安慰他！

他说："现在'车灯'没了，只能靠'喇叭'了！"

我反而被他逗笑……

我上网查了下关于视网膜色素变性的资料："临床上叫脉络膜先天性的硬化，医学上目前无法医治，发生病变时期用中医可以延缓病变，早期出现夜盲，逐渐视力下降，视野缩小，最后失明。视网膜上有视细胞，是接受光信号的地方，细胞的一部分延长最后形成视神经进入颅内，视网膜目前医学上是还不能移植。"

他叫庄小俊，出生在温州的一个小县城里，父亲腿疾，母亲失明，因为母亲基因遗传，他和一对双胞胎弟弟也失明，一家5口全是残疾人，父亲在温州市区当环卫工人，艰难地维持着一家人的生计。

2010年，庄小俊最小的弟弟因为承受不了天天面对黑暗的痛苦，轻生离世，他母亲从此得了抑郁症。但是，就是在这样的一个贫疾交加的环境里，命运没有摧垮庄小俊，他凭自己的坚韧和顽强与生活的风暴共舞。

这一路上，是音乐给了他生活的力量。

庄小俊9岁那年，做环卫工作的父亲捡回一个旧的收录机，那破收录机已经不能播放磁带了，只能听广播。但是自那以后，庄小俊便天天捧着收录机，专听音乐频道。那时的他感到特别好奇，这么好听的声音是怎么发出来的？

庄小俊在盲人学校差不多7年时间，因为对音乐和声音特别敏感，就开始自学乐器，在学校他接触到了人生的第一样乐器，是一架电风琴，第一次听到琴的声音，庄小俊就被深深地吸引了。

自学的时候，他先把乐器摸透，由里到外摸清构造，然后一个音符一个音符地"爬"着找，就这样，他一边摸索，一边自学，也不识曲谱，只是单纯地爱上了一个又一个乐器，摸索着奏出一首又一首曲子。

后来庄小俊又从广播里知道了电子琴，它的声音比电风琴丰富多了，可以演奏出各种乐器的声音。那时候的庄小俊做梦都想学电子琴，他父亲知道了以后，再三考虑，决定从自己那微薄的工资里挤出一点钱，买一架电子琴。正当庄小俊高高兴兴地想着父亲买的电子琴的时候，庄爸爸却在公交车上遇见了小偷，准备买琴的900多元钱全都没了，那可是庄爸爸好几个月的工资啊！那个年代，肢残的庄爸爸当清洁工一个月的工资只有380元，钱被偷了后，庄爸爸回到家几天都吃不下饭。庄小俊想起来都感到深深的愧疚，心想如果那时候自己没要求学琴就好了。

那一年在学校，一位民间口哨培训老师来学校培训，庄小俊觉得这挺不错，又好玩又不费钱，他便跟着老师上了几节课，之后就靠读屏软件上网找视频学习，有时练习吹得腮帮发痛，吹得嘴都肿，但是因为热爱，他坚持了下来，一直练习到吹出完整的旋律。

因为看不见，他更擅长用耳朵专注去倾听，用心去感觉音乐。

他觉得乐器实在太好玩了，有时会把早餐钱省下来，一点点地攒起来去买地摊上的便宜乐器，一个个乐器摸熟，他通过自学，学会了葫芦丝、电子琴、口琴、风琴等多种乐器。

因家境困难，庄小俊初中毕业后，未去读高中，辍学了，作为家里的长子，他想帮父母减轻负担，他去学了推拿，聪明能吃苦的他，学习推拿技术也比别人学得快。

学成技艺后，记得有一次他去找工作，因为没有赶上公交末班车，身上只有 3 块钱的他，在银行自动取款机旁过了一夜。

他也曾经怨恨过命运，为了逃避家庭，他一个人跑到江苏去工作，在外打工的日子，他体会到了父母的不易，不再抱怨父母生下他。

他说："现在回想起来，父母他们也很不易，天下的父母谁不希望自己的子女好。命运是没有办法选择的，但是可以通过努力改变生活，尽管没有给予我健全的身体、好的生活条件，但是他们凭自己的努力在辛劳养育我们，这也是父爱、母爱，比起那些整天酗酒、打骂孩子的父母，我们还算是幸福的。"

出行对于盲人来说是最艰难的，一个人出行，摔倒那是太平常的事。

他说最伤心的事是有一次坐出租车，司机见他眼睛看不见，居然找的钱全是假币，回到家心痛不已。

生活中，他说他碰到过冷漠的人，但却也遇到了很多的好人，让他感受到了很多温暖。

他说记得有一次一个人坐车去湖北，同车的一个人，为了下车的时候能帮他拦一辆出租车，错过了跟客户的约定时间，被他的老板痛骂，差点丢了工作。

"到现在我们还经常有联系！"言语中，他仍有些歉意……

我说："他是一个好人，上天会奖励他碰到一个大单子的客户！"

他在QQ上回了个微笑。

记得那一年大年三十，我带了些东西去看他，他父母租住的家，其实就是一座桥下面搭的简易房，抬头与十米之外的大厦邻里相望。他没有请我进去，我不介意。

他家门前的那条小路上，蹲着很多的流浪狗，很多双锐利的眼睛在盯着我和手上提的袋子，狗向我包围过来，我进退不是，我闭着双眼立在原地，不敢挪动半步，在等他父亲出来的几分钟的时间里，我仿佛站了一个世纪，大冬天的，吓出我一身的冷汗，忽然，一阵口哨声响起，一群流浪狗仿佛是听了谁的命令，全都跑开了。

后来，他跟我说，是他把它们唤走的！

他学习声音模仿，一种声音的模仿，他可能要练习上百次，学得栩栩如生，学得惟妙惟肖，模仿刘德华、曾志伟等明星的声音，其中模仿动力火车组合的声音，实在太相似，和明星组合有了同台零距离演出的机会。他模仿动物的声音，最是出神入化，我甚至觉得他能和动物直接"对话"，有时他在屋里模仿，路上的那群流浪狗跟着一起吠喝，好玩又好笑，我想，这是他在黑暗世界里的乐趣和光明。

在推拿工作之余，庄小俊不仅学会了唱、弹、吹，还学会了音乐录音、音乐剪辑、音乐效果处理制作等等，他痴迷在他的音乐世界里，他玩得不亦乐乎，家里一个10来平方米的小房间，是他音乐创作的小天地。

他看不到这个缤纷的世界，却用双手在黑暗的世界里触摸出生活的色彩。唱着唱着，他把生活的酸甜苦辣，寂寞和孤独，都唱到歌声里，融入音韵里，演奏进音乐中。

庄小俊说："盲人也好，残疾人也罢，通过勤奋，你身上要有一个自己的强项，一样可以出彩、赢得尊重。"

盲人的生活是艰苦的，面对一辈子的黑暗，生活不是你有多坚强，然后励志给别人看；他们是生下来，要活下去，黑暗的路要靠他们自己闯关。

未来的路还很长，庄小俊还会遇到很多现实的困难，但一个人只要心中有光，一定无惧黑暗。

因为乐观，所有的磨难和挫折都会变得平静！因为乐观，他在黑暗的世界里寻找到光芒和希望！

我说："庄小俊，你若将来眼睛看得见了，你最想干啥？"

庄小俊说："如果有来生，我希望可以看见，然后拿着镜子，好好看看自己长成什么样！"

苦难今生是修行，来生你一定会看见！

桂花香满时

结束一天的忙碌，走出工作室，路上秋风徐徐拂来，空气里已满是桂花香，深吸一口，人忽感舒坦，神采飞扬，真好，又是一年桂花香飘时。

一年之中，最喜这秋天，也最喜这秋天的桂花香。"桂子月中落，天香云外飘。"秋意浓，桂花开，这城市如同洒上了淡淡的香水。

每当秋深，不管你是期待或是遗忘，桂花从来都是如期而至，仿佛是在人们忙碌的生活里，不经意间一夜绽放的。当我们寻觅那香气飘来的方向，它已是点点金黄枝满头，深吸一口，香气沁人心脾，身心舒展，疲惫全无。

我喜闻桂花，也喜摆放它。桂花正浓时，我忍不住会采几枝，理去叶子，把它插放在小杯盏里，放一盏在梳妆台，放一盏在洗手间，放一盏在案头，仿佛要把这秋天的桂子都挪进屋里，外头嗅，里头也嗅，想把桂香嗅久，把秋天嗅长，把光阴嗅得再慢一点。

夜挑灯蕊，数进浓秋几许；日梳韶华，映添银丝几缕；小城静默，荣枯何曾闲；夜幕坠地，叶影画窗糊；筝箫旧曲，往事如烟，余桂细嗅，人在谁边，同念秋。一席黑字读乱白纸，无寄处，白是悟……每当我在电脑上敲累了稿子，就会拿起它，端详那小小细细的花蕊一朵朵地绽放和舒展，每一小朵都有它的芬芳，在窗外月光如水、温柔静谧的夜晚，显得格外清丽。

就好像我们平凡的人，好好努力生活，就会有属于自己独有的芬芳。秋天的桂花，它是大自然的恩赐，给我们平淡而忙碌的生活注入了香气。生活有苦，但桂花是香甜的。

不管你是否正在经历着生活的艰难，别忘记，慢下脚步，深吸一口，嗯嗯！生活是有香味的！

故乡的米酒

　　一位老师带了两瓶绍兴米酒给我，透明的玻璃瓶里，琥珀色泽，纯正柔和，闻着酒香浓郁，有酒不醉人人自醉之态。但我不是喜酒之人，于是买了一斤乌枣，少许枸杞、冰糖，与这两瓶美酒完美地融合在了一起。

　　对于米酒，仍有一种特别的"香气"萦绕在心中，童年时的故乡，每当隆冬腊月，我的父亲，蒸着香喷喷的糯米，开始制作他最爱的米酒。

　　小时候，每到临近过年，村里是极其热闹的，长辈们一起开始捣年糕、蒸松糕，开始制作米酒，屋前屋后的炊烟里，弥漫着过年的喜悦。

　　制作米酒父亲会选用上等的糯米，晾晒几天后，把糯米洗净，放到大木蒸桶里，放上锅台，大火猛烧蒸熟，然后把它们均匀地散开摊在干净的细竹筛子上，熟糯米的香气很是诱人，父亲看见我嘴馋的样子，会让我盛上一小碗热腾腾的糯米，撒上少许桂花和白糖，吃完后，那香味一直甜在了记忆里。

　　等糯米晾开差不多时，父亲会在上面撒少许水酒曲（酒的发酵剂），然后将糯米塞进一个大的酒坛子里面，用小木棍在糯米饭的中央捣个圆圆的深洞，把剩下的水酒曲均匀地撒上去，用细绳绕住好几层盖子，再用大棉布包裹好，等待着开坛佳期。

　　等到正月客人来拜年，米酒也渐发酵好，这时候盛出来的米酒，父亲叫它生米酒，米多于酒，但酒香已浑成，父亲会自豪地向客人及朋友夸他的酒有多好。

那时父亲出海打鱼回来，偶尔会把软壳的蜻蜓、虾，炖在米酒里，疲惫时，当作营养滋补身体。

他有时在酒里打几个鸡蛋，让几个孩子也都喝上一点，于是我们的酒量就这样给练出来了，父亲看着我们个个红扑扑的小脸蛋，平时严肃的他，笑得特别开心。

等父亲空下来时，他会用干净的纱布把米酒过滤，再兑些白糖，有些讲究的人家还掺些蜂蜜，那喝起来的味道是绝佳的。

米酒的保质时间很长，父亲从春天一直喝到炎热的夏天都不改味，每到休渔期时，他会约上几个朋友，喝酒、吹牛，从中午喝到晚上，看谁的酒量最好，父亲的朋友中有几个不胜酒力，都要家人来扶着回去的。

还记得十多岁时，我被米酒喝醉过一次，印象深刻。父亲几个要好的朋友及家人们一起聚餐，那时农村不叫聚餐，叫"朋友会"，因为父亲临时有事，让我过去代餐，餐桌上都是长辈，就我一个孩子，他们问我会不会喝酒，我说我会一点点，于是长辈们倒了一小杯给我，米酒特别醇香，我也不知道哪来的勇气，一口把那杯米酒喝下，后来就不知道是什么情况了。第二天清晨，父亲朋友的女儿送我回家，她说我喝了一杯酒，就迷迷糊糊睡着了。从那以后，我有了"一杯倒"的外号。米酒虽香，小屁孩是不能贪杯的！

其实小时候，我很不喜欢听他们喝酒、吹牛的声音，感觉喝酒是件麻烦的事，要喝那么久的时间，喝了说话像吵架似的，实在太费精力了。到了现在才慢慢明白，酒里的甜、鲜、苦、涩、酸诸多味道交杂融合，它就是生活的味道。父亲在他的米酒里，用他的方式，酿出香甜的期盼，咽下生活的疲惫。

时间一晃而过，父亲逐渐老去，在他瘫痪的这些年，多么希望他能重新站起来，精神抖擞，再酿些米酒，再和朋友推杯交盏吹吹牛。

　　小时候的故乡已夷为平地，我再也看不到那做米酒的热闹场面了，但是故乡的米酒在回忆里依然醇香久远。

致 老 马

老马其实不老，他是一位四十出头的音乐人。

认识老马，是在 2016 年的初夏，那时候，我准备给特殊艺术团队筹备成立一支残疾人的乐队。健全人的乐队组建都很不容易，何况是残疾人的乐队，残疾人乐队组建的过程比想象中难很多。

特殊团队中有几个成员有些音乐底子，但是对乐器，还必须从基础开始学，需要一位音乐上的教学老师。

在热心老师推荐下，认识到了马云凯老师。

马老师来自内蒙古大草原，性格率真，痴爱音乐。遇到了老马后，就开始了这支特殊乐队的排练，老马他一个人指导乐队所有的乐器。

架子鼓手是一位视障少年，他叫高堃，他有一些声乐基础，会吹葫芦丝，但他没学过鼓，他没想到自己有一天可以学鼓，他特别好学，看不到鼓的模样，就用手去摸，摸鼓的形状、高矮、大小，他小心翼翼地去摸，竖起耳朵用心去听鼓的声音，像是感受到了有色彩的世界一样，神情里有着对音乐的渴望，对未来"光明"的向往。老马看到这孩子，深受感动，抓着这孩子的手，帮他一起找鼓点的位置，和他一起触摸鼓与鼓的距离。

键盘手卓凡也是一位视障少年，和高堃是同学，在一次艺术节比赛上，他弹了一首钢琴《土耳其进行曲》，让我很感动，他看不到，曲子是他摸出来的，我去后台找到他，要了他的联系号码，并邀请他来残疾人乐队。他的视力比起高堃好一点点，他眼前有一点模糊的光影，他说弹钢琴让他很开心，就好像有很多色彩在他脑海里飘过来。他说的是真的，他常常陶醉在曲子里，闭着眼睛，叫他没用，得让他弹完。每次上课，他总是有很多的问题，老马喜欢他的专注和对音乐的热爱，对他讲很多不同音乐的处理技巧，这孩子会听得出神，常常搭着老马的肩膀，意犹未尽，老马似乎成了他音乐世界里的依靠。

电吉他手吴亮，他是一位后天视障小青年，一次偶然的机会，他母亲替他找工作，走错办公室，来到我面前。我说孩子会不会艺术，就这样，吴亮也来到这个乐队。吴亮的吉他基础不错，能看到乐器，所以他学起来，比其他成员要容易上手。老马还是教他基础上的练习，把他的错误纠正。

贝斯手杨周和吉他手英子，是轮椅舞蹈的队员，他们的音乐基础比较薄弱，乐感没其他几位成员好，但是老马很有耐心，从最基本的指法开始，数节拍让他们一点点地学。

康佳鼓手杰敏，他是没见过光的视障孩子，他比其他成员，迟些日子来乐队，孩子很聪明，乐感也很好，上课偶尔会犯困，但是他非常听老马的话。

老马就这样每周来一次，指导大家，所有的乐器他一人指挥，夏天那会儿，每位成员转一圈，他已汗流浃背。

对于视障成员的教学，要比教别人付出更多的耐心和爱心。时间久了，这些成员都特别喜欢老马，关键是老马对他们像朋友一样。

做一天公益老师容易，坚持五年可不容易！

老马在他忙碌的工作之余，每周一课风雨兼程。在这些平凡的日子里，给了大家细致的教学和关怀。几年下来，时间见证了他们一路洒下的汗水，从无基础到专业水准，从想放弃到再坚持，从演奏出歌曲，再到舞台上表演，再到演出比赛拿奖。这支乐队就像老马的一个孩子，一点点成长起来。

当他们在舞台上自信地拨动出动听的音弦时，台下掌声雷动，老马和我都热泪盈眶。

他们克服了身体上的缺陷，通过不懈努力，出色地完成舞台演出，赢得了尊重与喝彩，他们找到了生活的自信和精彩，这也是为残疾人艺术事业服务的意义。老马是可爱的人，他用音乐艺术助残，也用音乐鼓励他们绽放生命的精彩。

我一直在想，遇到这么好的一位老师，该怎么感谢他呢？

记得 2018 年为老马申报"最美助残人"，因只能报一个名额，老马与获奖失之交臂。

2019 年为老马申报"优秀公益人"，我写了两天的材料，把老马这几年所做的这些事都整理好上报，想想老马会是"实至名归"，可是，真的很不巧，评审还没结束，主办局里换一把手领导，这事就不了了之了。

我说："老马，对不住您！"

老马说："没事儿！"话语简单利索，"其实这几年来，不全是我帮了他们，很多时候，是他们给了我生命里不一样的感动！在这个越来越孤独的世界，除了内心的真，还有什么能把人打动！这是音乐里很珍贵的东西。他们能在舞台展现自己的风采，就是最好的回报。"喜欢扎个小马尾辫的马老师，特有感触地说！

我热泪盈眶。

有时候，一个人帅的不是外表，而是灵魂。

愿世间有爱，温暖别人，也照亮自己。

致老马！

那些年的信，我们都寄给了谁

　　念书时，常常会给朋友、同学写信，所有的想念、牵挂、问候，都会从笔尖流淌到纸上。我将信纸折叠方正，装进信封，贴上邮票，随浓浓的期盼一同塞进邮箱。

　　时间总是慢慢的，我想象朋友在收到信件展读时的欣喜，然后开始等待，等待远方的回信，有焦灼、有激动，也会有等待时心中生出的温暖。有时候时间等久了，就会跑到学校小卖部老伯那里，在邮件纸盒里一遍遍地找。

　　记得那时候，老家农村里还没有门牌号，邮差会把信件送到村里唯一的小卖部，于是周末回到家，经常先往小卖部跑，所有的邮票和信封都是在小卖部选买的。

　　说起小卖部的老板，我忍不住想说上几句，村里人都叫他"荒额"，意思是说他头发稀少，他是村里的大人物，大家都很敬重他，听村里老人们说，他当兵时，鬼子的子弹从他腰间划过，但幸运救回一命。退伍回老家后，在村里开起这家小店铺，生意相当好，特别是过年的时候他最忙，因为村里挨家挨户的春联都是他写出来的。小时候，我常常帮他当下手，他写，我来摆放春联。他经常会掀起衣服，给老人们看他的"光荣疤痕"，讲他的抗战故事。现在想起，他的音容笑貌还会在我脑海中模糊闪现，秃秃的额头，夏天喜欢穿着白色的棉背心，包着圆圆的大肚子，拿着毛笔的样子气定神闲，有文人范。他说他和他的战友也经常通信，他似乎很理解这信的情谊，有时候，我跑小卖部的次数多了，他会安慰说："不着急，有你的信，会帮你留意。"

写信是那个年代特有的联系方式，没有电子邮箱、没有微信，只能通过书信这纯朴的方式，和远方的人联系。我把对朋友的牵挂用文字写下来，那时经常写信给姜伟、彩虹、茜静、多恩、鹏展等同学，有时写下满满三大张，感觉还意犹未尽。小卖部走得很勤了，伙伴们有时也会帮我留意，家人偶尔去小卖部，也会帮我带回书信，记得有一次，姐姐悄悄地拆了我的信，被我发现，生气到她跟我道歉为止。

那一封封的信，代表着一份纯真的情谊，写着写着，一转眼，生活改变了，有了网络，有了手机，我们也都有了不同的生活轨迹，我们问候的方式变成了微信，那些远在天南海北，甚至国外的朋友，似乎就在咫尺，我们在高科技里渐渐沉迷，我们没有再拿起笔来写端端正正的信件了，也没有了那种撕开信封的期盼和激动，收信的期盼和快乐在时代的更新中被淡淡隐去。

前些日子，朋友彩虹在微信上发给我很多我初中时给她写的信，还有她后来去了上海生活，我给她寄的信，发黄的信封，褪了色的笔迹，碎碎念的字句，心里顿时一惊，整整三十年过去了，写给她的信件，她依然保存着，不舍丢弃，我不禁眼眶湿润，心里盈满了感动。朋友中，姜伟和鹏展，我们失去了联系，但我心里的牵挂依旧在。文字，我依然在慢慢地写，写信换成了写稿，写作，慢慢地成了与自己交谈的方式，成为自己心的归属。就好像有的人喜欢喝茶、喜欢运动、喜欢钓鱼等，成了生活习惯。那些联系不上的朋友，不知都安然否？特别是姜伟，会时常想念她，很感谢在我们那个最纯真的时代，在写信与回信之间，在期待和期盼里，留下那么多温暖的回忆。

想起很久前为鼓励鞭策自己开的公众号，但生活，有奔波忙碌，也有懒惰，停停更更，总会感觉对不起线那头关注我的人。

想记下的小感动很多，我知道，写作，成了抒发心灵的需要，于是我敲着键盘，唠叨着，更新着，用心灵去回忆着、感动着。

周国平老师说："写作是为了安于自己的笨拙和孤独！"

你孤独吗？高科技的问候声中，有没有和我一样怀念纯朴的信件？

时光永远向前，我怀念在年少时曾经给我写信的朋友们，在那个青涩年华里，珍藏了一份纯真的记忆。

很早以前，写一封信，等一份期盼；现在，写一篇文，是与自己的心灵做一回交谈。

人生最后的信件，终将寄给自己。

我们那时的露天电影

讲起小时候的露天电影，20世纪60年代至80年代的人，一定藏有很多的话匣子，里面装满了长长的回忆。

那时的农村仍是文化娱乐活动极为贫乏的，没有电视、没有音响，村里一年放映两次的露天电影，是村里最盛大的娱乐活动。最开心的是孩子们，他们像过年一样兴奋、热闹。场地一般都会选在村里宽大的晒谷场，或是村口那条最"豪华"的水泥路上。

每当放映组的工作人员在村口出现时，兴奋的孩子们便不约而同地聚拢到村口，看着工作人员打桩，最先看见的小伙伴们会雀跃着在村里奔走相告，用不了多久，消息就像信鸽般，飞进每家每户，还会迅速地扩散到外村。

露天电影的幕布长、宽大概三米，幕布有黑边，工作人员把影布绑在打好桩的长杆上，或是挂在村民的墙上，最神奇的是那个放映机，工作人员不停地调试，那时候围了好几圈的孩子，伸长脖子、探着头，但绝不敢去摸一下，谁要是想去触摸下，小伙伴们会齐声大喊："不可以动、不能动……"他们像是保护一件宝物一样去守护着，怕动坏了，晚上就看不成大电影。

露天电影的设备是简陋的，村民家里借来一张四方木桌，一台放映机、一面幕布、一个放映员，就构成了露天影院的"家族成员"。

当工作人员扯幕、摆放影机等工作就绪，"吱、吱"的喇叭里会播放一些高亢的歌曲，声音断断续续的，好像是《大海啊故乡》《英雄赞歌》，到后来的《军港之夜》类似的歌曲。当音乐传来时，小伙伴们放学回来写作业这事绝对是写得最快的，晚饭是几口就扒完的，只要屋外小伙伴一喊，就马上往外冲，一溜烟不见了，家长在后面的喊叫声淹没在奔跑的速度里。

此时此景，我想起了记忆中小伙伴们的面孔，"黄毛国、蓝绿光、扁头、莲儿、小丹、蓝采荷"等，还有老是流鼻涕的阿芳呀！一张张稚气的脸浮现在眼前。

露天的场地上，村民们早就摆好了自家的长板凳，长的短的，一排又一排的，能占到"C位"的，都是提前几小时准备的。

刚开始电影画面总是有些歪歪扭扭的，幕布上会闪着类似闪电的光线，但经过放映员一番调试，电影就正式开始了，场地上叽叽喳喳声顿时安静了下来。

有些村民因农活来迟了找不到合适的位置，干脆就坐在靠近幕布的最前方，仿佛一伸手就能够得着影布，影布下满是一张张抬着头全神贯注的脸，有的熊娃还爬到了树杈上，甚至还有的攀爬用力过猛，扯烂了裤裆。

我那时比较幸运，发小莲儿的家，是村口最阔气的三层楼"豪宅"，凭着和她是好姐妹的关系，每次，我都能悠闲地在她家的阳台清楚地看着剧情。

但不管是站在什么位置，大家都一样看得津津有味，伴着放映机的沙沙声，电影中洪亮的人物对白声，穿透了整个村庄。

当影片忽然黑了下来，这是放映员"中场"换片，在最精彩的部分忽然戛然而止，大小伙们急切地要看下去，尿尿这件事总是以最快的速度完成。

多次使用的胶片特别容易损坏，在放映过程中经常会出现黑幕，大家把放映桌围得水泄不通，一双双黑澈的眼睛盯着放映员，放映员总是小心翼翼，手都不敢抖，认真地完成"使命"，当画片重新出现时，幕布下是一片的赞叹声。

那时候看的多半都是些战斗片，极为振奋人心，比如：《英雄儿女》《铁道游击队》《地道战》《地雷战》《洪湖赤卫队》等等，还有《真假美猴王》《冰山上的来客》，一系列的影片，让大家回味无穷。

每当回想起露天电影，我的耳旁，我的脑海中，经常会浮现那些影片中的精彩片段，响起了殷秀梅演唱的那一首，"烽烟滚滚唱英雄，四面青山侧耳听，侧耳听……"，想起北京电影制片厂拍摄的战争题材的电影，那些奔赴战场的战士们喊道："为了中华人民共和国的胜利，同志们，冲啊，冲啊……!"

每当看到这样热血沸腾的场景，我们这些孩子顿时热泪盈眶，用袖子抹去泪水，恨不得自己也冲进电影里，一起去打仗……

当一个大大的"完"字出现在幕布上的时候，已是夜半时分，那时候，故乡的夜晚总是满天的星斗，乡亲们搬着凳子，喊着孩子，散场回家。我们这些孩子仍沉浸在电影的情节中，拉着父母的手，讲着影片里激动人心的情景。

乡亲们回家的脚步声渐渐变弱，在一阵短暂的躁动后，村子恢复了它原有的宁静，没有了放映光线的村庄，夜合上了天幕，把村庄合成了一个家。

露天电影在我们这些孩子心中留下很多英雄情结，让我们懂得了什么是勇敢与不屈。

我也总是渴望可以看很多很多的故事，每次露天电影刚散场，就已经迫不及待地期待下一场。

那时候，碰到邻村有放露天电影的消息，我的心也蠢蠢欲动，从小患儿麻右腿不方便的我，也是不想错过的。因为要走很远的路，母亲有时会嫌麻烦，不愿背我，她会给我五毛钱，安慰我不要去，我看着那五毛钱就会哭。

父亲有时会放下农活，早早吃过饭，背着我过去，靠在父亲的背上，我的右腿无力地耷拉下来，父亲总是说我很轻，我的腿跟着父亲的脚步晃动。时光飞逝，一转眼，很多那时的露天电影成了记忆。

后来，黑白电视机慢慢地在村里出现，露天电影渐渐消失，我的发小莲儿家是我们村最早买了电视的"土豪"之一，她的旧宅和我家挨得很近，记得那时夏天的晚上，小伙伴们会早早地洗好澡，莲儿父母把电视搬到院子里，小伙伴们整齐地摆好小板凳等候着。印象中，那时最热门的《射雕英雄传》《家》《春》《秋》都是在她家追完的，《射雕英雄传》应该是看了不少于5次。

碰到刮风下雨天气，我们是最伤心的，电视收不到信号，我们几个小伙伴就轮流跑到莲儿家阳台上，一个在屋外摇着电线喊着："有了吗？有了吗？"几个在屋里回道："有了、有了，别动、就这样、不行、不行，又没了……！"

记得 2019 年看电影《我和我的祖国》，其中徐峥导演的《夺冠》一出戏，显得格外亲切，讲的是老上海弄堂里的孩子冬冬，他爬上屋顶，用小小的身体撑住电视信号天线，让街坊邻居看完了振奋人心的中国女排世界夺冠比赛。屏幕里满满的儿时回忆，我顿时泪水盈眶。

那个年代，露天电影给了我们这些 70 后、80 后一些珍贵的回忆和惊喜，现在 00 后的孩子是无法感受的。

记得前年回老家，故乡的屋、故乡的树，晒谷场、水泥路，因村改造拆迁，已夷为平地。

我们都是喝着故乡的水长大的孩子，"离开故乡是生活的需要，回到故乡是生命的需要"，站在满是废墟的村口，故乡遥远而又亲近，朦胧而又清晰，难解的乡愁，负在了肩上、装在了心里。

　　回忆断断续续，这也是对儿时露天电影删不掉的记忆，而我最亲爱的小伙伴们、故乡的亲人们，你们呢？

忆学车记

窗外有雨声，雨密密地下着，都说"春雨贵如油"，对这几个月没好好下过雨的城市来说，这雨正滋润着大地，洒向干涸的河床、萎靡的绿植，听着雨声，想想此时外面的景象，一定是极其美好的。

客厅沙发上的凉垫子，本来是夏末就要收的，还没来得及换，转眼已要过年，夏、秋、冬意犹未尽，春意已盎然，人到中年，日子总是很快。

热闹了一天的城市，在密雨中渐渐安静了下来，湿漉漉的马路上，骑着自行车的人在赶着回家过年，有人打着伞，有人披着雨披，在细雨中慢行。

望着这一幕幕骑行的背影，让我想起年少时学骑自行车的情景，我想起老家的大水泥地院子，想起我的发小莲儿，她扶着腿疾的我，在那里，我学会了骑自行车。

那时小学快毕业，因为初中不是寄宿学校，并在十公里外，即将毕业的同学们都在学骑自行车，为开学做准备。看着一个个小伙伴都已经骑着车子嗖嗖上路了，骑得很溜的样子，倔强的我也不服气，我也想学骑车，可是腿疾的我能学好骑自行车吗？长辈们肯定是没时间搭理我了。

好伙伴莲儿说要帮我，我开心极了，于是我俩说干就干，我从叔叔家借来一辆破自行车，开始在大院子的水泥地上试骑起来。

我的右脚是肢无力，只能放在自行车踏板上，上车不是蹬链子上，得人先坐在自行车上，然后靠左脚的力气踩动自行车，使自行车脚踏板惯性向前，等于我的左脚要踩双倍的力气。

　　刚开始还上不了车，莲儿就站在自行车后侧扶着车给我骑，刚上一点路，她就要开始在后面扶着跑动，那时正值夏暑天气，一圈一圈下来，两人被太阳晒得满脸通红，汗水从脸上掉下来。

　　因为我是一只脚使力，身体不平衡，坐不稳，老是摔倒，也不知道摔倒多少次，陪练的莲儿手上也扶得通红起泡，我的手上、腿上都擦破皮了，但是我也不知道哪来的狠劲儿，摔倒了就再爬起来继续骑，心里不甘，想着一定要学会。

　　由于自行车很旧，铁质坐垫的"真材实料"都是暴露在外面的，因为学骑太久，我的臀部被磨破，脱皮并渗血，疼得我走路迈不开腿，那种痛又不能和家里人说，好伙伴莲儿回家找来一些软麻布条，于是两人把自行车的破坐垫缠了个软软的新"造型"。

　　缓了几天后，我又开始在水泥地院子里摇摇晃晃地骑起来。

　　直线骑好学一点，学会了就开始学转弯角，莲儿告诉我一个诀窍，眼睛看着前方，不能盯着车轮，果然是诀窍，一连几天下来，功夫不负有心人，我这个"单腿"女孩终于骑上了自行车，我的发小莲儿在后面开心地欢呼着，我在水泥地的大院子里，骑了一圈又一圈，不舍得停下来，我骑在自行车上，感觉自己在飞翔，迎着风，热辣辣的泪水从脸上滴落下来……

　　我时常想起老房子的水泥地大院子，脑海中仍有一圈又一圈自行车轮印，及我和发小莲儿学车时洒下的汗水和傻笑声。一圈一圈的车轮，滚过我们童年珍贵的回忆，我很感谢我的发小莲儿，如果没有她的鼓励和帮助，我这个"单腿"女孩的骑车梦肯定是实现不了的。

　　因为腿疾，我时常会在生活中遇见像学车那样考验我的事儿，也很幸运遇见像好友莲儿当陪练"扶轮"助于我的人，一路经历过来，让我一路学会感恩。

而今，骑自行方便了我出行，也锻炼了身体，我还像模像样地成功当起了儿子的骑车教练，真是幸事。

我想，残缺并不代表裹足不前，很多事，不妨让自己先试一试。

周国平老师说："尽管世上有过无数片叶子，还会有无数片叶子，尽管一切叶子都终将凋落，我仍然要抽出自己的新芽。"

春要来，叶子都在抽长着新芽！

越过那座山

　　每个人的心中都有一座要跨越的高山吧！这座山，是你向往攀登的泰山、黄山，或是珠穆朗玛峰，你想挑战它、登上它，它是你追逐的梦想，它是你心中人生奋斗的目标和方向。人生要越过自己的那座"山"，才知道天地的辽阔，生命的舒展。

　　对我来说，没有奢望去攀登很高的山，但我仍会踮着不方便的脚，去攀登我能跨越的"高度"。

　　记得我第一次去爬一座山，那是在小时候 10 来岁。

　　小时候老家门前的那座山，叫黄石山，因为山上要建造雷达站，这座静卧的大山打破了沉寂，施工队伍很快开始挖山造路，抬头间，那弯弯的山路沿着山腰盘旋而上，直到山顶。山从此叫"雷达山"，路从此叫"雷达路"。

　　那时候在一起玩耍的小伙伴们，就开始整日嘀咕着，准备去走一趟"新山路"，去看一看神秘的"雷达站"，小丹、小五他们听长辈说，山顶的那一头，可以看到海、看到整个大温州，我们几个孩子惊讶得瞪大眼睛相望，顿时就拍板了计划。

　　当然，在他们的计划里，我是不可能落下的。于是在某个周末的清晨，我们六七个小屁孩就上山路了。

　　雷达山 800 多米的海拔不算高，但是盘山的山路要兜很大的圈子，大概走了三分之二的山路，几个孩子渐渐体力不支，后来不知是谁出的主意，决定找一条直上的捷径上山，捷径很陡峭，但勉强可以爬上去，我们只要越过两个直上的捷径，就能到山顶了。我们已经看到雷达山顶那个圆乎乎的球形建筑，心里既欢呼又期待，于是我们费了九牛二虎之力爬过了第一个捷径。在爬第二个捷径坡时，我和另一位小伙伴因体力不支，踩在陡峭的岩石上，上不去下不来了，另几位成功攀爬上去的小伙伴也无法拉我们上去，此时，几位清晨去山顶赶庙的婶婶们，过来"拯救"了我们，并狠狠地批评教育了我们一番。

但是山顶的美景，让我们忘了一切疲惫，第一次站在雷达山最高的山顶上，面对瓯江口，真是"一山飞峙大江边"，我们看到了灵昆岛、大门岛、玉环、乐清，尽管那时我们还叫不出地名来。我们看到了一个又一个的村庄，村庄里有人走来走去，他们如此渺小，小伙伴们寻找着、争论着，这是谁、谁、谁的家，我们看到了天空如此宽广，瓯江源远流长……

这是我人生中的第一次攀登，我也不知道有腿疾的我，一圈圈的山路是怎么绕上去的，爬上陡峭的山坡，爬上了山顶。事后，担心我的家人对我说："你腿不好，为什么还要去爬山？"我说："我也想看看山那边的风景啊！"

"会当凌绝顶，一览众山小"，我永远不会忘记那天在山顶上望到的美景，冉冉升起的云霞，奔腾不息的瓯江水，涤荡着我的心灵。

面对那座山，你会做什么？望而生畏，退避三舍？面对身体上的残缺，我只能退缩和自卑吗？可我是倔强的人，年少的我，也太想证明自己和别人没有什么不一样。

而今，随着年纪的渐长，我是真的"倔不动"了。记得那一年，想带孩子去爬山，问一位微友："你爬温州杨府山要多久时间呢？"他说："七分钟！"我心里一阵开心，心想这个太适合我了！后来，我才明白，七分钟这是登山者的速度啊！我足足走了近五十分钟，但是我却很感谢那位微友，因为他，我又一次走上山顶，一览无余，看到山下一片灯火阑珊醉美温州的夜景。

如今，随着年龄增加，我的腿爬山已不行了，但是很庆幸，我攀登过。想起小时候，小伙伴们玩的"项目"，我一个也没落下，现在想想，我没有遗憾。

人生在世，如果是带着残缺的身体来到这个世界的，那我总不能天天抱怨命运，我只想让自己尽量活得有尊严。抱怨是对生命的限制，大自然的风景，不会因为健全或残缺而改变颜色，旭日东升、霞光万道，它是敞开的，我们只要有一颗同样热爱这个世界的心灵。

我这老寒腿爬不动山坡了，还可以去试爬"笔坡"，此山非彼山！但换个角度，都是生活前进的动力，人生需要积极攀登。

儿时的戏台

2020 年的春节很特别，因为疫情，我们都宅在了家里，没有了走亲访友，取消了和朋友的聚会，只能在微信上、打个电话互道牵挂。

在春雨滴答声里，我想起了小时候的村庄，想起村庄里的父老乡亲，和一张张慈祥的面孔，想起村庄里过年的模样，想起每年的春节，村里的那个戏台热闹非凡。窗外雨绵绵地下，各种儿时的细节随雨滴入我的回忆中……

小时候在村里，过了正月初六，大伙儿互相拜完了年，走完了亲戚，村里的戏台初八、初十大戏就会开始上演了。村里的老人们一般都会在年前联系好戏班子，村里几个做生意的老板，捐认几部戏的费用，送给乡亲们看，并在戏庙里点上大红烛，祈求来年生意更红红火火。戏班子在春节是最忙碌的，也是生意最好的，他们这个村演完又接着去另外一个村演。

儿时的农村，乡亲们没什么娱乐活动，特别是老人，看戏自然成了他们的期盼。因此，在春节期间，哪个村子有戏，他们都是早就打听好的，消息就像长了翅膀的鸟儿一样很快飞遍邻里乡村。有的老人们，这个村庄戏看完了，接着会去外村继续看戏，在那一天，他们会带着干粮，甚至携家带口，一看就是一整天。

老家的戏台是村里的庙会台，组织的老人们，会请戏班子唱个三天三夜，每天下午一场，晚上一场。在戏班子来的前一天，各家各户拿着自己家的长板凳，按村里的分队排好，并贴好签，父母会邀请外祖母等亲戚来家里小住，这时家里的伙食也特别好，亲戚来串门，也会给孩子们带来些糖果，这是春节里孩子们特别开心的时刻。

在戏班子开唱之前，小商贩们从四面八方赶来，卖灯盏糕的、白胶冻的、花生糖的，炒瓜子花生的，卖甘蔗的，卖冰糖葫芦的，等等，热闹非凡。特别是吹糖人的，师傅的手艺极巧，引来一大群孩子围观，材料就是由蔗糖，加上麦芽糖，再加入颜料进行调色，经过吹糖匠人灵巧的双手，吹出"孙悟空金箍棒""猪八戒""老鼠上灯台"……活灵活现，孩子们看得目不转睛，爱不释手。

还有大红的山楂果子，串成长长的一根，外面再粘上一层厚厚的冰糖汁儿，晶莹透亮，孩子们看了是满嘴口水。对于孩子们来说，庙会口的美食比戏台更吸引人。

小时候，我最喜欢看戏班子里的青衣化妆，觉得她美得不可方物。我和小伙伴们会早早吃过午饭，跑到戏台边，青衣化起脸来特别有讲究，线条流畅干净，色彩界限分明，如果稍有浮躁，就会把妆面弄花。她眼角微翘、粉飞腮霞、梅红朱唇，青衣的人物性格好像都在这一笔一画里。走起路来，步步生莲，手纤细修长，发簪珠帘轻曳，低眉敛目浅吟低唱，一收一放，尽是生动温柔。

我蹲在青衣旁边望得出神，那时候，觉得女人真是可以如此地美！我在想，如果我没有腿疾，我一定学青衣去。

戏班里每个人都会化妆，花脸、黑脸、老生、花旦，他们自己给自己化，一个妆下来，快的半小时，慢的要一个多小时，然后配上行头，挥着道具，表情丰富，在后台一次次过着场。

乡亲们好不容易盼到了一年一次的戏班演出，早早地就坐在台下，目不转睛地看着戏台，生怕漏掉了最精彩的那一出。

戏台旁锣鼓敲了一遍又一遍，如同预告片一样，大家相互说着"开始了、马上开始了……"

所有的人都挤进戏台下，小商贩们也是一只脚踏在自家车板子上，伸着脖子往戏台子上面瞅。

看戏的人群成了黑压压的一片，老的、少的，嘈杂的声音里夹杂着妇女找孩子呼儿唤女的声音。还有占了别人家高板凳的，踩到别人新鞋子的大呼小叫声。

戏终于开始了，戏班子演出的剧目有《铡美案》《四郎探母》《真假驸马》《穆桂英挂帅》等脍炙人口的剧目。台下的老人们，边看边聊戏，有时候他们也指指点点，装模作样地评论谁的扮相好看，谁的腔口好，似乎都是评戏高手。

戏台上的演员，一腔唱、一坐打，一套一套的，其实那时候，他们唱些什么，我一句也听不懂，但是台上的演员们肢体语言特别生动，那个往肩膀领口里插了个令旗的将军，手里拿了个马鞭子，一抬腿，就是骑上马了，再一抬腿，就好像是翻过一座座崇山峻岭了，一跨腿下来，就是到达十万里边疆战场目的地了，夸张又生动。

演到悲剧戏的时候，台上的演员在哭号，台下的人在抹泪。小小的戏台，演尽了人生悲欢离合，仿佛带领台下的人回到了那个历史的场景，故事情节在一幕幕戏文里轮回。

回家的路上，乡亲们都还没从戏的情节中走出来，一边走着，一边聊着，似乎还在为"秦香莲"打抱不平……

戏班子给予了我童年很多美好的回忆，也给父老乡亲们带来快乐。

前些年，故乡的整个村庄被拆迁了，时代的风吹散了村庄，那些熟悉的慈祥的面孔在消失。那些戏台下看戏的孩子们，都已长大，换了模样；戏台上，上演的一幕幕人间悲欢，依旧在这人世间轮回上演着。儿时戏台的模样，留在了最深的记忆里。

看　病

　　小时候，隔壁邻居那个外号叫"圆土"的青年，刚娶了新媳妇，"圆土"长得黑，新媳妇却长得白净，齐耳短发，眼神温柔谦和，新娘子对我特别地好，她常常对我说："你这腿疾可以去上海的医院看好，趁现在年纪还小，别耽误了，看好了，将来才好！"

　　七八岁的我，不知道"将来"意味着什么，也不知道上海有多远，但我心里知道，我若没有这腿疾，该有多开心。

　　在学校，我不能和同学们一起上体育课，不能和他们一起跑步，我经常靠在教室的窗口，看着他们，很想跑到他们中间去。有几个调皮的男生总会嘲笑我，常常学着我走路的模样，在我面前扮鬼脸，他们总是跑得很快，我很不服气，我很想追上他们，狠狠地跟他们干上一架。

　　于是，我天天梦想着我的腿疾能赶快好起来，可是我该去哪里找医生医治我腿疾呢？我常常发呆，小时候，故乡的冬天不是下雪就是下雪子，滴滴落在屋檐的瓦片上，落在我小小的掌心里，很冷很冰，像心里落下的泪。

　　发小莲儿是我的好朋友，她是小伙伴中没有嫌弃我腿疾的玩伴，我们的家只隔了一条青青的泥草路，我们从小一起长大，她会经常跑过来玩，她说可以帮助我，于是我俩一起商量，决定去寻找可以治我腿疾的医生。

儿时的农村，没有公路，山路弯弯，高山阻隔，交通工具无法通行，那长长的山路，只能用脚一步一步走出去，或者是老人们划小船去赶集，用双桨划荡过一个个村庄。我们想，乘小船的机会是没有了，因为我们两个小屁孩没有盘缠，于是我俩就计划走山路，莲儿说自己跟着妈妈赶过集，还去街上买过新衣服，看见过医院，并不是很远，大概一小时的路程，于是我们在一个周末的午后，两人踏上了"看病"的路程。

乡间小路，杂草丛生，我们走累了，就坐在石头上看青草，一丛丛、一丛丛，微风下延绵不绝，小草不畏岩石的挤压努力从夹缝中向上伸展。

莲儿的腿比我利索，她没有喊过累，我走累了就扶着路边的岩石缓步行进，那个极冷的春天午后，我们走出了一身的汗。

我们不知道走了多久，在快到正中街的路上，我们找到了医院，太阳晒的位置好像快要西下，医院里看不到几个医生，我们也不知道医院里的医生都去了哪里，过了很久才走过来一位医生，就说了一句："医生不在，休息呢！"我和莲儿站在医院的院子里，西下的太阳晒在我们通红的脸上，两人傻傻地愣在原地。

我们从原路回到家，已是很黑的晚上，我那时虽然才八岁，但是疲惫里带着不甘。

记得有一年的秋天，三姐从外面气喘吁吁赶回，她对我说："近村里来了个'神教士'，只要他的手搭在某个生病的部位，那病就会马上好起来，真的很神奇，听说村里已有好几个人都给治好了，你快跟我过去看看……！"我心里想着，真的会有那么神奇吗？当我跟姐姐赶到那个近村时，那个神奇的"神教士"已离开了，接着一大群人走过来围着我，拉起我和姐姐的手，让我跟着他们祈祷，然后让我一圈圈地跟着他们走，听着他们为我祈祷，姐姐哭了，我热辣辣的泪水滚落下来……

后来，山依然是那座山，泥草路却变成了宽阔的水泥路，山不再高，路不再长。我没有遇见那个神奇的'神教士'，但我找到了那个帮我治腿病的医生。

挑　担　水

　　二十世纪八十年代的老家农村，那时候我十多岁，农村里还没有通上自来水，每一户家庭的做饭、烧水、洗漱等所有生活用水，都是需要自己去挑的。

　　村里的山脚下，有一口大井，这也是故乡的井眼。井水清澈见底、甘洌清甜，井水用之不竭，仿佛是把这座山所有的甘露都吸收到了井里。井眼边有棵"胡子"很长的大榕树，树叶茂盛、四季葱绿。树旁边有一条通往山上的小路，农村人靠山吃山，在山上劳作忙完一天时，会坐在井边小路的石阶上歇息片刻，暑夏天气，少不了舀起一瓢清凉的井水润润喉。

　　在农村，能挑水的娃儿，就是能帮家里分挑"重担"的人了，意思就是能体会"肩上的担子不轻"了，长大了。挑水，也叫作担水，用一根扁担两头各挂一只水桶，水桶内装满水，放在肩膀上挑回家，那时村民用的都是白铁皮水桶，两只装满水的大桶至少有 100 斤重，挂在扁担上还是很沉的，这重量一般是有把力的男人们才能挑得起来。

　　那时候我的父辈们整日在外劳作，姐妹们很早就分担起了家里的活，弟弟是老幺，我有腿疾，挑水的重担自然落在姐姐和妹妹身上，但毕竟姐妹们都是女娃儿，力气小，挑水改成了抬水，白铁皮桶改成了塑料桶。妹妹那时候还很小，个子不够高，抬水时，只好把扁担钩子折起来，水桶上的绳绕个几圈，双手握住扁担，她站前面，姐姐站后面，水桶偏放姐姐那一头，从大井口往家里走有几里路，一路上妹妹得歇上几回，磕磕绊绊地走到家，桶子里的水也晃悠出不少。

那时候，挑水是家家户户离不开的活，家里人口多的，每天必须要担个几回，碰到农忙季，挨家挨户都备个大水缸，一次装满备用几天。

每次看到姐姐妹妹们去抬水，我心里也很想做一回分"重担"的人。有一次，我倔强地跟着她们后面，姐姐拗不过我，我非得上扁担前去试一试，在大井口装满水时，姐姐把装满水的水桶拴紧在扁担上，妹妹让我站在她平时站的位置，把扁担放在了我的肩膀上，还没开始迈步，我已能感觉到扁担水桶的重量，比我想象中要沉得多，由于我这右脚走路是倾斜的，还没等姐姐喊我停，我这"微醉"的步伐没走几步，就摔了个大趔趄，桶太沉了，水全都洒了出来……

后来，我再也没有担过水，妹妹也渐渐地长高，挑水时走路也稳了，也不再喊肩膀生疼了，再后来，我们村里通上了自来水。

尽管这担水我没办法去做到，但我也尝试到了"重担在肩"的成长，用自己能做到的方式分担家务，脚踩不了打稻机，就割稻草，担不了稻谷，就收稻穗晒稻谷，插不了水秧苗，就在家做炊饭……我尝试去做很多事，是想告诉自己，我一样也是可以分挑"重担"的人。

后来，我有着很多"挑担水"的考验，我是真的挑担过水，不怕摔倒了。

村医陈大友

　　20 世纪 70 年代的农村，卫生院条件是非常差的，在记忆里，当时村里的那个卫生院，只能算是一个卫生室，它是村社大队部里一个靠路边的阁楼，从路侧边一个石台阶上来。阁楼的两扇窗户朝东，阳光总是很早就洒进来，夏天的时候，楼顶上的那个吊扇会和医生一起上班、下班。

　　二楼两间小屋子里的地板，都是由"货真价实"的木板架起的，村民们一进来就能听到声音，"咯吱、咯吱"地响，真木板由于历史悠久，看病的村民人来人往，木板上踩出了一条深深的印痕。

　　陈大友是村里卫生室唯一的医生，我幼时，他四十多岁的样子，那时村卫生室没有固定的护士，看病、打针，都是陈医生一人干。遇到全村打预防针时，陈医生的妻子会过来帮忙，他妻子性子急，从前被她扎过针的村民，特别是怕疼的孩子，都会排队等着陈医生来扎针。

　　那时候一个村庄几十个大队，大大小小看病都要靠他，有肚子疼的、有中暑的、有干农活割破手脚的，陈医生每天从早上很早一直忙到晚上，常常连饭都来不及吃。有时他刚到家擦个脸，坐下来拿起筷子，大队的广播就响了："陈医生，赶紧回卫生室，有人肚子疼……"

　　在去村卫生室的路上，经常会看到陈医生的妻子提着饭盒给他送饭，陈医生在卫生室忙，家里大大小小的事都是他妻子操持。

有时候碰到是老人或者病情特别严重的，陈医生就会义不容辞地背上他的药箱，去走医。那时候路不好，电未完全通，没有交通工具，碰到晚上来喊他的，陈医生会手持那把金属的手电筒，走过一条条泥泞的小路，到病人家里去。

当时，陈医生给病人检查身体，主要靠"老三件"——听诊器、温度计、血压计，凭着手中的"老三件"，去解决村民们的各种常见病，主要靠的是他多年看病积累的经验，基本上都是药到病除。而且陈医生总是会搭配最合理的药，收最少的钱。那时候一旦发烧、感冒，村民们的口头禅就是："去陈大夫那里赶紧开点安乃近。"他在村民中的口碑是极好的，村民们都会喊他"先生"，在那个年代，被称"先生"的人，都是知识渊博、德高望重的人。

"老三件"也会有解决不了的问题，碰到病情实在严重的，他会让病人到市区规模大的医院就诊。在陈医生的病人中，我也算是一个比较"难治"的病人。

母亲说我是一周岁时，感染了"脊髓灰质炎症"，发烧反反复复，常常把我抱到卫生室的时候，体温是正常的，回家不久后，又高烧不止。70年代中国农村，是"脊髓灰质炎症"流行病泛滥时期，那时候农村医疗落后，病毒游走在孩童中，感染者四肢出现不同程度的瘫痪，严重者会呼吸困难而亡。那时年幼的我，赶上这流行病毒的末班车，确诊"小儿麻痹症"，我的右腿落下了残疾。

小时候的我，体质是极弱的，经常会发高烧，烧得迷迷糊糊，那时候都会打屁股针，大大的打针筒对小朋友来说是极其恐怖的，打针疼痛时，我的眼泪"哗哗"地掉落。陈医生总是会说："好了好了，不疼了。"

卫生室里各种退烧药、消炎药，我似乎都一一"品尝"过，吃了白纸片包成的药，烧还是一直退不下来。那时候父辈忙着农活，生病次数多了，基本上都是我自己去找陈医生，他会让人捎话给我父亲，找父亲严肃谈话，他怀疑我可能得了白血病，让父亲赶紧带我去大医院，说："这女娃的症状太复杂了。"

后来，我没事，可能上苍觉得给了我一个儿麻的"礼物"已够了。

因经常去卫生室，我小小年纪面对陈医生也不害怕，那时卫生室里放针药的盒子是很"吃香"的，那个年代，小朋友们学习缺乏文具盒，这盒子就是我们的铅笔盒，它成了小朋友们的"抢手货"，小伙伴们会要求我带他们来，陈医生总是"有求必应"，不够分时，他会说："我下次用完针药，把盒子藏好留给你们，下次过来时，一定会有了……"

陈医生为人和善，总是微笑待人，他说话很慢，有种把病痛慢下来的感觉，他会问病人很多生病的细节，问着问着，转移注意力后，病人的病似乎已好了一大半，这是他看病的方式。作为村民唯一的一位医生，他是 24 小时出诊，没有休息日，尽管那个年代卫生室条件有限，但陈大夫凭着良好的医德，敬业的精神，赢得了村民们的信赖和敬佩，几十年来他是村民健康的"守门人"，他心里装满了整个村庄村民的健康状况。

而今，时间如流水般，转眼几十载而过，村里的卫生室也早已不在，村庄也夷为平地，而我时常会想起村里那间简陋的卫生室，青石的台阶，清晨的第一缕阳光洒满小窗子，似乎温暖着来看病的人。我也会时常想起陈医生和善的笑容。

听小叔说，如今八十多岁的陈先生依然精神矍铄，想起他一生救治了那么多的人，这是他的福报吧！

磨米粉的老六

时至清明，每年这时，是吃清明饼的时候，吃清明饼也是人们与时间的一个约定，青色的绵菜饼，似乎把人世间的山青水暖、雨蒙情思、千言万语，都揉进青团，来缅怀已故的亲人。

温州永嘉、泰顺、平阳一带做的是"绵菜饼"，龙湾永强一带做的是"米饼"。我们现在做饼的米粉，基本是农贸市场买现成的，想吃的时候，做起来很方便。然而每年吃清明饼时，我都会想起小时候，那个在村庄里磨米粉的老六。

老六其实是我长辈，他是父亲很要好的朋友，他爱酒，父亲也喜酒，所以他们俩喝酒时，能聊上一个下午，会把酒醉的模样，聊成酒醒，然后可以接着喝，他们有讲不完的话，俩人喝到醺醉，然后父亲送老六回家，接着老六又送父亲回家，就这样两人来来回回，送到了天亮白。这事成了村里大家茶余饭后的大笑谈。

小时候不明白，长辈们喝酒真的是件太麻烦的事，长大了才慢慢明白，在老一辈的那个年代，似乎他们只要抿着那酒香，一切的辛苦都会过去。

老六在村里人缘特别好，老的少的，都会被他逗得很开心，小孩子们和他很亲近，也都喜欢叫他老六。

老六和父亲一样，年轻时出海捕鱼，磨米粉只是他的副业，随着岁数渐长，磨米粉成了他的主业。最早以前，老六用过石磨，后来买了磨粉机。我常常去找老六打米粉，但是找老六磨粉总是没那么容易，老六的磨粉机经常会坏，修理时等上两三小时是很正常的事，那时农村还会经常停电，一停电，老六又出去喝酒了，一袋袋的米在他的院子里排起了长队。

邻居们总会等到机器修好了，或者是来电了，就去找老六，老六常常被人从酒桌上拉回来，红扑扑的脸，笑眯眯的，他挺着纤瘦稍驼的背，熟练地操作着磨粉机，把一袋袋米仔仔细细地磨成粉，仔细到仿佛是"亏欠"了米似的。

每次我过去打米粉，老六叔总是说："嗨呀！米粉拿过来给我再打一次，打得细，好揉、好吃！"我看着老六叔把米粉重新倒到机器嘴口，随着机器一声声响，出粉口那米白的圆布，就拱起圆乎乎的"身材"，细细的米粉被他一点点抖落到桶里。

从小到大，我一直喜欢吃米食，年糕、松糕、米饼，小时候看见奶奶做过几次米饼，咸菜、春笋、肉、豆片等切碎丁，炒熟，米粉揉成团后，把馅料包进去，起锅。奶奶在灶台锅前翻饼，我在灶台后翻柴火，那时米饼出锅时的香味，和渴望品尝美味的小心思，都珍藏在了深深的记忆里。

如今，长辈老六早已去了天堂磨米粉了，儿时很多的人和事，在记忆里已渐渐淡去，然而，也许是我儿时找老六磨米粉的次数太多了，对他的音容笑貌我依然记忆清晰。

每当我大口咀嚼沁香的清明饼，总有很多记忆涌上心头，是亲情，也是人世间的温暖。

隔 壁 阿 婆

　　工作室的隔壁住着一位阿婆，看上去七十来岁，衣着朴素，不管是夏天还是冬天，她总喜欢戴着她那顶深蓝的遮阳帽，她说话时，嗓门很大，特别是接完电话，还喜欢和对方喊"加油、加油"，我有时听着会笑出声来，她是一位可爱的阿婆，年轻时也是真性情的人吧！

　　冬天的午后，暖暖的太阳总是很眷顾工作室，阳光会把两扇玻璃门刷暖，折射着温润的光，晒得人也柔软起来。阿婆经常会在工作室门前晒会儿太阳，有时还会唱上几句，"映山红""叮叮当"等等，嗓门吊得很高，上不来时，就跳过去。我习琴时，她偶尔会在玻璃门前竖个大拇指，然后又匆匆地离开，她很少进来，我知道，她是怕打扰我。

　　记得我第一次见到她，是我在找工作室的门面，沿街的门面租金贵，所以想在小区的路边租个门店，心里想"酒香不怕巷子深"……走着、走着，就走进了阿婆的家里，阿婆说话很直接，问我，腿怎么了？问我，从哪里来？我笑笑说："阿婆，我哪里来不重要，重要的是我现在要到哪里去……我想租隔壁的店面，阿婆您有联系方式吗？"阿婆笑笑，她打量着我，似乎比起隔壁的店面，她更关心我的腿伤是怎么来的。她问了很多，我有些难为情，但心里没有介意。

　　阿婆还是很热心地给我询问电话，电话打了一个又一个，她说隔壁的店面一直空着，挨着小区的文化礼堂："姑娘你眼光很好哪!"这一排店连屋总共是五间,阿婆家有两间,后来我租下来的这间工作室,是边上的一间。阿婆说她的老伴已过世多年,现在和侄子一起住在这里。

后来我遇到她的侄子,才发现这孩子有中度智力障碍,看上去已经有二十来岁。有人说阿婆性格刚烈,经常会和邻居吵架,不好相处。一个老人把智障的侄子带在身边照顾,能"刚烈"到哪里去?阿婆有她的"柔软"处,从我工作室租在这里一年多,阿婆一直对我客气有加,还会经常给我送些吃的小东西,那些送给我吃的小东西,还包装得特别讲究,感觉是给一个很重要的亲人,这让我很是感动。人与人,心与心,我们都要学会付出。

在人生的长河中,我们会遇到各种各样的人,有些人总是会留下爱,留下温暖。阿婆,谢谢您!

一把伞的温暖

  我是一个经常不带伞的人，常常"有雨无伞"在雨里奔跑。

  记得去年的 5 月，母亲陪我去医院检查肠镜，出租车司机是一位五十来岁的安徽籍师傅，在车上，师傅一直安静地听着我和母亲对话，母亲告诉我，她学会了用支付宝、微信等，我说："付款时要核对金额输入，多刷一个零，你感觉不到。"母亲被我讲得笑起来，她说等一下到了，要验证操作给我看。

  出租车师傅说母亲精气神真好，说和他母亲的年纪相仿，感觉很亲切，让他想起了自己的妈妈，他说他长年累月在外打工，过年回家看一次母亲，平时也没时间回去看她，现老人年纪大了，真希望她身体好，能够像我母亲一样精神。

  师傅说起他的母亲，像是打开了话匣子，他说自己年轻时出来打工，母亲在他裤兜里塞了些盘缠，他说自己做过很多事，打工、做过小生意、开出租车，但是，不管遇到什么困难，母亲在他裤兜里塞盘缠的眼神，是满满的牵挂，是他漂泊过一座座城市的精神支柱。

  我安静地坐在车子后排，听出租车师傅和母亲聊着。

  快到医院时，刚刚还晴朗的天气，忽然下起了大雨，母亲和我都没带伞。

  出租车师傅急忙说道："我有、我有，我后备厢有，送您一把。"

  医院到了，师傅特地下了车，从后备厢拿出一把藏青色的伞，递给我的母亲。我和母亲及时在雨中撑起那把伞，出租车师傅渐渐消失在视线外。

我想，这把伞里，有他的思念和寄托，也有温暖。

从那以后，我学会了带伞！

前几天晚上，从母亲家里回来，天空忽然下起了雨，路人行色匆匆地避雨，我看到马路旁一位年长的阿姨推着一辆轮椅，在雨中跑，轮椅上是一位年轻的女子，急忙中，她用黑色的尼龙袋子掩着头，可雨像断了线的珠子从空中滚落下来，这小小的尼龙袋哪里能遮挡这大雨。

我想起了车上那把出租车师傅送的伞，我把车子靠到离她们最近的距离，向她们挥舞着，她们也看到了我，我把伞递给了她们……

这把有着思念、有着寄托、有着温度的伞，有了延续。

村里的那个吉他青年

　　小时候，去上小学大概有五里路，学校在村里的山脚下，小伙伴们吃过早饭，会结伴步行上学，我们绕过一间间的瓦房，走过一条条小巷，再经过一座石板桥，涂着白石灰的校园就在不远处。赶鸭人总是起得很早，撑一小船，手上握一长竿子，慢悠悠地尾随在成群结队的鸭子后面，鸭子们在碧绿的河面上，时而翻转身子，时而潜入水底，悠然自得，那清晨河面上的"嘎、嘎"声响，似乎在和上学的小伙们"打招呼"。

　　河的对面住着一位会弹吉他的青年，白墙的瓦房子有一间阁楼，阁楼开了一扇很小的窗户，吉他青年似乎每天都坐在这窗户上，安静地拨动着他的音弦，琴声悠扬，仿若门前河里淙淙的流水。

　　在我的印象里，他是村里唯一会弹乐器的年轻人，也是打扮最时髦的小青年，喇叭裤、皮腰带、修身的衬衫，还有烫起的"花菜"卷发，他和他的吉他成为这个村庄最"不一样"的风景。

　　每每放学，走过那段河边的青石板路，耳边总会传来一段段吉他弦音，悠扬而舒缓。偶尔，碰到好天气时，小青年会坐在树下的土坡上，沐浴着晚霞的橘红，弹起他的旋律，夕阳把他弹奏的影子拉得瘦长。放学不着急回家的小伙伴们，随着吉他的音律，坐在小河的对岸，高的、矮的、胖的、瘦的，争先恐后，猜起歌名，然而那时候，在物资匮乏的年代，小屁孩们是真的不知道他弹的是什么歌，也不理解"艺术是生命的花朵"，但小青年悠扬的吉他声打动了孩子们的心灵，音律里有酷爱、帅气、时髦、美好，还有吉他青年青春的味道。

感觉是好长一段时间，甚至是我一整个小学的时光，一直都会看到他在那窗户边上，抱着他的吉他，陶醉在吉他的旋律里，享受音乐。

后来，小青年搬家了，读书的小伙伴们也渐渐长大，离开村庄，去了较远的地方上初中、高中，去深造。时过境迁，但儿时上学路上，那个小窗户里弹吉他小青年的画面仍记忆犹新，它是记忆里一首故乡的歌。

小青年其实是小学男同学的小叔叔，他说如今成了家的小叔，偶尔还会拿起他的吉他。

那淙淙的吉他声，是他在故乡里的整个青春。

糖　　丸

说起糖丸，很多 70 后、80 后的朋友们应该都还有印象，我们小时候去医院、卫生院打预防针时，穿白大褂的医生总会用勺子喂一粒白色的糖丸给我们吃，那时候大家的生活条件都不好，不是谁都能买得到糖吃，而去卫生院蹭到甜甜的"糖丸"，成了那时候特别开心的事。

其实这一粒小小的糖丸，是那个时期预防小儿麻痹症的脊灰疫苗，是减毒灭活疫苗糖丸。

根据材料记载："1955 年，江苏省南通市突然爆发大规模小儿麻痹症，短短数月时间，这场专门针对 1~6 岁小孩的瘟疫，席卷了整个南通市，1680 名儿童被感染，瘫痪率接近 70%，致死率高达 28%。据统计，1960 年前我国儿麻肆虐，每年有 20000~43000 个孩子会患上小儿麻痹症。在 70 年代和 80 年代，很多孩子因为小儿麻痹症双腿瘫痪。"

由于小孩抵抗力差加之中华人民共和国成立初期医疗落后，特别是在农村，小儿麻痹症很快就开始传播。

小儿麻痹症又名"脊髓灰质炎症"，这个让多少父母心疼的噩耗，让多少孩子痛苦的疾病，它游走在孩童间，影响孩子成长的全过程，感染者四肢会出现不同程度的瘫痪，严重者可因呼吸困难致死。

每天有多少满脸焦虑的父母背着孩子来回奔走在各大医院间，那时候，交通不便利，有些来自农村的父母背上自己的孩子还要背上好几天的口粮，寻访奔走于各大医院，结果都是失望而归。

1955 年 9 月，毕业于北大医学院，并在苏联医学科学院病毒研究所深造回国的顾方舟医生，一回来踏上祖国的土地，便遇上了这场史无前例的"大瘟疫"，作为病毒学博士的他毅然决然地扛起了攻克小儿麻痹症的重任。

科研攻关之初顾方舟的进展并不顺利，不知历经多少个日夜的研究，顾方舟和他的团队终于成功研制出中国首批抗脊髓灰质炎症的减活疫苗，在不能临床活体试验确定疫苗在人体的有效性时，顾方舟博士做了一个疯狂的举动，他用自己做活体试验对象，把没有任何安全保障的疫苗全都喝了下去，10 天后，他没事。为了验证疫苗对小孩子有效，他含着眼泪，让自己不满一岁的儿子吃下中国首批脊髓灰质疫苗……

他成功了！但只有懂的人知道他们这些科研英雄背负着怎样的使命！

为了让孩子更加方便服用，细心的顾方舟博士把疫苗做成了糖丸。

抗脊髓灰质炎疫苗 20 世纪 60 年代研发完成，中国从 60 年代开始使用顾方舟研制的口服脊灰疫苗，可是疫苗普及率不高，很多儿童仍然患上脊髓灰质炎。直到八九十年代，开始了强化免疫工作，到了 2000 年，世界卫生组织才终于证实我国实现了无脊灰目标。

其中有一条数据让我特别注意：1978 年，"脊灰"糖丸疫苗列入全国免疫计划，每个孩子免费吃到了糖丸。可惜，我早出生了半年，没能幸运地吃到甜甜的糖丸，感染了脊髓灰质炎。

说起儿麻，想说的话好长好长……

我一周岁的时候感染脊灰，一直高烧不退，我的后遗症是右脚落下弓足踮脚尖、手压腿行走，虽然不是儿麻后遗症中最严重的一种，但和所有儿麻患者一样，在成长的过程中，身体残缺的痛苦伴随一生。

随着身体发育成长，右腿开始肌肉萎缩，左右腿长短不一，由于我走路是手压腿走路，脊椎变得侧弯，走路越来越吃力。小时候，家里生活条件有限，父母一辈子为了生计及养育子女花光了所有的精力，错过了矫正儿麻后遗症的宝贵时间。那时二十来岁的我，右腿已肢无力，走不了几步路，摔倒、爬起，爬起、摔倒，我流着泪暗下决心，我一定要想办法自救。

在 2000 年，我自己终于有了一点积蓄，在亲人和朋友的帮助下，联系到了医院，医生说尽管已不是治疗的最佳年龄，但他一定会尽力，让我可以不再用手按压着腿走路，让我的腿行动尽量方便些。于是，我开始了长达三年的儿麻矫正治疗。

那三年里，我共做了 5 次矫正大手术，只有经历过的人才能体会，那种断骨、矫正拉长的痛苦，但是，在每次手术麻醉过后的痛不欲生、身体不能侧翻、夜不能寐的时间里，我居然没有掉过一滴眼泪，心里始终抱着坚定的信念，只要让自己身体变好，这些身体上的疼痛都会熬过去。

那种坚强的动力，来自想改变残缺的身体、改变命运，对未来期待的渴望，也是一个少女对未来生活幸福的渴望。

现在每每回想起那段矫正治疗的时光，还是会眼眶湿润。

写这篇文章时，在网上查了许多资料，在一个儿麻矫正网站视频里，看到了一位和自己术前走路一样吃力的患者，一样清瘦的脸庞，身体倔强地挺立着，我顿时热泪盈眶……

尽管小时候右腿不方便，但我在成长中性格要强，小伙伴们好玩的东西，一个也没落下，像个假小子一样"彪悍"。

那时候如果确诊小儿麻痹症的话是很难治愈的，少数孩子得病后可以自行痊愈，但多数孩子患病后会出现下肢肌肉萎缩、畸形等。具体状况有：足内翻、极度马蹄高弓足踮脚尖行走艰难、膝盖弯曲踮脚尖行走、单脚严重内翻足靠脚背走路、双腿膝盖弯曲双脚内翻足、极度手压腿行走等终身残疾。

我不知道，在那个年代感染上脊灰的那些朋友们，现在的身体状况及生活是什么样子？但我知道，他们同样有着长长的故事，在后遗症带来的人生考验中顽强地生活着。

脊灰患者已在慢慢老龄化，有的在后遗症中身体状况日益欠佳，有的还在辛苦地工作，幸运的是，这一特殊人群都可以享受到社保。

身边也有着很多的脊灰企业家、专家等优秀的朋友，他们付出了比常人更多的艰辛和汗水，破茧成蝶，用更强的生命力，让自己重生。

残疾给了生命很多的困苦和磨难，但一切外在的艰难和阻碍都不算可怕，只要我们的心理是健康的，没有了灵便的双腿奔跑，但思想的火花依然迸发着，精神屹立，生命仍是一朵常开不败的花！

很感谢治疗期间的主治医生，在我右腿已发育定型的有限的希望里，帮我矫正到最好的状态。对我来说，那是重生！

感谢脊灰糖丸，让这可怕的病毒止步，不再危及全中国所有的儿童。

有史以来，病毒一直伴随着人类，但是人类与病毒的抗争从未停止过，就像我们刚刚经历的新型冠状病毒疫情，那些冲在一线的医学工作者，站在最危险的位置，为人民，与病毒抗争，费尽心血研究疫苗，就像当年研究脊髓灰质炎疫苗的顾方舟医生一样，这些肩负使命、站在疫情防线前沿的医生，他们都是拯救人民、拯救国家的英雄。

尽管生活不易，尽管在那个年代很多人出生时未能吃到糖丸，但我们仍是幸运的。

　　我们还在和亲人相守，看春来秋去山花烂漫，阳光温暖，看四季更替轮转，感受着祖国山河的日新月异。

得 与 失

对于成年人来说，在人生的过程中，回顾生活里的得与失，会有怎样的观点？我以为人生都在得失之间起伏，在成败之间徘徊，得与失是人生的过程。

来说说我这些年生活里的得与失吧！

第一次接触到残疾人艺术团，那是 2013 年的 1 月份，右腿不方便的我，认识了很多比我更不易的"他们"，他们中有看不见这个多彩世界的视障朋友，听不见任何音律的听障朋友，双脚无法感受大地温度的肢障朋友，比起他们，我似乎容易很多。

在一个春花烂漫时节，我安排了一次户外活动，带着这些极少出远门的小伙伴去踏青，山岫生烟、和风吹拂，在志愿者的助力下，他们跨过了平时过不了的桥、走不过去的路，志愿者成了他们能跑的脚、灵活的手、能望的眼，他们在青山黛水间流连忘返，心旷神怡，感受着大自然的美好。

一位叫子安的盲童用双手去触摸水面时表达的那种惊喜感，让我热泪盈眶。也许是因为相似的命运，我的心和他们挨得很近，也许是因为有太多个"子安"的召唤，我志愿带了这支队伍两年，而后在相关领导的邀请下，我辞了自己的工作，全职投入到这份工作中。尽管收入微薄，尽管有过思想斗争，但我知道，这会是一份有意义的事业。为了持衡自己原来的收入，我又重新兼了一份工作，虽然辛苦，但我想用我小小的力量，再去发动一些社会力量，帮助他们实现用艺术丰满自己生命的梦想。

提升团队整体演出节目质量是一个艰辛漫长的过程，成员们必须要有专业导师来提高技艺，艺术团需要好的代表性原创作品。俗话说："台上三分钟，台下十年功"，比起健全人，这些特殊的成员首先要克服身体上的障碍，付出的艰辛是常人难以想象的。

从最初有组建一支残疾人乐队的想法，到走向舞台，成员们整整磨了一年多时间，有几位成员是从零开始学乐器，其中盲人成员看不见乐器和曲谱，他们就靠双手去摸，摸对、摸熟乐器的结构和位置，再用手机翻译曲谱，一次次地听、一次次地摸，几十次，甚至几百次，因为热爱，所以坚持，音乐成了他们心中看得见的光明，他们用音乐来还原这个世界的色彩。

在安排肢障成员们排练轮椅舞蹈时，他们很兴奋和开心，双腿不方便的他们，想不到有一天自己也可以跳舞，他们吃苦耐劳，在轮椅旋转的过程中，双手磨出水泡、磨出血，贴上创可贴继续排练。成员陈建斌说："没想到，我们也可以跳舞，在轮椅旋转的那一刻，感觉到自己要飞翔起来，和健全人一样'奔跑'，真的太开心了！"是的，尽管他们肢体不方便，但是他们依然用轮椅旋转出优美的人生。

音乐是舞蹈的故事灵魂，排练舞蹈的听障成员们，他们听不到，只有通过指导老师的手语指挥，把舞蹈分成一个个拍数，一节节拍数教，再用微信给大家讲解舞蹈的故事意境，心理描写，情感表达，一点、一步、一节、一段，最后连接起来，指导老师们站在舞台左右，从头到尾指挥着拍数，就这样一次次地跳，一次次地完善。有人说舞蹈是藏在灵魂里的语言，跳舞就像是用脚步去完成梦想，每个动作都是一个字，组合成舞蹈这首诗。是的，尽管他们无声，但是他们依然用舞蹈舞出属于他们的青春年华。

特殊乐队、轮椅舞蹈、无声群舞，在艺术团节目一个个成型过程中，我很感激那些指导老师，他们拉着盲人的手去触摸音符，他们亲自坐在轮椅上给肢障成员们示范，他们用耐心与无声舞蹈者沟通，他们不计报酬，用爱温暖这些残疾朋友的心，给了残疾朋友迈向舞台的信心和勇气。

当残疾朋友们自信地站在舞台上，台下掌声雷动时，我的眼前就会涌现出他们在台下一次次排练的场景，我会眼眶湿润，那种精神和力量，在我心里是一首首诗。我常常对他们说："不管健全还是残缺，我们每个人的青春都是一样的，梦想都是彩色的，所以，我们一样不虚度青春。"

这些就是我的收获。

2017年，是我最辛苦，也是收获最多的一年，因为要参加省赛，我4个多月没有休息过，群舞、双人舞、声乐、乐器、戏曲，排练占据了我所有的时间，那时刚好房子在装修，我顾不上，有时晚上排练结束了，一个人跑到"小窝"处，傻傻地待上一会儿，我顾不上孩子，有时他两三天内都只能吃面条，然后写完作业等妈妈回家。那段时间真的很拼，成员们也很辛苦，我是倔强的，我想去证明我们的价值！后来，五个节目在省里都拿了奖，大群舞获得唯一的"特等奖"，也是市特殊艺术历年来最高的一次荣誉。残疾人的节目收获的不再是同情的掌声，而是敬佩的掌声，这是新时代残疾人的精神面貌。当我颠簸着双腿走上舞台领奖时，我的脑海浮现出无数个与汗水交织的场景，我想起写给成员们的那一段话——

尽管扶轮问路，尽管倚杖寻光，尽管在寂静中仰望万物之声，也要在颠簸中吟歌，哼给冬日的冰雪听，再唱一曲给春天的杜鹃花……

那一刻我的泪水直落了下来。

我有时反省自己，为什么老是会把自己感动哭，是过于感性、过于柔弱？但是，感动别人是故事，感动自己，那是生命的意义，这也是我的收获。

特殊艺术不是艺术特殊，而是残疾人克服了身体的障碍，绽放着自强不息的艺术生命力。他们把对生活美好的向往，都融入艺术作品里，那种散发出来的精神力量，是一首奋进的诗。

从2013年开始，艺术团参加了200多场的演出，精彩的节目走进了校园、走进了部队、走进了温州春晚等，观众累计达100万人次，残疾人的表演获得的不再是同情的掌声，而是敬佩的掌声，这是我来到这个岗位上的初衷，也是最大的收获。

也许有一天，我这颠簸着的腿走不动了，我想我的热情和泪水依然是滚烫的。因为十年多的奋斗，它已是我生命里的一部分。这个特殊的团队就像是一个大家庭，一张张熟悉的面孔，他们从自卑到自信的改变。

那个坐轮椅的英子姑娘，在她来艺术团几年里，参加基础声乐、乐器课程培训，并学会了轮椅舞蹈，学会弹吉他，参与乐队演出，变得自信开朗，手腕上那一条又一条"绝望"的伤痕，在慢慢淡去，坚强的花蕾在她心中静静盛开。

那个来声乐班学习，经历过脑部手术叫彬的大男孩，学会了唱歌，在一次声乐班音乐会上深情演唱，他的母亲拿着手机拍着视频，脸上挂满了泪水。

还有亮仔，在艺术团里遇到了另一半，还有高堃，成为乐队稳定的主力队员，等等等等，这些都是残疾人文化服务事业的深刻意义。

我热爱着这份事业，我想我会一直这样干到退休吧！

可是人生如海，潮起潮落，风浪不期而至。

我患儿麻的右腿过于劳累，开始经常会像断了电一样，走着走着，忽然没有了支撑力，摔倒在地上，加上领导对艺术团改制，我无奈从拼搏的前线退了下来。那些日子，是人生的至暗时刻，我很痛苦，我放不下这些特殊的朋友，我抱着枕头哭了半个月，脸上哭出了色斑，人瘦了一大圈。

经过两年多的休养，我的身体逐渐好转，在针灸和敷中药的治疗下，我右腿的支撑力也渐渐恢复，人也圆润不少。在养身体的同时，我当然不能闲着，重拾写作、古筝教学等，但是，艺术团永远是我心里的牵挂，在艺术团成员们的呼唤下，我再一次带着他们重新出发。亲人并不支持，我理解我的亲人，因为亲人不想看到我这么辛苦，但是我心里明白，艺术团成员需要我，残疾人有文化艺术精神需求，特殊艺术需要绽放，我懂他们，我身上有责任和使命。因为渴望温暖，所以更懂得如何去付出温暖，我想用我小小的力量，再去带动一些力量，去帮助他们实现艺术梦想，迈向更大的舞台。

我感恩这十年来特殊艺术艰难的工作，它磨炼了我，这是我的收获。

人生在得失之间起伏，在成败之间徘徊，得与失是人生的自然过程，愿我们在得失起伏的人生中都宠辱不惊。

也来谈谈儿子的中考作文"笔记"

6月26日—27日，不平凡的2020年，中考落幕。

在考试的前几天，和孩子聊过中考的作文方向，应该有很多家长和我想的一样：关于2020年疫情的主题可能性比较大。可孩子想法不一致，结果还真的被他预料对了。

第一门语文考完出来，他说作文是以"笔记"为主题写一篇文章。

1. 和同学分享记笔记的经历，写记叙文；

2. 给不愿意记笔记的人写一封信；

3. 给上初中的弟弟写记笔记的方法，写说明文。

儿子说自己写的是"笔记的思考和延伸"，写得很"嗨"，感觉不错，其中有两三句还提到了我，我很想知道他是怎么写的，想知道他"嗨"到什么程度，但为了接下来其他科目的考试，我没有问。

关于考到这个"笔记"试题作文，我心里也有着很多的话想说。

我一直以来习惯看书、看杂志，或者看自媒体文章，都会把好词、好句记录下来，记录一次相当于是让自己重读了一遍，加深印象，也会写上一段自己的感悟，增加自己的语言组织能力。

二十年来我的笔记一直都保留着，一沓沓，搬家时都没舍得扔掉，一直存放在书柜里。有时拿来读读，心里总会荡漾起很多美好的回忆，思绪上会延伸，很多灵感从脑海中飘过。或者是心情不悦时，我会去翻笔记，看一些文字，与自己和解。它也记录了我多年来阅读的成长经历，也更是一种坚持。

儿子他从小学起就是一个不喜欢记笔记的孩子，他感觉自己记性好，上课就不记笔记，但是俗话说"好记性不如烂笔头，最淡的墨水胜过最强的记忆"，我们要记、要学的东西太多太多，光靠我们的记忆力是很难完成的，想要学习好，就要明白笔记的重要性。

孩子初一时，仍不喜欢记笔记，也因为学习习惯的原因，考试没少让他吃亏。为了让他养成记笔记的好习惯，我作为一个老母亲，真的是煞费苦心。

从批评、生气，到强迫他课堂必须记笔记，改变都是微小的。但是作为母亲，我不甘心看见自己孩子的学习习惯不好而无法纠正。

有一次他见我在整理笔记，随手拿去翻看，密密的、整齐的一本本，他看了很有感触地说道："老母亲很认真哪，这么多年坚持确实有动力，看来写文章是这么锻炼出来的，出一本笔记录也可以！"

我不放弃继续给他灌输记笔记的重要性，检查他的笔记，并在淘宝上定了印有他英文名的专属笔记本，他很喜欢，就在上面记些笔记，慢慢地，他想记的东西多了起来。

对于孩子来说，记笔记是一个加深学习印象的过程，对于比较懒散的人来说，记笔记能够强迫自己主动学习，在记录的过程中，可以更加积极地参与到学习中来。当你用笔在本子上写着那些公式定理、知识点的时候，其实大脑也潜移默化对这些知识进行了记忆和理解，当你复习语言课时，看笔记体会更深。

说得容易做到难，好习惯的养成需要一个过程，儿子在变化，就是在成长，是好事。这么多年来，我一直对于记笔记这件事情比较"唠叨"，无论是学习还是将来走到工作岗位上，记笔记是做好一件事的开头，记下重点，心里才有谱。任何成功都离不开努力和坚持，要有恒心坚持好的习惯。

今年的中考成绩还没出来，我不知道孩子的中考作文会得多少分，但是我相信他对于"笔记"这个作文，心里有很多的感悟。

而对于一个母亲来说，尽管我的笔记记了一本又一本，但是孩子的成长是我生命里最重要的"笔记"。

小　诺

　　小诺是舅舅家的小女儿，几个表姐姐相貌平平，她却长得格外水灵。每次提起她的时候，她那双水汪汪的大眼睛，我印象最深刻的。

　　小时候舅舅的家就在邻村，小学暑假那些年，我都会去舅舅家小住，其实表妹小诺只比我小几个月，我喜欢听她表姐、表姐地叫，我们一起抓树上的"小水牛"，在小河边打水漂，玩群体跳绳，一起和男孩子们玩打特务……那时候我们没有可口的美食，没有高级的游乐园，但我们却玩得极其开心，那种农村特有的童年趣事，在我心底里常常泛起美好的回忆。

　　初中我们上了不同的学校，渐渐联系少了，经常听母亲说，表妹小诺长得更水灵了。

　　小诺结婚比我早，她结婚的时候我没去成，母亲说她是经朋友介绍认识了现在的老公，她嫁到了外镇，男方家里开了个小作坊，家境还算宽裕，舅舅起先极力反对这门亲事，心疼小女儿嫁得太远，但是那个男孩伤心到绝食抗议，三天不吃不喝，男方的长辈慌了，男孩是家里的独子，最后让男孩的阿姨出面来说和，舅舅看到整天以泪洗面的小女儿，最终还是拗不过，应了这门亲事。

　　这个世界上有个男人为你绝食，为你痴情，作为女人，心里是不是会很感动？相爱中的两个人是感动的！那时的表妹心里有爱、有感动，我以为，她会一直这么幸福下去。

单纯的爱情超越了现实生活，而婚姻是两个家庭的结合，关联到现实生活的琐琐碎碎。看似平平淡淡的婚姻生活，却时常在考验我们面对生活的智慧。

　　小诺远嫁外镇，旁边没有朋友，带孩子做了全职太太，把自己的时间都花在了孩子和厨艺上，没有自己的朋友圈子，她老公则是比较感性的人，喜欢新鲜感和浪漫的男人，在小诺带孩子时，他痴迷游戏，活在自己的快乐世界里，两人也没有培养出共同的兴趣爱好。

　　爱得愈深，苛求得愈切，所以爱人之间不可能没有争执。而婚姻中最折磨人的并非冲突，而是厌倦！

　　在小诺的孩子上小学三年级的那年，她老公出轨了，从开始的网恋，上演到了现实生活中，闹着要离婚，表妹哪能放得下孩子，怎会轻率答应？那个男人开始夜不归宿，有时一两个月不回家，就像当年一定要娶小诺的那份痴狂，一发不可收拾，孩子也不顾，家里的作坊也不管，没办法只能是小诺和她的公公去打理。

　　女人经不起伤心，那段时间，小诺憔悴得老了好多，日日感怀，夜夜伤心，说起那个男人，整个人就啜泣不已，朋友和亲戚的劝解对她来说只是表面的安慰，真实的生活状态是需要她自己去面对和承担的。婚姻更是一段不能回头的路程！

　　适当的悲伤可以表示对感情的不舍，过度的伤心和去谴责这份感情，实在已没有意义！

　　可女人就会很傻，守着那个家，以为男人玩累了就会回家。那个男人逼着小诺离婚，小三偶尔来电话讽刺几句，悲痛欲绝的女人真是经不起折腾，伤心忧虑得太多，小诺身体垮了。

　　检查结果出来了，是肠癌！小诺拿着化验单，在医院的角落里一会儿哭，一会儿傻笑，想到年幼的孩子，小诺声泪俱下！

婚姻失败了，身体垮了，小诺万念俱灰，爱也好，恨也罢，都成过眼云烟。

公公和婆婆向来心疼贤良的媳妇，在外面找到儿子，骂着带回了家，商量着带小诺去医治。

经亲戚帮忙联系，小诺和那个男人来到上海治疗，经过详细的检查，谢天谢地，是癌症初期，情况还算可控。在化疗过程中，小诺挺了过来！

俗话说"夫妻一条心，家和万事兴"，自从那个男人闹离婚开始，小诺的家里就总是不顺畅，她从上海化疗回家休养后，她的婆婆也生了场大病，家中的小作坊因没有及时发展，也面临着淘汰，家中的钱被那个男人挥霍无几，困难接踵而至。

小三离婚了，以为可以和小诺的老公双宿双飞的，以为是找了个有钱的男人，现状让她失望了。那个男人有时被小三骂了回来，就在家里对小诺发疯，处在休养中的表妹，怎经得起这般折腾？

在复查时，小诺的身体状况很不好，并且经济也陷入了困境，自己的父母年迈，几个姐姐条件也不好，亲戚和朋友们纷纷伸出援助之手，大家你一千我两千地凑。

在生死面前，小诺有了新的领悟，还有什么比身体健康更重要的?! 她决心要好好活着，彻底放下那个男人，此时她已懂得让更强的生命力来代替过去所有的伤痛！她坚强了！

那个男人，被小三甩了，这几年花光了所有的老本，不思进取，给不了小三她想要的。

又是一次小诺复查的日子，医生说她恢复得不错，情况稳定，小诺高兴地发来信息。

时光不因人的快乐或痛苦而停止流逝，从化疗恢复到现在快两年了，小诺定期去复查，身体恢复良好，重要的是精神状态不错，有几个朋友对她特别好，会经常带她出去散心，人也开朗了好多。

前段时间小诺找了份工作，她说可以照顾自己和孩子的生活了，老板说她勤快，还给她加了工资，在劝她不要太辛苦的同时，我真为她高兴！

碰上挫折之后，回头看看自己的不足，学着感恩，从而看清以后的路，好好地走下去！

在一段感情面前，我们真的没有一双慧眼可以看到两个人将来的生活会是什么样子，或是忠诚，或是背叛，结婚的那天，我们都以为是白头偕老的，却又有多少人半路走散了，看多了分分合合，我们常常有着那种不安全感，那份不安全感是告诉我们婚姻里的两人要共同成长，一路上彼此珍惜，在考验面前、在困惑面前，让内心的坚定来代替那种不安全感，去守护身边值得我们珍惜的那个人！

我 和 小 苇

上初中时，学校离家有十多里的路，尽管那时我学了骑自行车，但我的腿骑不了太远的路，学校没有寄宿，于是我和父亲商量，在学校附近租间小屋，我自己住着走读，周末再坐公交车回家，父亲同意了。

学校二百米外有个村庄，村里都是民房，租房不难，父亲在一家织毛衣作坊的农民家里，给我租了一间二楼西边的小屋，记得那时一个月的租金是十五元，十四岁的我，带着简单的行李，开始了初中一年级的生活。

村民们总是天蒙蒙亮就起来了，在楼下你一句、我一句问候着，和着窗外的鸡鸣，像定时的钟表，我不用担心自己会睡过头。

学校一日三餐有蒸饭，中午食堂有菜，平时我中午会买两份菜，留一份晚上吃。小屋里很简陋，一张一米宽的竹床，坐在床上会"吱呜、吱呜"地响，似乎在说着它走过的岁月往事。水桶、洗脸盆，和一个装着放衣服的袋子，是我全部"家当"，我放在一张旧书桌旁，洗手间在一楼，碰到大冬天晚上，上楼梯会冻得牙齿打战，浑身哆嗦，西边屋里的寒气特冻人，冷得身子瑟瑟发抖。

那时的冬天经常下雪，天寒地冻，然而，父亲并不知道我只带了一床盖的棉被，床板上只铺了一条薄薄的被单，冷时，我就把自己卷在棉被里，左边、右边拉好后，卷成圆圆的"水桶被"。

房东阿姨觉得我实在太冷，就给我拿了一件旧的军大衣，盖在我的棉被上，在那个冬天的夜里增添了许多温暖。

父亲总是很忙，忙着打鱼，忙着农田，顾不上我，有时，他会托同村同校上学的孩子，给我带点新鲜的红烧鱼，还有我喜欢吃的豆腐泡，那是我那一星期最丰富营养的食物。

那时候，村口刚通上公路不久，公交车上的人都是爆满的，大家前门挤不上去，就去后门挤，关门都要关好几次，我不想这样去挤，所以我有时半个月才回家一次。

小苇是我在读初一时，转学过来的，她比我高一年级，读初二，因为她家住得远，经同学介绍，她准备搬来和我同住。

小苇的到来，使小屋殷实不少，她带来了厚厚的垫被褥，可以热饭的电丝炉，小屋里顿时有了生气，也有了女生聊天时的欢声笑语。

小苇比我大一岁，从生活习惯上可以感觉到，她是一位非常有教养、学习很自律的女生，她很照顾我，出去买生活用品，她会主动帮我拎重的东西。

她很爱干净，会把自己的鞋子擦得白白亮亮，我夸她时，她会把我拉住，蹲下来，把我的鞋子也擦得白白的，我很感动，印象里从来没有人这样蹲下来，把我的鞋子擦得那么干净。那个画面，我至今都记得，我想，我一辈子都会记得。

我们成了无话不谈的好朋友，我经常会给她梳个很复古、温柔的"法式"编发，她特别喜欢，她夸我手巧，特别是周末回家时，她会让我给她编好，回去给她的妈妈、妹妹看。一次周末，她把我带到她家里，给她的妹妹、表妹也编了同款的发型，几个女孩子拿着镜子照来照去，照得眉欢眼笑，好不欢喜。

时间很快，小苇初三那年，她父母安排她住到了亲戚家里，好的饮食起居，也能让她好好备考。我受一位恩师的帮助，和他的两位女儿一起住在了学校的教师宿舍里。

转眼我也成为初二的学生，小苇初三毕业，分别总是依依不舍，小苇考取了幼师，我们说好，要互通书信，来传递彼此的牵挂和友谊，学校保安处，成了我每天必去的地方，会习惯查看信件，再去上课。

随着学业变忙，我们的书信变少了，后来，听说她搬家了，搬到了市区环城东路，我初中毕业后，我们失去了联系，我们都奔向了各自的方向。

但我会一直想起小苇，也一直打听她的消息，年少时还曾想过，要不要去一趟环城东路看看她。

在初中学习生活的那些年，小苇的善良，带给我很多的感动，我们纯纯的友谊，我珍藏在记忆里，一直到现在，我都很想她。

不知道，有生之年，我还能否再见到她，小苇，你好吗？愿一切顺利。

阿　彬

2020 年的五四青年节，哔哩哔哩献给新一代的演讲视频《后浪》，刷爆微信朋友圈。

在这个最好的时代，青春有如澎湃的浪潮，激情奋力地翻涌奔腾，不管是推向前浪，还是把前浪拍在岸上，都是年轻的"特权"，后浪奔涌！

青春就是有选择的权力，真好！

此时我想起了一位大男孩，他叫阿彬。

他不是千万人之中的"大浪"，他是千万人之中的一滴"小水滴"。

记得四年前初夏的一个上午，一位年近五十岁的中年男子，找到我的办公室，瘦瘦的个子，满是话语的眼神，和善地笑着，他是彬的爸爸。

他说想不到温州也有这么好的一支特殊群体艺术队伍，他说是看到艺术团的新闻报道后，在百度上找到的地址，从永嘉过来，为儿子彬而来。

他说儿子彬今年二十一岁了，几年前是学校里成绩名列前茅的学霸，因为生病脑部做了手术，不能正常上学了，几年来，一直在家休养，目前身体状况比较稳定，他希望孩子能重新融入一个新的集体，丰富他的生活，找到他自己感兴趣的事。

眼前的这位父亲，语气缓慢，语调平静，讲了孩子这几年的一些情况，然而，已为人父母的我们都知道，孩子的健康对父母来说，比自己的生命还重要。

彬爸爸的话语间，有一种把生活的辛酸都尝遍了的平静。男人和女人不同，男人越平静，心里承受得越多。眼前的这位父亲银白相间的头发，只有他自己知道这些年他经历了什么！

虽然说我们在面对逆境的时候要百折不挠，但想想这百折不挠里充满了多少无奈和挣扎，为人父母更不能放弃，彬爸爸仍在给孩子找出路，给他点亮未来的希望。

第一次见到彬，他比我想象中开朗，彬的口才特别好，出口成章、滔滔不绝，他说每个人都有挫折，他也是，个子一米七的大男孩，笑起来的样子仍像个单纯的孩子。

作为艺术团成员，彬的艺术特长不明显，我让他来一起学习，他很开心。

彬刚开始过来上课，都是彬妈妈陪着他来，来回公交车要花两个多小时，彬妈妈非常辛苦，彬有时课上到一半会头痛，彬妈妈带他到窗口通风处坐坐，然后又回到位置上继续上课。

彬妈妈说以前在外地经营几家店面，生意稳定，因为精力都放在孩子治病身上，把几年守下来的店面忍痛转让了出去，一家人回到了老家。

彬很快融入集体中，尽管他没学过声乐基础，但是他学得很认真。

渐渐地，彬学会了自己坐公交车，虽然偶尔会坐错站，但是声乐班的小伙伴们都会鼓励他，在老师的指导下，彬在声乐学习中进步很大。

在一次艺术团年底声乐班音乐会上，彬也唱了一首歌，他开心得手舞足蹈，彬妈妈拿着手机认真地拍他，脸上挂满了泪水，她说这孩子几年来都没有这样开心过了，他开心就好啊！

彬也许不能像别的年轻人一样去"拍浪"，那么，就让他做一滴温情的"小水滴"吧，只要小水滴快乐着，他就是母亲心中荡漾的"浪花"。

记得有一次上课间，他说头疼，我带他去走廊处透风，他就在走廊上来回地走着，我不放心，跟在他后面，他对我说："我每天很认真地吃中药，妈妈告诉我，只要心里想着会好，我的病就一定会好起来，可是，可是，我不知道我等到哪一天才能好起来……"

我跟在他身后，眼泪忍不住掉下来，又赶紧用手拭去。

我们每一个人，健康活着的每一天，都要好好过！

在这个特殊工作中，我慢慢地领悟到，有些孩子，他们来到这个世间，不是带着"拍浪"的使命来的，他们是来和父母续一段缘分的，而这些父母，是老天特选的，这辈子和这些特殊的孩子，一起来渡人生这条河。

但是孩子，你不能"拍浪"没关系，就做一滴"小水滴"吧！水滴晶莹透亮，发自己的光就好！

女 孩 心 如

　　心如和影星同名，母亲为女儿取名美丽的"心如"，是对女儿有着很多美好的期盼和希望的。

　　心如不说话时，是一位二十多岁普通的小姑娘，然而命运，把她的智力永远停留在十岁。

　　记得第一次见到心如，是她爸爸带她来我的办公室，心如长得有些肉嘟嘟，很可爱，穿着干净整齐，她并不怕生，见到我就笑。她跟我说："老师，我很喜欢唱歌的！"我说："心如都喜欢唱什么歌？"她很自信地说："我都会唱！"

　　我带她去多功能厅，她打开手机里的音乐后，就手舞足蹈地跟着音乐唱起来，跑调跑得很远，但是她唱歌陶醉的模样荡漾在我的眼前，像一只不管跑不跑调仍快乐唱歌的百灵鸟，音乐停下来后，她开心地问我："老师，我是不是唱得很好听？"脸上笑得像一朵纯洁的百合，我被她感动。

　　她喜欢唱歌，唱歌能带给她快乐。

　　在特殊艺术声乐班里，很多学员的基础很不错，并且这个班是为培养和选拔特殊艺术声乐人才而设的，排练声乐节目，参与演出。我答应心如让她过来和他们一起学习，声乐班的老师及学员们也给了心如很多的照顾。

　　心如很快融入这个群体，尽管她还是唱得跑调，但是三四个月后，在老师和学员们的鼓励下，她居然能对上一段歌曲的音准，并记住了一大段歌词，这对于一个智力发育不全的孩子来说，是奇迹，她真的很努力。

有一次，我把心如演唱的一段视频发给她的妈妈，她妈妈笑得热泪盈眶，她说孩子好开心！

在这个特殊的声乐班里，他们中有些人看不见、有些人肢体不方便，但是他们都热爱着音乐。

课间休息，肢障成员让盲人的双手搭在他们的轮椅上，带他们上洗手间，"我是你的眼睛"，盲人成员会帮肢障成员踩踏板给轮椅加气，"我是你的手脚"，每周有一课，成员们会自制蛋糕、小点心和大家分享，他们在音乐技艺上相互沟通，在生活上相互照顾、彼此关心。

声乐课的爱心公益郑老师常常说："我被他们感动着，因为有爱而坚持着！"

这个团体里，有一种不同于健全人群中的团结，他们有着相似的命运，彼此关爱、相互给予温暖。

碰到艺术团有演出活动，声乐班的课程会暂停，有时候是一周，或是两周，我在外面忙活动时，心如会不停发微信语音给我："老师，什么时候开始上课、什么时候上课……?"她渴望来到这个集体，渴望开心、渴望被认可。

等到通知大家上课，心如会早早地过来，有时她会从口袋里摸出几颗糖，"老师，这是我省着给你吃的……!"

我常常被她的举动感动到眼眶湿润。

我有时在想，一个心如，还有很多、很多个"心如"，这些孩子将来生活的状态会是什么样子？如果有一天，这个声乐班停课了，这些喜欢音乐的孩子们，到哪里可以继续学习？

2020年因新冠疫情的反复，声乐班停课了。

心如还是像以前一样，会经常发微信语音给我，虽然她看不懂我写的文字，但是她能听懂我讲的普通话。

她说:"老师,你什么时候让我去上课?我一定都听你的,老师讲什么,我都会听的……"关掉语音电话,我的泪水掉下来,心如真的很想念我们这个大家了!

小轩和小隆

　　春天的花开得很美，我答应过自己，接下来要好好爱惜每个春天，等天晴了，就去看看花和草。那几天，我们这个城市又出现了疫情，似乎所有的计划都按下了暂停键，涉疫情社区孩子们都停课了，大人们居家办公，小区严格管控外来人员。

　　工作室不能开门，忙完琐碎的事，我坐在窗口发呆。家里的门锁不住孩子们的天真顽皮，他们都跑了出来，如同小区新建好的活动中心，朝气蓬勃，他们玩闹、嬉戏，你追我赶，我看见小轩和小隆也在人群中，孩子们玩得很起劲，欢笑着，疫情挡不住孩子们的欢乐。

　　小轩和小隆是兄弟俩，父母在温州务工多年，老家在安徽，他们一家四口租住在小区某幢的一楼。刚认识他们时，我工作室刚开业不久，兄弟俩对古筝演奏的声音很好奇，会经常跑过来玩，他们说："林老师，在你的工作室，好像穿越到了古代。"我知道，他们喜欢在工作室玩。

　　哥哥小轩四年级，弟弟小隆二年级，冬天那会儿，我经常碰到这兄弟俩一块儿上学，兄弟俩嘴里哈着暖气，走在冬日清晨严寒的马路上，小隆匆忙地跟在后面，哥哥时不时地回头看看弟弟。

　　有时候，他们还会约上他们的小伙伴，高的矮的，坐满了我工作室能坐的地方，讲述着他们开心和不开心的事。大几岁的小轩，常常会讲几句大人般很深沉的话，他说自己家里钱太少了，租住的一楼房间里，晚上会有很多的虫子爬出来，吓得他晚上都不敢睡觉，生怕虫会爬到他床上……他说自己要好好读书，将来才有出息。小隆则诚实地说自己成绩一般，但将来想去当兵，当兵参军还可以打仗，说完这句话，他挺立着他瘦小的肩膀，一脸铁骨铮铮的模样。我笑着说："为你们的理想点赞！小隆，去参军也要把自己知识学好，将来的时代，是高科技的时代，如果真的打仗，也用高科技打，你们的未来就是祖国的未来，如果你们都不学知识，祖国的队伍就会打败仗了。"小隆瞪大眼看着我，似乎觉得我说得有道理。

有一天晚上八点多了，小轩和小隆忽然背着书包站在我工作室门口，我问："怎么这么晚还没回家？"他们说："妈妈还在老家，爸爸不会做饭。"他们说自己这几天是在学校写的作业，然后回来在面馆吃盖浇饭，吃完走回家，看见我工作室灯亮着，就过来了。我似乎成了他们的好朋友，他们路过时，总会跑来打声招呼。

我们每个人都有着不同的命运，出身、父母、家庭、教育，有些东西我们不能选择，也许成长路上更是无人指引，但是，当有一天，我们有了认知意识时，我们要做好自己的选择，人有了坚韧不拔之志，即使平凡的人，也会有属于自己的绽放机会。

又是一个晚上，小轩和小隆过来了，他们说要搬家了，过来和我说一声，我知道，他们是想"道别"，时光荏苒，也许以后我们不会再相见。

希望多少年以后，小轩学有所成，小隆也穿上了帅气的军装，他们都能实现自己的梦想。

困惑与寻找

不忙的时候，你会做些什么？玩手机、逛街，还是发呆？

在这个网、机的年代，有人走路都在看着手机，这已成为很多人难以割舍的"瘾"，日复一日，我们的眼睛很忙，脑袋似乎很空。

累了就关上屏幕，让眼睛休息一会儿，什么也不看，发一会儿呆。

发呆总能引发沉思。

我想起了某位哲学家说的一句话，人到中年，至少你要弄明白了："你是从哪里来？你要到哪里去？"从哪里来，是要懂得感恩，到哪里去，是要扛起责任。

人生这一路会遇到很多的事，比如工作压力、孩子教育、房贷，人有时明明很努力，赚钱的速度还是赶不上消费速度。人的一生，道阻且长，压力面前，我们总是一边困惑一边坚守。

生活里我们总是平衡自己的欲望，对于一些只能解决生活最基本问题的人，那不是欲望，那是向命运讨生活，就好像看得见光明和看不见光明的人，不同的命运遭遇对幸福的定义就不一样。

还有人际关系，别人看不惯你，一直伤害你，如果我们不断自我反省，我们的心是否能宽容到无视这个人？

前几天读到周国平一段话："那人对你做了一件不义的事，你为此痛苦了，这完全可以理解，但请适可而止。你想一想，世上有不义的人，这是你无法改变的，为你不能支配的别人的品德而痛苦是不理智的。你还想一想，不义的人一定会做不义的事，只是这一件不义的事碰巧落在你头上罢了。你这样想，就会超越个人恩怨的低水平，把你的遭遇当作借以认识人性和社会的材料，在与不义做斗争时你的心境也会光明磊落得多。"

我们不能左右别人，但是我们可以左右自己。

人和人之间不一样，恶人不可能说自己是恶，善良的人给予别人善良，从没有要求过对等返还。

记得在经营书店时，有一次我去市区进一些文具和礼品，选好满满两大袋，妹妹载我过来的自行车上，挂不住两大袋东西，我不舍得打车，店主是一位 50 来岁的大叔，他看我腿有些不方便，坚持要送我们去新城站，他拉出一辆老牌自行车，两个袋子往车头车尾一挂，呼呼地说："我送你们去车站，你们两姐妹在后面跟上。"于是妹妹载着我，紧紧地跟在后面，他从市区三板桥开始骑了近 40 分钟的路程，送我们到汽车站，这两大袋礼品文具能有多少利润，我被这位大叔的善良深深感动，20 来年，不曾忘却过。在我开这家书店的过程中，我不知道那一捆捆厚重的书，是怎么被我一点点拖到店里的，就像蚂蚁搬家一样，在这个过程中，有像这位店主大叔，有像中巴车上的司机，等等，给予了我太多的帮助。

时光荏苒，人和人之间的相遇有时仅匆匆一瞥，但在我的生命记忆里，有着太多给予我温暖的人，如秋天的桂花香弥漫心底，而我只有在有生之年，把善良延续，来还人世间一腔温情。

发会儿呆，可能会寻思起生命里那些感动我们的人和事，在回忆中，凉薄的人总还是少，温厚的人总有很多。

人活到中年，没有人敢说自己已贯通一切歧路和绝境，不再困惑了，人生如寄，"在每一个人的生活中，苦与乐的数量取决于他的遭遇，苦与乐的品质取决于他的灵魂。"不要困惑于受到的伤害，要寻找更多的能量去治愈伤痕，越受伤越打开心扉，生命的河流流过你，你也会不负生命。

选择和被选择

小的时候，手里只有五毛钱，站在小卖铺柜台前，想要一颗彩色糖还是一根冰棒，难以取舍。

走出校园，对于工作及未来的发展平台，极其认真地掂量。

当我们进入职场多年，在工作中干出点儿起色、建筑些口碑后，突遇单位改制，又要重新选择。

前段时间，朋友和我说，四十几岁了，她忽然有了想改变生活的勇气，哪怕别人会说她，都一把年纪了，折腾做啥？可是，人即使活到八十岁，还有余下的人生路要走，人生很短却也很长！

我很佩服她勇敢地为自己而活。

人都在经历选择和被选择。

2019 年，在一次残疾人特殊艺术演出活动中走进农村百姓舞台，这个演出点是我们几场活动中的中场点，经费也有限，并且我们被要求安排在工作日的白天演出，我和村里领导对接商量，演出能否安排在晚上，村里出点灯光费，避开 9 月室外依然猛烈的大太阳，这样残疾人演员也不辛苦，晚上现场观众也多，活动也有意义。后来，村里表明他们也没有经费，如果安排在晚上，这个村里的百姓大舞台晚上会聚集到千人以上，保安安全措施也有困难……

记得那天残疾人艺术团的演员们是下午到达村里的，既要避开大太阳，也要赶在 6 点天黑之前完成演出。演员们 14 点开始在室外舞台上彩排、对音，个个都汗流浃背，终于赶在 16 点开始演出，17：30 演出结束。

有人问："为什么那天演出观众不多？"

就好像村里的群众粉丝问："你们为什么不放在晚上演出？"

这是一个选择题！

选择有时也是无奈的。

中年人的选择最难，因为年纪越大，承担的责任就越多，有了家庭后，你面对可能会失败的风险，往往还要考虑到身边的人，选择变得更犹豫。

所以中年人想得多，白头发也多。

而人生，仅仅在于我们是否有勇气在矛盾中做出选择并勇敢承担一切后果。

在这个瞬息万变的时代，没有永远安稳的工作，也没有永远保值的财富，最担心的不是被选择，而是我们停止了为自己保值、停止了学习向前。

其实这个世界上没有一条路是所谓的正确的路，我们只有通过不懈努力，让自己所走的路变得正确！

房子、房子

你说，一个普通的上班族，要拼上多少年，才能在生活着的城市买到一套房子？

首先要去凑个首付，然后还贷 20 年~30 年，加上生活的开销，要一辈子省吃俭用。

我也是一名普通的打工人，2017 年，儿子要上初中，作为母亲，我尽管身体上有不灵便，但是也和所有的父母一样，希望给他找一个好的初中就读。

记得 2017 年刚开春时，我到处找房子，身上存款只有 10 多万，首付还差一半，眼看孩子就学报名时间越来越近，在现实和理想之间，囊中羞涩，心力交瘁。最后，选择在一个价格适中的旧小区，买了个二手房小居室，孩子也终于上了中学。

在亲人和朋友的帮助下，我先付了 30 万首付款，最苦的是房子装修那段时间，因为"余粮不足"，装修的费用都是一人打三份工作，从每个月工资收入中慢慢挤出来的，家里的物件也这样慢慢地买齐。

2017 年对我来说，是特别难，但也非常有意义的一年，那时正带领心灵馨艺术团参加浙江省第八届残疾人艺术大赛，小房子装修的那两个月刚好是节目冲刺阶段，我一心扑在艺术团，排练放在周末和节假日，五个节目，前后练了 4 个多月，我没有一天休息日，顾不了孩子也顾不了房子装修，有时候等晚上排练完了，一个人跑到"新房"里待上一会儿。

艰难的日子熬了过来，也有了回报，艺术团的节目获了奖，舞蹈节目还获了省"特等奖"。房子装修也接近尾声，在这个繁华的城市，我和孩子终于有了个属于自己的小窝，我也开启了房奴时代，累并快乐着。

都说母性是女人天性中最坚韧的力量，在我看来，一个人要懂得珍惜属于自己的那份亲情，又勇于承担属于自己的那一份苦难，学会坚韧。

时间过得特别快，转眼4年过去，儿子也上了高中。回首这些年的自己为工作真的很拼，这不灵便的腿，走路开始吃力，并常常疼痛，走不了路，20多年前帮我治疗的程医生的话仿佛言犹在耳，但一忙碌总是抛在脑后，也许生活，我们总是顾不上那么多。

考虑到我最近双腿的原因走不了楼梯高层，在家人的建议下，我这人生里的第一套房子，带着太多的不舍，已在出售中。因为惜房、爱打理，虽是老房子，却让我们越住越"光鲜"，儿子常说："妈妈，我们家虽不是豪宅，但是一个温馨的家！"这套房子是我们母子从无到有，从漂泊到港湾的过程，记录了太多太多美好的回忆。

我仔细算了下，房子卖了后，还了大半房贷，缴了县区老家安置房尾款，也所剩无几，想想这些年的收入，比较羞涩愧疚，繁华都市，光阴荏苒，我和孩子，哈哈，又变回了租客。租也好，买也好，我们还是要勇敢向前走，不是吗?! 自强不息者，是孟子所说的"人之安宅"，借之安身立命吧！

朋友说，这些年你都做了些什么？心里想想，尽管我依然囊中羞涩，但我这些年特殊的工作经历，在我的生命里划下不一样的光芒，这是我生命的价值。

生活不易，生命不息，困惑继续，寻找也在继续，我很为周国平老师说的一句话感动： "困惑是我的诚实，寻找是我的勇敢！"

雨 天 散 记

四月的雨，滴滴答答地随风落在屋檐上，敲浅了睡眠，敲醒了梦，脑海里满是天空那弯静静的明月，仿佛只要它在，我就能安心入睡。红楼梦里，凤姐说过一句："一夜北风紧"，那些晚上听一夜风雨的人，想必都是日夜操劳、心里装事的人。

这些日子的雨像是喝醉酒的少妇，迟迟未醒，街上的人，淋雨、躲雨、撑伞，抬头、低头一直是雨，湿漉漉的人间四月天。阳台上的湿衣服里一层外一层，孩子的校服在着急地等待着阳光，在大人的世界里，雨下多了，就成了累赘。

雨天的放学路上，幼儿园的孩子们，穿着可爱的雨披和五颜六色的雨鞋，从校门口整齐地出来，然后一路上他们欢快地踩着小水坑，踩到裤管上必须沾满泥水，才愿意回家。在孩子的世界里，雨是天真，雨是快乐的。

都说："莫厌城市的久雨，要怜溪涧的远水"，终于在某一天我挤出沸腾的车流，来到空旷的山溪边，清澈的溪水"哗、哗"地响，久雨初歇，雨后的山林，清冽明净，山峰前仙雾缭绕，树木、房舍等点缀其中，山景犹如添墨增釉一般，轻纱帷幔，如梦如幻。晶莹剔透的水珠停留在树叶上、花瓣间、草丛里，水光盈盈。雨后的山林，如同仙境。

对于山脉、树林，雨水是甘霖，是生命，是润泽万物生命的源泉。四月的雨，为了五月里那要盛开的花朵。

年少读书时，常常只把"风调雨顺"当一个成语来念，而今，人到中年，它成了一个祈福，祝福不要久雨、久晴，人间风调雨顺，天下安宁。

那　　秋

不知不觉，暑往秋来。

想起了刚刚走的夏天，在每天必经的路上看着那棵树，它经历过一整个酷暑的煎熬，树叶由绿渐渐变黄，似乎只有经历过春夏的生长、秋冬的凋零，叶子的成长才算圆满，人生就如同这树叶！

微风徐徐，开着窗，人已感到微凉，南方的天气真是一夜入秋，树木不知何时已换了新"发型"，枝头上有了红、有了黄，转眼就是一番秋的模样。宽大的马路上街灯还微弱地亮着，小区里静悄悄的，只有落叶随风翻动的声音，和我这个晚归的人。

城市的季节变化被各种建筑物淡化了，总有盖不完的楼，春天里没有融雪，秋天里没有翻飞的红叶和大片的麦黄，岁月的交替里，少了大自然的色彩。

秋天的颜色在田头、在山村，在故乡里。我不由得想起儿时家乡的秋天。

农村的秋天是收获的季节，田野大片大片金黄，天高云淡，饱满金黄的稻穗沉甸甸地垂着，在风里"沙、沙"作响，田埂的不远处有一排杨树和柳树，树的脚下是一条浅浅的小河，河边一头老黄牛悠闲地侧躺着。

秋收的时候，大人都要在田里忙收割，孩子们也跟着大人到田地里去，捡稻穗、收稻谷，稍大点的孩子，就会去割稻谷。父辈们在田里辛勤地劳作，打稻机不停发出的声音仿佛在叨叨着

"好收成、好收成"，尽管农忙辛苦，但收获的时刻是喜悦的。

我打不了稻谷，就在田里捡稻穗，捡累了就坐在田埂上看白云，那时的天空蓝得出奇，云朵变幻莫测，云卷云舒，任由你遐想。于是你一个、他一个，小伙伴们都凑了过来，大人们也会让孩子们在田里"野"一会儿，大家天马行空，他一句、你一句，每个小伙伴都有自己的观察角度，各有比喻，形容得都不一样。

在田埂上，看完白云，看秋雁，秋雁们有时排成人字形，有时排成一字形，令人神往不已，恨不得也长出一双翅膀，随雁般自由飞舞。

秋天里还有挖红薯一项，山上挖的是红薯，地里挖的叫白薯。但是最难忘、最好玩的是番薯藤，那时，我们把长长的藤叶折一根下来，然后再左折、右折，脆脆的梗就一截截的，中间还有皮"藕断丝连"，就像一串串长长的"翡翠项链"，还有"翡翠耳环"，每个人头上都装扮起来，于是小伙们开始戏精上身，扮演不同的角色，有皇后、公主，露着自信的眼神，美得不可方物。

有时玩过头了，忘了回家的时间，免不了要挨一顿批，于是默不作声帮着家人晒起了红薯干。晒红薯干自然是用山上挖的薯，记得奶奶把红薯洗干净，蒸熟后，放着凉一会儿，再剥皮切条或切片，在室外透风的篦子上晾晒，摆放要均匀，不能重叠，每天都要翻一翻，直到晒干为止，碰到深秋夜里外面着霜，晒出来的红薯又甜又好吃。红薯还有一种我最喜欢的吃法，就是红薯煮粉干，奶奶烧的那个味道，至今我一直怀念着，那也是故乡秋天的味道。

山里的秋天很美，稻谷金黄，河水清澈，秋晒的红番薯很甜，大自然的调色板把故乡的秋天涂得艳丽、饱满，成了我对儿时农村生活最深的记忆。

不去远处，不知道世界的广阔，不去山村，不知道秋天的深度。又一缕秋风吹起枫叶红，我仿佛看见，故乡的秋色，正漫溢开来……

站台边的小女孩

公交车的站台边，一连几天都碰到这小女孩。

小女孩看上去六七岁，眼睛黑亮清澈，不规整的短发显得像个调皮的男生，身上穿着一套洗了晕色的运动服，可能几天没换，也可能在学校玩得够皮，运动服上显得"五彩斑斓"，身上背了一个坏了拉链的书包，暮春的天气仍有些微凉，她却穿着拖鞋，没有穿袜子，脚趾上有淡淡的褪了色的指甲油……

小女孩站在马路的边上，下班高峰期，一辆辆车子在女孩旁边疾驰而过，我伸手将小女孩拽进站台，我好奇地问："你坐车吗？"

她不说话。

我看了看她的脚，"你不冷吗？"她摇摇头，还是不说话。我说："你的脚趾黑黑的哟。"她害羞地低下头，终于笑了。

我接着说道："你自己从学校来这儿的？"

她腼腆地说着："是爸爸接到这儿，然后每天在这等妈妈。"

我说："下次你就坐在站台的椅子上等妈妈，站在路边，车子很多太危险了。"小女孩看看我，不说话，点点头。

这时她指着对面的方向说："我妈妈来了。"

我看着一个环卫女工骑着垃圾车往站台这里过来，小女孩开心地叫着妈妈，跟我挥了挥手跑了过去。

第二天去公交站台，小女孩还在，她站在站台的椅子边，还是穿着那双拖鞋，双脚却洗干净了些。我们相互笑笑，像是认识很久的朋友。

我问她："你明天还在这儿吗？"

她说："明天不上学，我星期一中午要回老家了，妈妈让我回老家念书了……！"

我心里觉得有点遗憾，家里有些小女孩的衣服，本来想明天带给她……

我说："回到老家，要记得每天把双脚洗白白。"

她害羞地点点头！

小女孩的妈妈来了，她没有骑着环卫车，她对我笑笑，她们一起上了公交车。

车来车往，载着小女孩和她妈妈的那辆公交车，消失在车流中。

哦！一连几天，我居然忘了问小女孩叫什么名字！

我们的生命中有很多这样平凡的相遇，可每当走到公交站台，我总会情不自禁想起这小女孩的模样。

人生有万种可能，祝愿女孩好运。

盛 夏 碎 语

时间流转，转眼又是一年盛夏。

其实这四季中，我最不喜欢这盛夏，因为一到这酷暑的季节，我就会中暑，今年当然也不例外。

记得小时候，每次中暑，都是父亲帮我揪的痧，父亲会在我的后背、手臂擦上白酒，用勺子轻轻刮，刮出一道道红红的印记，两指一弯曲，在手肘间揪皮，揪得我哇哇叫，父亲动作娴熟，不一会儿工夫，揪出痧瘀，头晕身乏、浑身没力的我，会渐渐舒缓起来。

如今，父亲因病卧床多年，成了"小孩"，再不能帮我揪痧了，这些年，一中暑，我会喝正气水，然后找师傅放痧，前前后后，总要折腾几天。

记得在儿时的农村，盛夏的清晨，睡眼惺忪中，空气里飘来烧饼、油条、豆腐脑的清香，孩子一天的快乐是从这香味开始的。遇到放痧后胃口不好时，就会和父亲说想吃村口的一些小点心，平时严厉的父亲也会答应。

那时候的快乐很简单，而此时的我们用什么来丰满自己的心灵？身体舒服与否，会强烈地作用于精神，我们重视心灵自由，向往身心愉悦，但是快乐来自何方？想想平时身体舒适的时候，吃得好、睡得好，就是福气。普通的人，更要心态平和，过好平凡的日子。

盛夏里，走过小暑、大暑、"中暑"，我必去看看绿池荷，大自然里，满是"开心"的东西。

你看，不知不觉，那荷，已开出很多淡粉色的花朵，接着开遍了满满的池塘，荷叶婀娜多姿，池水泛起微微的涟漪，荷叶上的水珠晶莹剔透随微风滚动着，亭亭玉立的荷苞竞相开放。是的，你来与不来，她依然绽放，我们要好好珍惜每个花期。

而今盛夏的夜空，没有了儿时故乡的溪潺蛙鸣，我却依然喜欢在夏夜皎洁的月光下追凉，月光把脚步照得柔软，不紧不慢，柔和似絮，抚慰疲惫。月光里也有儿时的记忆，连接千里万里，听见故乡的夏虫低吟浅唱。猛抬头，月光未曾改变，只是我们都换了容颜。

"月读天，风读地，灯读人"，我们也要去读每个季节里的美丽。

你好，盛夏！

冬日二三事

窗外冬雨纷飞，夜幕如坠，雨声从屋檐角滴答、滴答落下来，如同岁月的时针，转眼又是一年深冬，天气寒冷，我裹紧外套衣领，蜷在椅子上，心里想着，这个冬天我要更勤奋阅读吧，然而时间总是不经用，冬雨绵绵里，这一年，不管你是容易还是艰难，都将过去，冬也将过去。

这个冬天大家问候最多的就是：你"阳"了没？当然，我"阳"了。那几天我发烧、咽肿、头痛、失眠，难受至极，黑夜漫漫，一个人躺在暗处，想想人生这一路，不都是这么熬过去的吗？

我的体质不好，在后续的一个月里，我畏冷、声哑，关键是我这"老寒腿"发麻，走不了路，这个冬天，感觉自己衰老了十来岁。想起二十几年前，双腿在治疗的时候，主治医生跟我说："你的双腿走路得省点走走，路很长，留点以后用……！"年轻人总要蹦跶蹦跶，才有朝气，那时没有顾忌太多。

生病让人慢下来，时间缓慢悠长，我都感觉自己整个人懒绵绵的，提不起精神，经常夜里多梦，但是梦境里，总是很淡然、恬静。

记得那天我又梦见老宅，那个熟悉的二层楼小屋，推开那扇小小的木窗户，外面有白茫茫的积雪，梦里梦外的冬天一样冷，在抬头的那一瞬间，天空特别明亮，窗外蓝白相间，我还看见了发小秋在玩雪，还看见很美的刘苇朝我走过来，对我笑着挥手……

　　雪、蓝天，我看见了很干净、很美好的景物，我的眼睛变得炯亮，梦境里飘逸洒脱，我似乎知道这是梦，梦境好像是在指示什么，给现实生活里的自己。

　　我还梦见过已故的二叔，他西装革履，理了新发型，人非常地干净，显得比以前高大，脸庞清秀，一副年轻的模样对我微笑，他长胖了些，他说他很好。

　　梦醒来，我忽然感到心安！生命如四季，顺应四季，便能心安！

　　冬雨终于停了，我的身体也在渐渐恢复，声音也清亮起来，食物开始有了香味。

　　我一个人躺着，阳光慢慢地晒到了床上，晒到了被子，晒到了我脸上，暖烘烘的，温暖的太阳总有生发的力量。

班　长

　　初中的第二次同学会也是班长你组织的，当时同学们都已大学毕业，刚上工作岗位，个个意气风发，处在人生最高光的时刻，那一次的同学会大家玩得特别开心。然而，我怎么也没想到，那是班长你和我最后一次的相聚……

　　是妹妹通知的我，说："姐，你们初中的班长走了！"我说："怎么可能……！""是身体不好走了，有些日子了……！"我放下电话，愣在那儿，正吃饭的我，嘴里的米饭有如沙石般不能咀咽……

　　记得第一次开初中同学会是 1999 年的暑假，那时候好多同学都还没有电话，班长你在外地念大学放假回来，和班上的叶同学，骑着自行车，去一个个同学家里通知。真的巧，我在回家的路上遇到你们，那时正是酷暑的下午，炽热的大太阳把你们晒得汗流浃背，脸通红通红的，你们喊着我的名字，亲切得如同就在学校里。

　　同学是温馨的名词！至今，我都会想起，那天在半路上遇到你们的欣喜。

　　可是上天为什么把这么优秀的你，过早地带到另外一个世界去?! 从此以后，同学会不再有你，这个有趣的世间也没有了你。

　　记得初中毕业时，同学们都在情绪高昂地写留言册，一人一本，红色的绸缎封面，里面贴着的照片是一张张稚气未脱的笑脸，大家写着青春懵懂时的豪言壮语。

在班级里是小不点的我，性格内向腼腆，也因为身体上残缺，常常会自卑。

记得那天我在书桌上用葵花籽拼出"生活需要阳光"的字样，被你看到了，后来，你在我的同学留言册上说："生活中会有很多的光，比如我，我是充满能量的咸蛋超人，只要你想到我，就会看到许多光芒……"

此时此刻，残缺的我还在人世间，而满满正能量的你却走了！

在生命的最后一刻，你一定不忍看到伤心欲绝的父母，你一定有着太多、太多的不舍，因为你还那么年轻……

我妄想，你一定是在打怪兽时，能量过度消耗，回去充电了，要很久很久才能回来……！

有时悲伤，不一定都有眼泪！

前年同学们又开了一次同学会，这次是同学人数最齐的一次，同学们都说，这次我好积极，打电话、发短信，一个个地联系，我笑着说，当年在班级里没拿到积极分子奖，现在拿一个。其实，你在的时候，最积极的是你，我仿佛能听到你说："同学们要齐哦……！"

前几天，天空的雨一直下个不停，心情也灰蒙蒙的，但我知道，阳光终究还是会出来，就像当年你写给我的赠言，生命有光，无处不在。

在天堂里没有病痛，安好，班长！

时光如梭
转眼分别二十载
风都往哪儿吹
曾几何时

我们一起学习、嬉戏

那一张张青涩稚气未脱的脸孔

我们都在以各自的方式成长、改变

我们走过那不悔的青春

和一路的酸甜苦辣

回眸、回首

最怀念的还是那个傻傻的年少时光

在那个阳光很好的下午

教室里

笑语朗朗

…………

诗歌

不管健全还是残缺
我们每个人的青春都是一样的
梦想都是彩色的
所以 我们一样不虚度青春

问　路

有时候
我们怕哭
怕眼泪会滑下长长的脆弱

有时候
我们怕失落
怕自卑的镜子照不出理想的模样

有时候
我们怕自己过于情深
怕这一生的缱绻情长　卷收无人

可是
在这漫长而又短暂的生命里
我们依然有着那么多的倔强和炽热的渴望
…………

踩不到土地
我们依然有生长的力量
看不到阳光
我们依然能感受光照射的温暖

听不到万物之声
我们依然要活出自己的呐喊

…………

尽管扶轮问路
尽管倚杖寻光
尽管在寂静里仰望万物之声
却也要在颠簸中吟歌
哼给冬日的冰雪听
再唱一曲给春天的杜鹃花
…………

夜　　思

夜的小路烟雨
一把小伞撑进了初秋
润了雨的小鞋跟轻踏素年
雨帘如坠
一串串的年华落下
光阴从来都是用心去湘绣
只是回眸间
霜华爬上了前额
成为那丝愁
那一浓一淡的心事
…………

青春呀它是一朵小花
酒梨窝的笑靥未甜尽
娇嫩得匆匆
该把你写进温暖的文字里
还是把你融入这绵绵的音韵里
又或者把你煮进这浓香的茶沸里
放在我最珍贵的位置
慢慢深情
…………

夜幕坠地

窗外一直"娑、娑、娑"地响
那是风在揉叶子的声音
揉掉了伏夏
揉醒了初秋
揉暖了心事
又揉进一个四季的更替
…………

深秋里

一朵不知名的花儿落了
躺在满是落叶的浓秋里
诠释生命
一条泛着白的灯管累了
黑夜里二十一根琴弦在捉迷藏
争夺光明
一只瓷白小炖锅在秋深的夜里热了
银耳温柔地舒展着香气
喝一碗叫赶的清晨里
炊烟收起
一盏台灯旋开满屋子的米黄
脊椎和琴弦做尽商量
逞强用心
一瓶桂花香的玻璃体散发着青春的故事
弥漫在淡淡的时光里
曾经以后
深秋里
…………

雨里忆乡

米酒家、豆花铺
闪着迷彩灯筒的理发屋
站在严冬的村口
记忆里的故乡已是一片废墟
冬雨很沉，落了一地的回响
仿若卖馄饨的竹筒声
又像少女踩单车的脚踏声
还有一大群孩子在宽大的院子里
数着满天星星
知了呐喊着
奶奶的蒲扇一晃晃地
摇过了一个夏天
…………
熟悉的石牌坊下
我遇不到一个熟人
一棵梧桐树在废墟上孤立着
耷拉着叶子像丢失了什么
一定是调皮的孩子
好久没有弯着弹弓给它挠痒痒了
浅灰色的天幕下
我在找寻什么

把故乡的钥匙打开
在一个秋风的窗口
一位乌发的少女
拿着钢笔在信笺上沙沙地写着
…………

一场雨

一场雨与夏的热情交织
在山林，在楼间，在一条条小路
雨幕倾泻而来
盛夏的狂躁被浇灭
丝瓜藤上的水花一串接一串漫落下来
像是一首雨中协奏曲
把夏秋交替的欣喜弹给大地听
清风些许
秋，开始跃跃欲试

亭子里的老人，在思念看不见了的故人
淡黄的指间弹落着岁月的炊烟
一缕、一缕
双手更替着，秋来夏去
水面上的荷，褪去了粉色的外衣
莲，她已说完了一整个夏的故事
我们是如何步入这个秋的
似乎只是一夜
似乎只是，一场雨
…………

列车向南

列车向南
嫣红围脖浅短
圈不住这凛冬寒意绵长
飞驰的车厢闪过一明一暗
白昼黑夜穿梭匆忙

列车向南
隔座两位阿嬷倒了一杯闲茶
聊着芬芳过往
我在四十不惑的第十二节车厢
驶出青春站
列车向南
…………

我看见

我看见
你们在黑暗中寻光
用音乐去还原世界的光芒

我看见
你们在颠簸中问路
用轮椅去旋转出奔跑的步伐

我看见
你们在无声中领悟
用舞蹈去舞动生命的律动

我看见
在残缺中
你们仍骄傲地抬头
去藐视生命中所有的苦难
扬起自信的笑容
去征服心底所有的不甘

我看见
残缺和健全是一样的青春

一样的坚定和执着
一样的把能量释放
冬去春来
去把梦想开出花瓣

我看见
断桨的小舟仍划出波光潋滟
沐浴着晚霞的橘红
把生命之歌浅吟低唱
我看见
折翅的大雁仍翱翔出天际
翼下是奔腾着的河流
澎湃着的是生命的高度

我看见和听见
风雨中叶子的窸窣声响变得甜美
我滚烫的泪水恣意流淌

你的精彩

每一个生命
来到这个世界都是充满期待的
如果可以选择
生命没有多样性
没有残缺
那么未来是不是可以足够精彩
但是有着很多、很多顽强的生命故事告诉我
即使是一只折翅的大雁
也能高飞
也一样可以拥有生命的精彩
…………

妈妈！您是我今生的眼睛
——写给盲童的诗

妈妈说
春天是五彩缤纷的
到处鲜花盛开
我也想看看那春花的烂漫
像只小蜜蜂一样在花海中捉迷藏

妈妈说
夏天是热情奔放的
海水、天空一片蔚蓝
我也想看看那蔚蓝是什么蓝
再捉几只夏夜的萤火虫当灯亮

妈妈说
秋天是金色的
稻谷和麦子都熟了
是个丰收的季节
我也想陪稻草人一起看看那麻雀的捣蛋
再看看那金灿灿的稻谷长什么样

妈妈说

冬天是纯洁的白色
到处冰雪晶莹、白雪皑皑
我也想堆个丑丑的长鼻子雪人
再和小伙伴们玩雪球、打雪仗
…………

四季如此绚烂
我常常对着天空发呆
我在心里呐喊
妈妈、妈妈
我为什么看不见?
我的眼睛吃力地寻找着光线

可是悲伤都是徒劳的
难道这是命运的安排吗?
妈妈
我一定不屈服于命运
您为我奔波过多少个医院
来回的路化成您双脚的厚茧
岁月的风雨染白了您的鬓角
每一次的期望落空
都是您的心在撕碎
泪河流干
但您却依然坚强
…………

妈妈

您的爱如一把火焰
把我黑暗的世界照亮
您送我学习、唱歌、朗诵
送我参加每一次演出
您用那辛勤的汗水
慢慢临摹我生活的斑斓
为我插上知识的翅膀
…………

妈妈您像一棵大树
苍翠挺拔、笑容坚强
您教会我乐观地面对每一天
您是我生长的根
我要努力成为您理想的模样
…………

妈妈您是我心里的一盏灯
温暖着我的世界
那是一种力量
让我无惧未来的生活
自信、坚强
妈妈
您是我今生的眼睛
让我为您谱写一曲感恩的乐章
…………

聆　　听

走向海
层层海浪如往事叠来
天蓝得似少年的梦
笛声忽远忽近
云朵海浪
我们似乎在聆听这一生的回忆
…………
走向海
滚烫的落日歇息在海面上
是绚烂后的平静
繁华还是落幕
我们都只是海水中激荡起的一朵浪花
奔涌翻滚
我们似乎在聆听到这一生的足迹
…………

迈向远方

田野的翠绿是美的
山水的清音是美的
天空眷恋着大地
就像我爱着这个世界
推动问路的车轮
向前方迈去的路一定也是美的
没有障碍
让我朝美的前方奔去

春风呢喃荡漾着
夏阳激情炽烈着
秋叶眷恋着冬雪
就像我爱着这个世界
敲响寻光的盲杖
向前方迈去的路肯定也是美的
没有障碍
让我朝四季的怀抱奔去

让折翅的大雁翱翔出天际
让断桨的轻舟划出波光潋滟
让我们的每个日子

都像飞轮似的旋转起来
青春啊是一样的青春
没有障碍
在这个喜庆的中国红旗帜下
让我们共同追梦

在晴空万里下
我们越过高铁、越过机场
我们迈进公园、迈进书城
让无障碍通向远方
让城市的美丽发出人性的光芒
让双脚够得着田野的绿
让眼前呈现开水色山光
让残缺没有障碍
让不一样的生命找到一样的精彩

无碍有爱
心无边际
在这个喜庆的中国红旗帜下
让无障碍迈向远方
青春啊一样甘洒热血
让思想的双翼扩展再扩展
同鲜艳的五星红旗一样高高飘扬
在黎明的曙光里共奋进
在和平的时代里共芬芳
…………

我有一双梦的眼睛
——写给盲童的诗

我有一双梦的眼睛
在露水晶莹的清晨里
与蝴蝶、花蕾一同苏醒
一轮旭日从东方冉冉升起
河流山川披上一层绚丽彩衣
大地母亲的怀抱
如此美丽

我有一双梦的眼睛
在繁星点点的夜空下
与夏蝉、萤火虫一同嬉戏
一轮明月如磐玉般悬挂
花草树木在悄悄地私语
七彩童年的仰望
如此俏皮

我有一双梦的眼睛
我想把黑夜一直望到天明
忘记疲惫、把星辉览尽
我想看见四季万物神奇地更替

春花秋月、夏蝉冬雪
我想看见妈妈岁月的额纹
那一深一浅的爱
都写进我的日记
…………

有一种世界没有色彩
只能用心慢慢地去描绘
有一种生活没有棱角
只能用手慢慢地去触摸
黑暗不再那么可怕
让我们扬起坚韧的风帆
向未来前行
…………

我亲爱的妈妈
我尊敬的老师
还有那么多好心的叔叔、阿姨
你们满满的爱
会在我黑暗的世界里种下色彩
慢慢地滋养着我
在我的心底里抽长出一双梦的眼睛

爱是一颗种子
让更多的种子汇集
就会有大片大片的嫩叶生长
会长成绿树成林
世界因为有爱而温暖美丽

未来的路还很长
在我听着的世界里
在我感受着的生活里
让我用深情的诗歌朗诵给你们听
让我用欢快的音符弹奏给你们听
让我用悠扬的笛声吹给你们听
让我用洪亮的歌声唱给你们听

哦！我有一双梦的眼睛！！！

你是风景

推开薄雾的晨曦
湿润的空气有残留的泪滴
阳光一如既往地升起
艰难的跋涉需要勇气
心里面总有个声音
想征服所有的不甘心
命运顽强拼搏虽然身不由己
但再痛也要坚持美丽
残缺的手掌掩映着向上的积极
残损的双脚颠簸着坚韧的意义
自强者 无边际
我用我的方式让生命更绚丽
残缺也是风景
…………
披上晚霞的彩衣
绯红的色彩有迸发的热情
阳光一如既往会升起
岁月的脚步需要坚定
心里面总有个声音
累了就停下拥抱自己
有喜欢的样子是生命的意义

再难也要坚持美丽
灰暗的双眼颤动着心中的光明
寂静的双耳耸立着世界的安宁
自强者 无边际
我用我的方式让生命更绚丽
愿你我是风景
…………

故事

　　一个立志的人，所有的坎坷和磨难对他来说，不会是不公平，一路走来，他觉得这是他不同于别人的财富，他用辛勤的汗水浇灌着梦想的花朵，慢慢芬芳，我用轻轻的文字为有志的人壮行。

无声世界里的坚持和浪漫

春鸟夏蝉、秋风冬雪，四季如歌。然而生活中有一群人，他们听不见四季变幻的声音，上天在他们的世界里按下了静音键，生活就好像精彩的电影画面没有了声音和字幕，他们的世界里，是一片寂静。

尽管无声，尽管生活不易，但是他们没有向生活低头，他们笑对人生，用手语比画着人间冷暖，活出属于他们的精彩。

在温州市鹿城区有这样一对听障舞者，他们在舞台上是舞伴，在生活中是夫妻，他们在无声的世界里相互依靠、彼此鼓励。他们从小就有着舞蹈的梦想，舞台上他们旋转着优美的身姿，舞动着青春的激情，台下他们日复一日地排练，用汗水浇灌着希望。尽管他们听不见音乐，依然用自强的信心，舞出生命的最强音。

他们叫陈小帅和王嘉莹。

因为梦想，这对听障夫妻在通往舞蹈艺术的道路上付出了常人难以想象的艰辛。

陈小帅三岁时因药物过敏，患上了神经性耳聋，从此听觉神经受损，听到的声音就好像磁带卡壳，到后来这"卡带声"也悄然而止，从此生活一片寂静。

王嘉莹也是三岁时药物过敏，造成听力重度缺陷，小时候的她长得眉清目秀，四肢修长，是个学习舞蹈的好苗子。然而她的听力即使120分贝的飞机起飞，都没有感觉。

小时候，他们的父母带着他们奔波于各大城市，四处求医，尽管以前的交通没有现在方便，可是天下的父母总是希望自己的孩子健健康康，他们不放弃一丝希望，但孩子们的听力一直未见好转。

在成长的过程中，他们因为听不见，不能说话，和邻居小伙伴们无法沟通，他们难过、失落，没有雀跃的欢声笑语，童年是寂寞孤独的。

陈小帅有时会把自己封闭起来，不开心的时候，一个人跑到阳台上，感受着无声世界带来的压抑，他好想对着天空使劲呐喊！那时候的他，不知道该如何与命运抗争。

但是人，渴望美好的愿望是与生俱来的！

偶然一次，陈小帅跟着外公去看戏，他看见戏台上的演员举手投足是如此生动，一边拱手到胸前，一边云手如抱月，表演得如此精彩，肢体语言里满满都是故事，虽然他听不见，但他能看得感动，他被舞台表演艺术深深吸引。也从那时候起，陈小帅心里默默对舞台艺术有了热烈的向往。

陈小帅比王嘉莹大两岁，两人先后在温州聋哑学校读书，在学校他们品学兼优，学校的艺术节也让他们有了初次上舞台表演的机会。

时间很快，毕业后，在市民政福利工办的安排下，他们先后到了福利企业岗位上工作，步入社会，他们学会了自食其力。

1988 年 4 月，区残联组织人排练文艺节目参加全市的比赛，热爱舞蹈的他们，都报了名，两人同时被残联选上。

冥冥之中，他们又相聚到了一起。

在学习舞蹈的过程中，因为他们听不见音乐，跳舞完全跟不上节拍，陈小帅和王嘉莹只能在心里面一遍又一遍地默记拍子，一个八拍的动作记住后，就开始记下一个八拍的动作，每一个节拍都要对在音乐节点上，对不上，动作就会不整齐。

陈小帅在指导老师的带领下学会感知音乐震动的节拍，他戴上助听器，经常整个人都是贴在音响前面，他在心里一次次地默念，用捕捉到的震感想象音乐的含义。

尽管无声，但是梦想有呼唤声。

排练队伍中，陈小帅总是最勤奋的那一个，你十我百，别人跳累了，他还在练习。他为人忠厚、肯吃苦，总比别人学得快，还热心地教王嘉莹和其他学员。

刚开始身体动作僵硬，肢体不协调，被老师指导后，他就自己增加了练习的时间，家里太小，就跑到外面的空地上练。

宁静的世界给了他们更多的专注。

小帅说："练舞很苦，可从未想过放弃，有时双腿练伤了，可心都还在跳舞，有时晚上做梦都在跳舞。"他们实在太喜欢舞蹈了，在舞台上旋转的时候就好像听到了这个世界美妙的声音。

就这样陈小帅和王嘉莹在工作之余不停地练呀记呀，终于慢慢有了节奏感，身体慢慢变得柔软，舞蹈让他们对生活充满了向往，也让他们找到了快乐和自信。

因为坚持，舞动的身体渐渐变得舒展而轻盈。

其他所有的舞者都是根据音乐故事翩翩起舞的，而无声世界的他们是通过数拍子来记舞蹈动作，手语老师会给他们讲舞蹈的故事意境和情感表达，把一个八拍一个八拍的舞蹈动作串起来，就这样，他们一次又一次地排练，最后走上舞台。他们克服了身体上的缺陷，把不可能做到了可能，给观众带去心灵上的震撼和感动，充分展现了特殊艺术的魅力。

因为他们出色的表演，节目一路从区里入选到市里，从市里入选到省里，表演赢得肯定，他们又被选入了省残疾人艺术团，因而走向了更大的舞台。

1988 年 10 月，陈小帅和王嘉莹参加的双人舞、群舞分别获得了华东地区残疾人艺术会演比赛的二等奖、一等奖。

王嘉莹是个乐观的女孩子，不管台上、台下，她的脸上永远有着阳光般的微笑，让人温暖。因为有着共同的爱好和追求，爱情的花蕾，就像他们的舞姿已经在他们心中悄然绽放，那年陈小帅 22 岁、王嘉莹 20 岁，两年后他们走到了一起，从此无声世界中多了一份的相知、相惜！

也因为坚持，他们迎来艺术舞台上的掌声，用自强，舞出了荣誉，舞出了尊严，舞出了属于他们的青春年华。

他们在省残疾人艺术团期间（1992 年至 2008 年）多次随访日本、马来西亚、新加坡、法国等国家演出，不一样的舞台让他们开阔了视野，表演也受到了国外友人的高度赞赏。

每一个人，只要你坚持，都会有自己的强项！

小帅最难忘的是 2013 年参加省残疾人艺术团的群舞《钱江弄潮》节目获得全国残疾人艺术会演福建赛区一等奖后，受邀参加中央电视台《舞蹈世界》栏目"舞蹈全民星"的录制，荣获最高奖项"舞蹈全民星特别荣誉奖"，并七次在央视各频道播出，不仅展示了残疾人特殊艺术的魅力与自强不息的精神，也让热爱舞蹈艺术的听障演员们，舞出了生命的新高度。

舞蹈是他们生命里的火花！舞台上他们坚强地挺立着，在无声的世界里铿锵有力。

岁月的流逝是悄然的，但是努力和勤奋会响彻整个人生。

如今他们夫妻俩渐渐从台前走到幕后，他们最珍贵的不是他们拿过多少奖，而他们平凡生活里的那份相知相守，他们在相互的默契里找到内心的归宿，平平淡淡里演绎着最真实的浪漫。就像他们舞蹈里的鸿雁，在无声的苍穹世界里，相依相偎、相濡以沫。

金色的翅膀

秋风下，大片大片的麦浪在滚动，一浪又一浪，乡间的麦穗润黄了他的肤色，一张俊朗而又坚定的面孔，露出麦田丰收的喜悦。通往山间的这条路，留下他许多颠簸的脚印，在荒山开垦前后，他挂着臂弯下的这副拐杖，在风雨中，走出一条"坚持"的路。

秋风把他的衬衫吹得鼓鼓的，秋阳下他的背影显得悠长、强壮，这副坚韧而又倔强的拐杖，在这片麦穗地里，远远望去，分明是一对金色的翅膀！

在 20 世纪 70 年代末，在那个温饱都还没有解决的年代，一种叫"脊髓灰质炎"又名"小儿麻痹症"的急性传染病在农村肆虐，温州市鹿城区藤桥镇后垟的小山村里，一个 8 个月大的男孩不幸重染，高烧不退，反反复复，在四处求医无果的情况下，他双腿瘫痪，从此落下了残疾，这个男孩叫黄飞雄，命运给了他坎坷不平凡的人生。

幼年的黄飞雄，行动几乎是爬行过来的，在懵懂的少年时光，一起玩耍的孩子们都取笑他，黄飞雄意识到了残疾将给他带来不一样的人生，他自卑、失落，不再和同伴们玩。

做木工的爷爷做了副木拐杖给他，要他挂着拐杖勇敢地站起来，走出去，可是倔强的黄飞雄，恼羞地把爷爷做的拐杖扔出家门外，不接受自己要靠这副讨厌的拐杖去生活。

农村里那条上学的山路是泥泞的，崎岖不平，黄飞雄一次次地走一次次地摔，摔倒了再艰难爬起来。双手按在大腿上，用这个支撑点的力量缓步前行。支撑点的裤腿上，总是被磨破，膝盖和手臂到处是伤，他经常在老伤未痊愈时又有新伤，黄飞雄无数次躲在角落里敲打自己不争气的双腿，一次被母亲看到，母子俩抱头痛哭……

一个少年，在忍受自己身体残疾的命运前，走过了一段"泪雨滂沱"的日子，当眼泪哭干了，他知道，必须面对这现实的人生。

由于他特殊的走路方式，黄飞雄身体在成长中脊椎开始侧弯，在好心人的劝说下，他终于拄上了那副爷爷做的拐杖。

初中毕业后，因为家里生活困难，黄飞雄辍了学，喜欢唱歌的他，在残疾人歌手郑智化唱的《水手》《星星点灯》里，找到了一份快乐和温暖。读书记不住课文的他，记起歌词却相当地快，当他拄着拐杖出现在唱歌比赛的舞台上时，台下掌声雷动。可是，好运似乎还没有眷顾他，在他去参加晋级赛的路上，他搭乘的朋友开的摩托车出了事故，还好，两人命是捡了回来，可是，头上、身上多处摔伤，头被纱包扎得像伤员，他无奈只好退出了比赛。

因为残疾，黄飞雄显得比同龄人成熟，他告诉自己，身体的残缺阻碍的是行动的不便，但不能束缚人的思想，别人能做到的事情，他也可以做到，没有了灵活的双腿，还有一双灵活的手，一定要去努力开创属于自己的美好生活。

在家排行老大的他，为了不给家里增加太多的负担，他要自力更生。黄飞雄在家人的支持下去拜师学艺，修理钟表和手表，几个月下来，爷爷的老钟表给他拆得七零八落，但是心细、聪明的黄飞雄，还是将它组装了回去，当老钟表重新发出滴答声时，黄飞雄喜上眉梢，心里燃起了自信。钟表维修一年后，聪明的黄飞雄很快学艺出师，在村里开了一家门店，开始自食其力。

三年后，由于手机涌入市场，修表行业慢慢遭受淘汰。第一次失业的黄飞雄，在父母的面店里打着下手。残疾人就业难，在农村就业机会更加有限，接下来该怎么走，黄飞雄静静地思考着。

黄飞雄心里有了自己的计划，村里许多的年轻人都出去闯荡，他的心里也痒痒的，他也想出去看看。残疾的双腿并没能阻拦他，他拄着拐杖，一路颠簸，只身到了江苏，在一个商场里租了个柜台，卖起他熟悉的钟表。

可是好景不长，因生意不景气，他又辗转到了山东，在商场里又租了个柜台卖起了皮鞋，因双腿的不方便，他要比任何一个摊主都起得早，更早地进货，可是没多久，商场因管理不善关门，黄飞雄带着对亲人的牵挂回到了老家。

此时的他，沉稳了许多，这几年在外面的辛苦闯荡，让他多了些思路，他要再创业。

他用这些年攒下的一点钱，在亲朋好友的帮助下，去市区新城开了一家饭店，他每天起早摸黑，亲力亲为，开着他的残疾代步车每天去农贸买菜。

冬寒夏暑，残疾人代步车平时还算省力，碰到下雨天，就艰辛了，车抛锚时，他用上半身的力气一点点顶着车子前行……

生活的不易，黄飞雄从来没有因之流泪，他说自己在年少时，今生的眼泪已流干。

2004 年，黄飞雄有了更远大的梦想，面对家乡的一大片荒山，他想开垦荒山，种植绿色农产品。

说干就干，黄飞雄拿着开饭店赚到的 20 万元，从此走上了这条艰难的种植路。

黄飞雄首先在藤桥上皮山承包了 50 亩地，种起了枇杷，但是，由于温州的气候不适合枇杷的生长，黄飞雄的种植之路中断。但是黄飞雄怎肯轻言放弃，他又把自己的梦想扎根到了陈良山，欲把那一片荒山开辟成橘园，这件健全人都不容易做到的事，黄飞雄却硬要把它干下来。村干部从劝说到后来被他的坚持感动，亲自带动村民们前来帮忙。黄飞雄开始动工、松土、选苗、建管理房、请技术员，拖着一双残疾的腿，上山下山，来回颠簸，总算把果园建下来。

2005 年春，黄飞雄在果园旁边开辟了一个本地鸡养殖基地，设想发展种植养殖一条龙产业。基地的建设投入不小，光开路的挖土机一天就要 2000 元工费，开饭店存的 20 万元已所剩无几，看到困难的黄飞雄，亲朋好友纷纷伸出援手，残联也及时援助这位坚强奋斗的残疾年轻人。在创业的艰难过程中，黄飞雄先后试养了两批鸡，都没有成功，亏了 10 来万。那些日子对黄飞雄来说是煎熬的，压力非常大，他一天到晚守在山上，苦思对策，亲友们劝他转行，但是，倔强的黄飞雄要坚持走下去，他告诉自己"走过去，前面会是个天！"

后来经农业部门的帮助，他找到了乐清大荆的一个养鸡场，也许是上苍被黄飞雄执着的精神感动，养鸡场场主看到眼前这位双腿残疾但眼神坚定年轻人，决定把饲养要点一五一十地传授给他。

第三批试养的鸡终于成功，这些鸡成活快，存活率高。那时的黄飞雄抛下妻儿，和一个老工人驻守山上，蚊子将他们手脚咬得起泡，夜里，野猪经常来串门，此时的黄飞雄，吃不好又睡不好，又黑又瘦，妻子带着两个月大的儿子来看他，抱着他失声痛哭，热泪在妻子的脸上恣意流淌，而黄飞雄却兴奋地告诉他们母子，再过三四个月，第一批本地鸡就要上市了。

可是天有不测风云，鸡刚上市，便遇上大范围禽流感，黄飞雄并没有坐等，赶紧想办法找销路，跑饭店、找熟人、找部门，希望能把鸡和鸡蛋卖出去，可是在那段日子里，大家"谈鸡色变"，幸好，在亲朋好友的帮助下，联系到了一家藤桥熏鸡加工厂，第一批鸡终于陆续销售出去了，黄飞雄心里落下了一块大石头。

困难总会过去！这是黄飞雄的信念。

随着禽流感的消失，黄飞雄饲养的本地鸡，因品质好价格公道，大受欢迎，并且渐渐成了当地熏鸡业的重要供应商，黄飞雄终于尝到了成功的喜悦。

因为在太多的艰难中走来，得之不易，所以黄飞雄更加重视质量，打造高品质的绿色农家产品。

现在的黄飞雄在藤桥门楷山经营着一个有 1 万多只鸡的养殖基地，在藤桥后垟村承包了 600 多亩的稻田，扩大了他的种植养殖基地。他用自己的行动证明了，用最朴实的吃苦精神脚踏实地地坚持，残疾人创业，不只是梦想。

2014 年 11 月 17 日，对黄飞雄来说，这是个重要的日子，就在这一天，他的绿色产品门店在江滨路"安家落户"，店里主要经营藤桥大米和本地鸡、鸡蛋，还有菜籽油，农家老酒、白酒、五谷杂粮等，开业不久，因绿色产品质量保证，价格合理，非常受顾客的欢迎。

如今，黄飞雄先后在市区开出了 4 家绿色产品分店，以安全无忧的绿色产品品质和到位的服务赢得了大众口碑，并成功签约为多家单位、企业，提供农产品、净菜配送等一条龙服务。

黄飞雄的创业精神是让人敬佩的，他在艰苦的创业道路上，用双手、用拐杖、用心灵、用智慧，披荆斩棘、义无反顾地前进，这份坚韧是沉甸甸的。尽管创业的路充满坎坷，但是他总是给自己一个坚持下来的理由，越是困难，越要前进，黄飞雄是执着的，他的自尊、自强，成就了他的事业，也体现了他的人生价值。

作为一名残疾人，他明白残疾人创业的艰辛和无奈，他觉得自己现在还能走点路，还有活动能力，必须带动更多的残疾人就业，帮助更多的残疾人脱贫致富。

现在黄飞雄的农业园里、门店里，他的创业团队里已经安排了 10 多名残疾人就业。他脚踏实地、诚信经营，并认真学习，让自己成为优秀的团队管理者。

那天跟他约谈的时间是清晨，他店门口的面包车一直在等他，他说最近有一批新鲜的鸭蛋，他准备用老家传统的方法来腌制咸鸭蛋，让市民吃到流黄油的咸鸭蛋，品尝"小时候的味道"。我看到他笔记本上写着细细的制作流程，他马不停蹄地亲力亲为。我们相信，黄飞雄和他的团队会给市民们带来更多、更好的绿色农产品。

一个有志向的人，所有的坎坷和磨难对他来说，都是不同于别人的财富。

访谈结束后，他载着两个陶瓷大坛的面包车，也载了我一程，到了目的地，他执意要送我下车。他拄着那副木拐杖的背影，似臂弯间的一对翅膀，在阳光下熠熠生辉。

小说

美丽的海棠，严寒不能阻止它生长的脚步，平凡中有自己顽强的绽放。

——《五月海棠》

冬天的夜晚，树梢疏朗一片，没有了树叶，枝头空旷，就好像一对默契的爱人，不需要太多的语言。

——《北岸映山红》

简　介：小说《五月海棠》故事背景来源于真实生活，讲述都市女性林依晴，经历婚姻挫折、经历车祸后，重新面对生活、情感所发生的故事。作品着重心理描写，笔触细腻，女主人公作为单身母亲在困境中的自励、自强，在情感上的不卑不亢，帮助她最后收获真情。人生有苦，但生活的勇者，总在困境中生发顽强的力量，默默咀嚼生活的甘苦，穿过漫漫的黑夜，迎接属于自己的光芒。就像美丽的海棠花，严寒不能阻止它生长的脚步，平凡中有自己顽强的绽放。

五 月 海 棠

一

夏的深夜，一片宁静，一阵微风吹过，拂动着树的枝叶，依晴心底思绪起伏，她望着夜空朦胧的月光，它多像一双温柔的手，抚在依晴纤瘦的肩膀上，仿佛慈祥地说："孩子！你要坚强地挺过去。"依晴的泪水忍不住滑落下来……

赌，迷惑了那个男人的心，越陷越深，那个染上赌瘾的男人，无法自拔，为了翻本赢钱，瞒着依晴，四处向她的亲人们借钱，最后玩失踪，手机也关掉了。

夜漫漫，晚风吹过她憔悴的倦容，孩子睡着了，依晴望着5岁的儿子，他还那么小，多么需要一个爸爸，多么需要一个家。

依晴心里仍抱着希望，为了家和孩子，她希望丈夫回头。下了班，依晴穿梭在一个个熟悉的地方，能找的地方都找遍了。

午夜，SUN（太阳）酒吧的门前，霓虹灯闪耀迷幻，她找到了他，此时的他，仿佛一个陌生人站在她面前。依晴说："王宇，回家吧，孩子一直在找爸爸……！"男人那一双空洞的眼睛望向依晴，他完全变了一个人似的，多么陌生、可怕，他的眼睛里似乎除了想赢钱，已经没有了别的东西。

　　"你跑来干吗？我有事，你回去……！"

　　依晴："王宇，我们一起回家，你不要在外面赌了，再这样沉迷下去，会无路可退知道吗？"

　　男人满脸的怒气："什么无路可退？你在说什么？快走开！"说完狠狠地推开依晴，依晴没站稳，摔倒在地上，男人没有回头，转身就走了。

　　贪婪吞噬了一个人的心，让他可以不顾家庭、孩子，不顾这七年的感情，依晴的泪水，伴随着心碎，洒落一地，最近眼泪流得太多了，可是眼泪又是那么多余，依晴想起这一年多来的坚持、劝说、请求，男人回应她的更多的是欺骗，依晴心力交瘁，她吃力地走过那条斑马线，她想回家，可是家又在哪儿呢？

　　那时候，爱情好大，世界好小，说好一起为小家慢慢打拼，依晴不顾父母的反对，嫁给了爱情，一起来到这个城市努力，是多么执着。一段好不容易在一起的感情，说好永远都不会分开的，可是走着、走着，不小心就走散了。

　　男人执念太深、着魔似的，开始连家里的电器都拿去卖掉，依晴的心里很苦，放弃是不是一种解脱?！爱似有情，却无情，今后谁相依……

　　家里几乎已被男人挥霍一空，也没有像样的家具和电器，依晴说孩子不能没有妈妈，她带了孩子，带了母子的衣物，还有欠自己亲人的赌债，依晴心里明白，一个离了婚带着孩子的女人，这将意味着什么。

两人离婚时协议好，王宇向依晴家里借的钱，由依晴来还，儿子归依晴抚养。

　　王宇心里也知道，他自身都难保，怎么能养儿子，自己也根本照顾不好儿子，生活费也给不起。

　　从民政局出来时，依晴除了身上几十元，就只剩下儿子王书睿。

　　从那以后依晴觉得自己要像一个男人一样去战斗，要独自抚养儿子，她默默告诉自己，一定要把生活过成自己想要的样子。

　　依晴租了个小房间，带着她的孩子，房子是二十几年前的民房，楼梯很窄，窄得连个柜子都搬不上去，水泥的楼梯板已坑坑洼洼没了原形，孩子不小心摔了几次，膝盖上都是血，依晴很心疼，她心里暗暗下定决心，以后一定会让孩子生活过得好些。

　　家是避风的港湾，是一盏等待的灯，一个干净、温暖的小窝，依晴想起以前一家人吃饭的场景，端着那碗咽不下去的饭，热辣辣的泪水一直流到碗里……

　　这些日子以来，流的泪水太多太多，结束七年的感情，依晴像是被抽了丝般瘦弱，依晴知道自己不可以这样消沉，更不能生病倒下去。

　　《四重奏》里的一句台词引发过很多人的共鸣："哭着吃过饭的人，是能够走下去的！"

　　让生活重新开始吧！

　　依晴为了方便照顾年幼的孩子，决定重新找份离家近些、收入提升空间大的工作，投简历、打电话、面试……求职比想象中要困难。

　　依晴的心绷得很紧，常常失眠，她知道自己不能失业太久，她走在面试回来的路上，七月的太阳火辣辣的，依晴汗流浃背，走在燥热的大街上，依晴有些体力不支、头晕目眩。

依晴终于应聘到了一家大公司的财务工作，放下公司来的电话，依晴好激动，拥抱着儿子狂亲，双休，朝九晚五，太好了。

依晴租来的小房间整个下午都被太阳西晒着，房间里没有冷气，电风扇嗒嗒地吹着，都是热风，到晚上小房间的水泥板都还是烫的，孩子热得没办法睡觉，一直翻来覆去。她和孩子打开冰箱的冷冻柜，母子俩坐在冰箱前面，冰箱冒出冷气，接着发出冰块"咔、咔"断裂的响声，母子俩相视一阵傻笑，依晴笑出了眼泪，她仰起头，把眼泪倒灌了回去……

夏的夜空没有了白昼酷暑的威严，炽热已慢慢隐退，今晚这城市的夜空，难得赏了几颗疏落的小星星，街灯映出树的影子，街上杳无人声，孩子已慢慢睡熟了，工作落实好了，生活会好起来的，依晴这么想着，心里轻盈了许多。

依晴接到了一个令她相当沮丧的电话，她母亲在电话中说，有一个很近的亲戚也在这个公司做财务工作，电话已打了好几个，说亲戚在同一个地方做财务工作对自己会有影响，依晴心里有千万个委屈，但亲戚话已讲到这个份上，母亲也好为难，她平静地和母亲说："工作再找吧，天无绝人之路的……！"

又是一个寂静的夜晚，孩子睡了，依晴静静地站在阳台上，对面公路上的车灯一晃一晃的，掠过她的脸，心里有委屈，但今晚没有眼泪。生活不易，但人不能因为困境，因为别人的排挤，而丧失对生活的信心。那些生活里走过的跌跌撞撞，会让人变得坚强，依晴看着熟睡的孩子，她的内心平静而坚定。

今晚的天空意外地下了雨，天气凉爽了许多，孩子今晚可以睡得安稳些了，依晴的心里这么想着……

二

依晴来到丽水这座城市已有几个月的时间了，她在朋友的推荐下，来到这秀丽的山水城市工作，儿子安排在附近的寄宿学校读小学，因为还是暑假，儿子暂由姥姥照顾。

丽水是明显的山地立体气候，夏季高温多雨，冬季寒冷干燥，四面环山，早晚温差偏大。依晴刚来公司时，正值酷暑天气，不适应这里的天气，第一天上班就中暑了，头晕乏力，但不想第一天上班就请假休息，依晴喝了解暑的药，熬过了那个让她铭记的下午。

新的岗位，新的起点，尽管依晴在工作上的压力非常大，但她在工作上有较强的上进心和责任心，不到一个月的时间，理顺工作思路，重视团队合作精神，与同事交流耐心、细心，工作渐渐熟悉稳定下来。

依晴告诉自己："路漫漫其修远兮，吾将上下而求索。"她要对得起朋友的推荐、领导的信任，还有和儿子对将来生活的期盼。

当这座城市的骄阳未出时，丽水的清晨和夜晚还是非常凉爽的，绵延起伏的群山，巍峨耸立的峰岩，苍莽葱郁的林海，丽水的山山水水无不凸显着它的美。

忙完一天的工作，依晴就坐在宿舍的窗口，看看这座慢慢熟悉的城市，依晴很想念儿子，记得那天带儿子去看学校回来，儿子说喜欢这学校，但依晴心里还是有些担心儿子因年龄小住校会不习惯。

依晴和王宇离婚有些日子了，但儿子并不知道爸爸、妈妈已分开，儿子太小了，依晴想等儿子大一点，再告诉他父母的事，在和王宇分开后的这段日子里，依晴没有在儿子面前讲他父亲染赌的事情，她只告诉儿子，父亲要去外地工作一段时间，忙好会来看他。

坐在窗口的依晴看看时间已是深夜零时，却毫无睡意，儿子不在身边，她似乎睡不着，她心里有着许多话想和儿子说，但又似乎不能说。她打开笔记本，开始给儿子写信，写给长大后的儿子看，希望儿子能理解母亲为什么带着他到另外一个城市奋斗、生活。

　　亲爱的儿子：现在已是凌晨，你应该早已入睡，今天是个特别的日子，妈妈的生日，今年的生日，是妈妈一个人在外地过的，但妈妈并不觉得孤单，因为妈妈心里有你，想着你调皮可爱的模样，想着你经常梦里笑的样子，妈妈想想也笑了。妈妈很想你，时间过得好快，妈妈来这里快一个月了，工作压力很大，有时一天工作十几个小时，回到房间不能动，但是妈妈不怕，因为你是妈妈坚强的动力。再过一个月，你会来这里上小学了，有时妈妈在想，你还那么小，要住校，要自己洗澡、吃饭，自己睡觉，没人问你饭菜好不好吃，没人问你洗澡水热不热，要学着自己独立，想到弱小的你要跟在那些大个的同学后面使劲地奔跑，妈妈真的于心不忍，妈妈是不是太狠心了……但是，亲爱的儿子，不是妈妈不爱你，妈妈爱你胜过爱自己，在命运的洪流中，在孤独的荒野地里，你要早早地成为一只坚强的小鹰，为了你和妈妈将来生活得更好，妈妈才做了这个决定。假如可以选择，妈妈多么希望你生活在幸福的家庭里，让调皮、爱捣蛋、聪明的你，不离开自己的姥姥，不离开熟悉的小伙伴们，现在，马上要到陌生的城市生活了，妈妈会用全部的爱来保护你、爱你。这是妈妈第一次给你写信，然而你才六岁，好多字都不认识，妈妈把信藏着，等有一天你长大了，妈妈相信你会理解妈妈的决定。

　　写完信已是凌晨一点，依晴洗洗准备睡下，她心里想着，等把儿子接过来后，她一定会为孩子布置一个温馨的小家……

三

　　丽水的夏天骄阳似火，太阳火辣辣地把大地晒得滚烫，似乎要把空气点燃。

　　解暑的药是常备在办公室的，有时太阳底下来回一圈，就中招了，依晴自己还学会了一点"揪痧"，感到头晕乏力时，擦点白酒，揪几下，就会舒服很多。

　　依晴在工作上比较细致，性格内敛，与同事相处融洽，很快熟悉了相关的业务知识。公司领导对她也比较器重。

　　时间过得总是很快，依晴在丽水过了第一个夏天，也终于迎来儿子王书睿开学的日子。学校城堡式的建筑风格，修剪整齐的花草树木，绿茵茵的大操场，像一座美丽的大花园。教室里那琅琅的读书声，还有学校大餐厅里那么多孩子在一起吃饭，对于刚刚幼儿园毕业的儿子王书睿来说，一切充满了新鲜感。

　　儿子书睿和小伙伴们很快熟悉起来，由生活老师带队，按时起床、吃饭、上课、睡觉。学校周末放假，依晴每半个月会带儿子回一趟温州，书睿毕竟是孩子，刚开始非常喜欢坐大巴车，来回一趟，近6小时路程，对孩子来说，还是很累的，于是依晴有时会隔一个月才带儿子回温州一趟。一切似乎慢慢地规律和稳定下来。

　　俗话说会赌的人，身上只剩一个铜板都会掏出来去赌，依晴听说王宇赌得连坐公交车的钱都没有，有时跟同事借几块硬币，有时走路回家。朋友亲戚见他都避而远之，他没有了朋友，没有了家。

　　王宇上了一段时间班，干脆就回到了老家"躺平"，整日喝完酒哭，哭完再喝，朋友打电话跟依晴说："这个男人肠子都悔青了。"

依晴默不作声，心里想说，这都是自作自受。

在离婚前，王宇曾打电话，让依晴再帮他借钱，依晴没有答应。

王宇说："如果不借钱，就去幼儿园把儿子接走……"

王宇知道儿子书睿是依晴的软肋，就恐吓她，依晴精神上受尽了折磨，婚姻早已苦难咽，她选择了放弃。

王宇不知道从哪里问来了依晴的消息，跑到丽水，周末等在儿子的学校门口，依晴现在很害怕这个男人，心里五味杂陈，但是儿子书睿看到爸爸却很开心。

儿子不知道此时的爸爸、妈妈已分开。依晴只告诉儿子，爸爸、妈妈要在两个地方上班，书睿要陪着妈妈一起。

校园外的太阳，经历了一天的辉煌后，渐渐西沉下去，留下黄昏的宁静。

王宇拉着儿子书睿去吃饭，孩子一脸开心的样子，依晴跟在后面。

王宇开口讲了他今天来的目的，要求依晴和儿子一起回去，请求依晴原谅他过去的一切，依晴看着这个曾经打她、恐吓她，伤她至深的男人，果断回绝了。

依晴让儿子与王宇道别后，打了车，绕路回到了公司。

她不想让王宇知道公司的地址，女人不能在一个男人身上错两次。

生命里有伤害，也有复原。路漫漫，她不会再回头，要和儿子开始新的生活。

四

依晴把宿舍布置得很温馨，给了儿子一个小小的家。宿舍同楼层的同事们，对小书睿也照顾有加。依晴为了出行买东西方便，让同事帮忙，把家里的小电瓶车也带到了丽水。有了小电瓶车，出行方便了很多，只要周末有空，依晴就会开着小电瓶车带儿子去图书馆、公园等地方逛逛，顺便品尝一下丽水的美食。

丽水的特色小吃很地道，红烧溪鱼、丽水卷饼等，其中缙云烧饼是依晴和儿子的最爱，小巧的缙云烧饼口感绵软、焦黄酥香，味道是极好的。

从公司到丽水市中心，开小电瓶车需要半小时，比起坐公交，时间还是节省不少。王书睿从小喜欢音乐，依晴便在丽水的市中心给儿子报了学习班。

这款已使用两年的蓝鸟小电瓶车，出门前得充足电，依晴平时还是比较注意的。但有次带儿子学习回来，熄火停在了半路。

山水城市的丽水，夜晚灯火阑珊，夜景静美，从紫金大桥下来，去往工业区的路上，都是山路，没有可充电的小店，依晴推着小车头，儿子推着小车尾，母子俩在人烟稀少的路上慢跑，放完一首歌的时间，依晴和儿子都累了，儿子自告奋勇说他来推，让妈妈坐在电瓶车上把握方向，小书睿也不知道哪来的力气，越跑越勇，跑得小脸通红。在接近公司的路段，小电瓶车忽然"心生慈悲"地发挥了余力又能续航了，母子俩终于回到了宿舍。

看着熟睡的儿子，依晴忽然觉得儿子成了大孩子，想起去年和儿子在出租房时，两人开冰箱吹冷气傻笑的场景，依晴不由得眼眶湿润。面对生活的变故，依晴已学会了坚忍。

工作、孩子，生活看似单一，可依晴感觉到自己很充实，在这个陌生的城市，依晴的心也渐渐平静下来。

丽水的秋天好像一夜之间就来了，风吹得树叶娑娑作响，黄叶撒落一地。

书睿的班主任李老师打电话过来，说书睿发烧了。接完电话，依晴匆忙赶往学校，外面下起了雨，天气显得湿冷。

依晴朝教室走廊方向走去，远远地就看见儿子背着书包站在教室门口，看见妈妈过来，他就走了出来，班主任李老师跟随其后，四十多岁的李老师，留着干练的短发，说话慢条斯理，她说："书睿说喉咙疼痛，扁桃体有红肿，有热度，先带他去看医生，好好休息……"

向老师请过假后，依晴带儿子去医院，儿子的脸颊上都是鼻涕痕迹，好像一星期没洗的样子，手上被圆珠笔画满了各种图案。书睿靠在妈妈身上，额头发烫，声音沙哑地说："妈妈，我想回家了，我想回温州的家读书，可以吗？学校水龙头的水很冰，我想回家洗澡，可以吗？"

依晴沉默着，眼睛涩涩的，靠着公交座椅将儿子抱紧。

五

书睿扁桃体红肿发炎，早上在医院输完液，回到宿舍又吃了药，迷迷糊糊地睡了一个下午，体温看似降了下来。到了深夜2点，书睿又开始高烧，退不下来，外面下着雨，依晴给儿子穿好衣服，想背起他却怎么也背不动，书睿软绵绵地站不住，坐在床上，依晴蹲下来，问他："妈妈扶着你走？"书睿点点头。

依晴扶着书睿打车来到了医院，深夜的急诊室比想象中"热闹"，孩子的哭声、大人急促的脚步声，天气忽然转凉，感冒发烧的孩子太多了，几个大人围着一个孩子转。依晴排队、就诊、交费、做皮试、输液，书睿吃力地跟在后面，好不容易打上点滴，医生说扁桃体发炎很严重，必须要输液几天才能消炎。

两瓶药一点一滴终于输好，外面天也已大亮，书睿睡着了，出了一身汗，脸色发白，小手一直拉着妈妈的手臂，依晴看着急诊室里走来走去的陌生人，眼眶泛红，心里觉得对不住孩子。

自从书睿那次高烧康复后，每次回来，他都和妈妈说想回温州读书，班主任李老师打来电话，说书睿最近上课总是心不在焉，讲了些他在学校的近况。依晴打算带孩子回一趟老家，好久没回老家了，刚好书睿要过生日，带他回去看看姥姥、散散心。

从车上下来，迎面扑来的是熟悉的感觉，温州到了！

坐了几小时的车，孩子却不显疲惫，反而很兴奋，他说因为是回家。从客车转公交车，到家门口的站头，书睿下来就蹦蹦跳跳的，忍不住喊起来："温州我回来了，我到家了！"依晴也跟着喊了一句，孩子又接着喊，两人在昏黄的小路上慢跑起来，雀跃极了，书睿的脸上荡漾着开心的笑容……

因为是从丽水赶时间回来，依晴还没来得及给儿子买生日礼物，书睿说他的生日愿望是想回温州读书，依晴不知道该如何回答。

在儿子去丽水上学的这四个多月，儿子常常说想回家，他说丽水不是自己的家，说到这些，脸上常常掠过这个年纪不该有的感伤，眼睛里满是对回家的渴望。

第二天，依晴和儿子睡了个懒觉，姥姥做了书睿爱吃的小肉丸，书睿在丽水经常念叨姥姥的小肉丸。吃过中午饭，依晴带上儿子去公园走走，看看久违的小鱼、久违的小树。

在公园沙堆里玩了一下午回到家的书睿，洗了澡，疲惫得睡着了。依晴看着儿子熟睡的样子，房间里仿佛还回响着他和姥姥说话开心的笑声，和洗澡时哼着的歌声，这在丽水是听不到的。

母亲问依晴在丽水的生活情况，"工作都稳定，收入也挺好，书睿在学校的费用，公司会报销，只是书睿想回来……"母亲回道："这么小的孩子住校，平时一个要好的小伙伴都没有，他肯定想回来，你平时什么事都自己决定，不和人商量，你要好好想想这事……"

母亲讲的话，依晴心里都明白，在丽水工作好不容易稳定下来，一个人带着孩子去那么远的地方上班，辛酸只有她自己知道，她是想为自己和儿子的生活而打拼，不然，自己一无所有，该如何抚养儿子长大？

六

回校后书睿在学校的情绪一直不是很好，打电话来要回家，依晴答应书睿去看他。

下班整理完东西后，依晴来到学校，因为雨天堵车，到学校时，孩子们晚自习已经结束了，小朋友们都在排队拿小面包吃，依晴没有喊书睿，等他们吃完，跟在他们回宿舍的队伍后面，刚下课的小朋友们像打开的话匣子，你一句、我一句，站在值日老师旁边的同学，先被老师批评了，随后同学们都安静了下来，排好队伍往宿舍走去。

依晴跟在队伍后面，外面下着冷雨，经过操场的孩子们开始跑，书睿和另外一个孩子掉了队，宿管阿姨很凶，使劲拽他的衣服，那么小的个子整个人都站不住了，雨密密地下，依晴看到儿子在雨里显得那么单薄，衣服被风吹得鼓鼓的，他紧紧地跟在同学后面，依晴眼眶湿润了。

书睿不知怎么回头看到了依晴，喊着："妈妈、妈妈，是妈妈，我看到你啦。"书睿每喊一句妈妈，都像针一样扎向依晴，依晴朝儿子跑去。

书睿哭得很伤心，哭着喊道："妈妈，我求你，带我回家、带我回家……！"依晴眼泪夺眶而出，这四个来月的辛苦坚持，坚定的心开始动摇了，她答应了儿子，这学期快结束了，结束后就带他回家。

在寝室安顿好儿子后，依晴走在回家那条熟悉的路，儿子在学校的不适应让她心力交瘁，工作上的事情自己都可以克服，但儿子住校不习惯，读不下去，怎么办？儿子毕竟还小。

依晴心里想，再等等看，给孩子一段时间，如果孩子还是不习惯，强求他留校，对孩子心理健康也不利。依晴边走边思考着，抬头望向苍茫的夜空，如果真要离开这里，老天一定会有另外的安排。

丽水的冬天说来就来。

天下起了雪子，啪嗒、啪嗒的，一颗颗重重地拍打在玻璃窗上、车上、地上、公路两边的草丛上，依晴望着办公室的窗外，脚趾冻得发麻，全身冷飕飕的，路上偶尔才路过一个人，吃力地打着伞走去。

依晴想起了小时候，每当天空下起雪子，就会跟小伙伴跑到院子外，拉着红色的丝巾去接雪子，看着一小颗一小颗晶莹剔透的雪子落在丝巾上，像亮晶晶的钻石，小伙伴们既惊奇又开心，仿佛接住的不是雪子，而是一个童话。

大雪来了，在丽水的第一个冬天，鹅毛般的雪从天空撒落下来，满天飞舞，一片、一片……美极了，依晴从未看过这么大的雪。天色渐渐暗了下来，下班了，依晴想给儿子送衣服和绒帽。

下了车，依晴往儿子学校的方向走去，昏黄的灯光下，冷雾弥漫，对面的农田里灰蒙蒙的一片，汽车从身旁驶过，带起一股冷风，依晴伸手将衣领捂得更紧，可寒风"无缝不入"，依晴冻得瑟瑟发抖，鼻子酸痛，双手僵硬。

依晴到了儿子的学校，雪中的校园显得优美纯净，欧式的建筑，一眼望去，好像梦幻里的城堡。

依晴往教学楼的三楼走去，米白的大理石地面上，踩满了孩子们各种各样的小脚印，仿佛是刚刚留下的欢声笑语。

孩子们还在晚自习，依晴从前门、后门的小玻璃窗里都没见到书睿，估计孩子是换了位置坐在了靠墙这一排。终于下课了，书睿看到了妈妈，非常地兴奋，第一个跑去领了小面包，那双手还是被黑笔、蓝笔画满了，他想让妈妈带他回寝室，顾不上洗手，就吃了起来。最近书睿情绪好多了，他和同学说期末结束，等考完试，他就可以回家了。

天气实在太冷了，依晴给书睿戴上绒帽，校服外披上羽绒服，操场上雪花飞舞，母子俩朝寝室楼走去。

书睿寝室里共住着六个孩子，卫生间没有门，直接连着阳台，洗脸水也不热，天寒地冻的，娃娃们这样洗澡不太可能了，依晴给书睿接水洗脸洗脚，水不温，书睿嘴上嘟囔着水太冷了。其他几个孩子也在接水洗脸，随便擦擦，没有洗脚，毛巾扔得乱糟糟，生活阿姨要管好几个寝室，根本顾不上。

小朋友们要熄灯了，吩咐书睿休息后，依晴轻声走出学生宿舍楼，路上已有积雪，大街上很少有行人，依晴等着出租车回公司宿舍。

书睿在倒数着回家的日子了，雪花大片大片地飞下来，依晴踩着厚厚的积雪，一步一个脚印地往前走去。

七

春节将近，公司里很多事情要提前安排，工作一年的员工，都想着能顺利买到车票回家过年。老方是公司的一名保安，五十多岁，工作一直勤勤恳恳，在一次行政人员工作安排不妥的情况下，老方有理有力地说服了对方，所以依晴对老方印象深刻。

这几天，老方向行政部提出请假一个月，行政部没有批准，希望他年底放假了再回去。可老方着急，他跑到依晴办公室，急切地说："我已经三年没有回去了，过年一直坚守在公司岗位，这几天，家里老母亲打电话来，说身体不好。"她七十多岁了，还帮老方带着一个收养的四岁女娃，母亲念叨得厉害，让他务必回家一趟，"如果现在能批我回家，我愿意过年前赶回公司节日间值班。"

依晴想了想，让老方去写个申请单，简洁阐述下家里的情况，去交给行政部。

在行政部上报后，老方的请假申请通过了，老方心里可乐了。

老方的老伴也在公司里，她做清洁工作，夫妇俩来自云南昭通的一个小农村，夫妻俩平时很节俭，两人工资每个月都往老家寄，不离不弃抚养着那个女娃儿。一个平凡的打工者，身上却又闪烁着不平凡的光芒。依晴心里非常敬佩他们。

人之所以高贵，不在于地位的高高在上，而在于一个人高尚的品德，在芸芸众生中，对弱者心怀慈悲。

丽水的整个冬天，覆盖着白茫茫的雪。

依晴捧着一杯暖茶，站在宿舍的窗口，热气弥漫模糊了玻璃窗，她用手指抹去水汽，窗外雪花纷纷，大地银装素裹，冷而清明。挨过这么冷的冬天后，下一个冬天就不怕了，依晴心里想。

书睿最近在学校情绪好了很多，笑容也多了，周末接回来，话也很多，时常说道："妈妈，回温州还有几天？是不是很快了？妈妈，你说我回去读书，还会不会遇到我幼儿园的同学呢？妈妈，我是不是长高了？妈妈，你有时会皱眉头，这样就不好看了……妈妈……"说着，书睿还伸手去摸妈妈的额头……！

依晴看着他可爱的小手，笑了。

看来儿子是铁了心要回老家的了，他天天在数着回家的日子。

回去吗？这里的工作已顺了手，依晴心里拧着问号。

回去也许儿子可以不用这么小就住校，可以让他睡在有阳光味道的被窝里，身上也不会长湿疹，冬天能哼着小歌曲儿洗热水澡……

但是，回去后，工作要重新找来，要租房，书睿读书要择合适的学校。

依晴平静的外表下，心里似排山倒海：如果难题要来，那就去解决它吧，除了勇往直前，没有更好的选择。

女子本弱，为母则刚。女人不是天生强大的，但总会为了孩子变得无所不能。

八

依晴经过反复思考后，向公司提出了辞职，公司薛总是四十多岁的优秀女企业家，她深知依晴的情况——当初满怀憧憬来到丽水，这一年来，工作踏实、努力，现在离开，也是下了很大的决心。她心里明白依晴已抉择好了。但要求依晴等明年开春，企业开工，员工稳岗稳生产后，才可离开企业，依晴点点头同意了。

员工们都兴高采烈地购置年货，大包、小包地收拾，准备回家过年了，行政楼宿舍的同事们也都陆续回家，整栋楼都静悄悄的，公司里只剩下两名保安和依晴一人。

公司附近一带忽然停电了，周围似乎被按下了静音键，悄然无声。

大寒气节的丽水，真是冷透了，依晴手脚冻得像冰块，没有热水，煮不了吃的，手机也快没电了，依晴好像什么也做不了，时间拉得很长，一分钟一分钟地过去，依晴看书看累了，就在房间里走走，再去走廊里跳绳，饿了找饼干吃，空空的行政宿舍楼，只剩依晴一个人，显得尤其冷清。窗外又开始下雪子了，路上没有行人，只看见一座又一座冷峻的山峰。

整整一天了，天气寒湿，依晴冻得只好钻进被窝，天空渐渐暗下来，电还没有来。

再过两天，书睿就要放假了，依晴想着再坚持坚持。没想到已2010年了，在丽水的最后几天里，让依晴遇到了长时间的停电。

宿舍窗外漆黑一片，公路上偶尔有公交车经过，晃过一道亮光，隐隐约约能看见银白色的山头，依晴又冷又饿，工业区的小餐馆因员工们放假，也关门了。外面下着冷雨，依晴就这么饿着，除了看书、发呆，还是发呆、看书，这样的夜是睡不着的。

书睿在学校也应该很冷吧，这环境仿佛又是在考验依晴的生存能力。这个没有电让人瑟瑟发抖的冬天，找不到一个可以避寒的场所，那么，只能用回忆来熬过这漫长的寒夜。

依晴想起了自己因早产生下书睿，在医院度过了艰险时刻，看着儿子一天天地长大，想起很多和儿子在一起的温馨画面，想起了儿子很多童年的趣事，也想起了自己遭遇过的那次洪水。

1994年那年大台风，7月15的洪潮，冲垮了堤坝，淹没了村庄，冲垮了很多老房子，就在那一夜，冲走了很多乡亲。

那晚，洪水如猛兽般涌进屋子，父亲急忙搬出几个打了气的轮胎皮圈和几个圆木头，吩咐依晴姐弟三人："洪水再往二楼涨，你们就抓住木头，套上轮胎皮圈，要记住往山的那个方向游去。"窗外已是汪洋大海，老房子的二楼是木地板，几个窗户已被暴风雨吹打散了架，父亲拿着木板在风雨中吃力地把它敲上钉子，洪水翻滚着冲向二层楼的楼板，此时木楼板被毁已是逼到眼前的事。

　　可能洪水再涨十分钟，二楼就被洪水冲垮了，还好，洪水停止了咆哮，依晴和父亲、妹妹、弟弟没有被汹涌的洪水冲走。

　　洪灾后重建家园的两个月里，村庄里整整停了两个月的电，那是一个停了电安静得出奇的夏天，依晴就待在自己的小房间里，玻璃瓶上点着小蜡烛，在干净的地板上，不停地练字，黑黑的墨水笔，写了一张又一张，写了一个夏天……

　　而此刻的丽水，也是出奇地安静，只是时光荏苒，转眼十几年的光阴，一晃而过。

　　经历了婚姻的不如意，经历职业的重择，独自一人带着儿子，在漫漫静夜，依晴想了很多，人生多舛，壮志未酬，前路漫漫，唯有内心充盈。

　　"春光亭下，流水如今何在也；岁月如梭，白首相看拟奈何；故人重见，世事年来千万变；官况阑珊，惭愧青松守岁寒。"在苏轼的诗文中，在回忆的沉浸中，依晴熬过了又饥又寒的深夜。

　　上次节日活动留下的小蜡烛，今天是派上用场了，亮起的烛光，让房间里有了份微微的温暖。

九

　　书睿放假了，依晴来到教室，孩子们刚结束期末考试，教室里一片雀跃声，书睿的小脸望着门口，一探一探的，见妈妈过来，脸上笑容开始荡漾。他已经整理好了自己的书包，手上拿着水杯，一副整装待发不再回来的模样。

　　转学手续上周依晴都已办好，她带书睿去办公室和班主任老师道别，去寝室的路上书睿遇到他最喜欢的数学老师，师生俩相互拥抱话别。

书睿心情大好，一路蹦蹦跳跳，他终于熬到了这学期结束，他的脸上荡漾着孩童的欢乐和朝气。

　　来到寝室，依晴收拾衣服、被子和生活用品，整整一个大行李包，依晴提了一下，实在是很沉重，从寝室三楼到一楼，再到校外，依晴不知道该如何挪动这"大家伙"，这里也没有人可以帮忙，不管了，一点点往前挪再说，依晴心里这么想着。

　　行李包是一步步从台阶上"跳"下来的，到了楼下，依晴已是筋疲力尽。书睿见妈妈累成这样，就想来帮忙，这放棉被的行李包，东西叠得比他人还高，他哪里是它的"对手"？书睿不想认输上前去抬，使出他所有的力气，小脸憋得通红，还是败下阵来。

　　到站台，还要好长一段路，这路上都是家长扛大包背小包的，别人也没有多余的手可以帮忙，依晴又拖了一段路，在这个大家伙面前，真不能逞强，依晴决定向周围寻求帮助。

　　忽然，在涌动的人群中，有人朝她朝手，"是向我招手吗?"依晴也挥了挥手，太好了，一位带着工作牌的老师朝他们母子跑来。

　　"这么大的行李包，我帮你们提吧!"一位四十多岁的男老师热情地说道。

　　"好好、好的，谢谢老师啊，这包实在太沉了……"依晴像是遇到了救星，满心感激地说道。

　　"你们去哪儿?"老师问道。

　　"打车去西站"依晴回答。

　　"今天这学校门口，人太多了，你们肯定是打不到车的，我送你们到车站好了，那里有直达车去西站，打车也好打些!"老师边走边提醒着。

　　"去车站有一段路，真的麻烦老师了!"依晴不好意思地说着。

"没事、没事……"老师回头摸了摸书睿的头。

老师越走越快，似乎他也在赶时间，依晴和书睿几乎是慢跑才跟上。

到了车站，果然这里出租车多一些，老师动作很快，拦了一辆车，把大行李包放到后备厢，大声喊道："师傅，到了西站，麻烦您把行李拿一下！"

"好嘞、好嘞……！"出租车师傅客气地答道。

见老师的工作牌是反着的，依晴伸手将它正了过来，老师姓吴，吴泽平，是学校团支部的老师。

依晴说："太感谢你了老师！"

"不用谢、不用谢……"吴老师再次伸手摸了摸书睿的头，然后挥手远去。

一路上，书睿不停地夸赞吴老师是"大力水手"。毛泽东的"泽"，邓小平的"平"，像伟人的名字那么温馨，依晴心里满是感激，从丽水的学校回家，她和儿子感受到了人的善良和温暖。

回温州后的书睿，格外地开心，他说温州的天空和丽水的天空是不一样的。

可能是书睿真的还小，可能是温州有家的味道。回温州的几个月时间里，书睿的身高噌噌地长，小脸蛋也圆润了很多。

2011年4月，依晴结束丽水的工作，回到温州。工作要重新开始，依晴心里有压力。

王宇知道了依晴和书睿回温州的消息，他已经半年多没看到儿子了，上次去丽水后，就一直没有见面。在这段时间里，王宇一直待在老家，偶尔做点临时工，心里还是没想好做些啥。

赌，失去了工作，失去了家庭，丢掉了诚信，人生就在眨眼工夫，不再拥有自己的幸福，王宇心里有悔恨，但是他，不知道该如何找回。

王宇打电话给依晴说想见儿子，尽管两人分开后，他没给过孩子生活费，但是儿子想念他的父亲，依晴想了想，答应了。

在学校门口，书睿看到了他的父亲，他一抬头，发现父亲站在他的前面，先是愣了一下，两人默视了一会儿，书睿腼腆地笑了笑，他没有很激动，也没有朝王宇跑去，显得格外平静。

王宇接过儿子的书包，搭着儿子的肩膀，轻轻地说了声："走吧……!"

依晴没有反对王宇见儿子，王宇也有探望儿子的权利。

在书睿心里，爸爸一直在外地上班，不能陪伴他。依晴也没有在儿子面前讲过他父亲不是，一段婚姻结束，都是大人的过错，孩子是无辜的，依晴不想让孩子去背负大人的恩恩怨怨，孩子应该有属于他的快乐童年。

对! 快乐的童年。依晴想起自己的童年，缺爱的童年，她现在太在乎书睿过得开心与否。

书睿的心里是想念他的父亲的，他和所有的孩子一样渴望父爱。依晴也知道，就算自己付出再多的爱，也代替不了父爱。但依晴还是很努力去做，让孩子学游泳、学跑步、学骑脚踏车、去爬山，注意培养男孩子的坚强性格。

王宇陪儿子玩了一个周末，心里有点不舍。他想得到依晴的原谅。

王宇问道："可不可以给我一个机会，我们重新开始?"

依晴想起前几年以泪洗面的苦日子，忧伤悲痛，心早已寒透，如今，一切都已是过去，现在只想把工作稳定下来，和儿子开始新的生活。

她说："和你在一起的日子，我仿佛这一辈子的眼泪都流完了，女人不能伤心太多次，得自己对自己好点。"

依晴想了想，又说了一句："自己走错的路，要学会自己承担代价，以后记得要把自己生活过好。"

<h1 style="text-align:center">十　一</h1>

王宇被依晴拒绝后，又回到了老家。只有为了儿子的事，他才会和依晴互通下电话。

书睿现在状态很好，在学校有玩得开心的同伴，回家有姥姥做的小肉丸子吃，孩子总是很容易满足。

依晴每天在投简历、面试，回温州后，一切要从零开始，东跑西颠的，她希望工作能快点稳定下来。依晴心里有规划，她想工作的挑战性大一点，辛苦点没事，这样收入也多些，趁现在还年轻，要打拼一下，将来和儿子一定得有个自己的小窝。

依晴很辛劳，白头发开始飘在前额，单身妈妈很不易，依晴心里知道，她得闯过去。

"功夫不负有心人"，终于一家大型公司通知依晴面试，岗位是金属钢管高端销售。金属管材广泛用于石油、化工、医疗、轻工、食品、机械仪表等工业输送及机械结构部件等，这对于做办公室人事管理的依晴来说，一切得从零开始学。

面试那天，依晴心里没底，一鼓作气，为自己争取机会。面试现场有六七位工作人员，人力资源部经理姓康，那天问的问题有些意外，尽管依晴做了很多面试准备工作。

康经理抛出问题一："你在这份工作中最想获得什么？"

依晴很直接："承担这份工作带来的挑战，做到满意销售额，也想让自己的家人生活得更好！"

问题二："简单描述下你的爱人和孩子。"

依晴第一次碰到这样的面试问题，总不能在这里讲自己离婚的事情吧。

依晴一句话带过王宇，讲了儿子的基本情况。

依晴是比较传统的女人，她不想在大庭广众之下说自己是离婚的女人。

谁知道康经理很直接地讲："为什么你讲你爱人时眼神无光，讲你儿子时眼神满是期待？"

依晴满脸通红，说道："相看两不厌，只有敬亭山。"

这时，坐在第一排的几位面试官几乎同时笑出来……

和王宇离婚是事实，但依晴不希望单身妈妈找工作受到歧视，依晴现在只想一心一意把工作做好，没有什么比好好活下去更重要。

对于上新岗位的依晴来说，要学习的东西太多了，部门前辈们会讲些很含糊的理论，真正与客户沟通，首先自己得专业，要对每个产品的功能、尺寸、用途等做专业了解，依晴做了很多的笔记。一向穿的高跟鞋也换成了运动鞋，披上工作服去生产车间了解产品，自己跟着货车去接触客户。在部门同事眼里，这个外表看似柔弱的女人，做起事情来一股的韧劲。

依晴心里明白，"天雨虽大，不润无根之草"，自己得扎根学习。

总以为日子平静下来奋斗就好，可天有不测风云。

2011 年 9 月份，书睿开学前去体检，孩子的右眼被检查出弱视。

依晴带着书睿去眼科医院做了仔细的检查，右眼确诊为先天性白内障，远视 500 度，视力只有 0.5，医生说白内障需手术，否则视力很难恢复……

这么小的孩子怎么可能会白内障呢？依晴在医生办公室门口坐了很久，她真希望是医生错了……

十 二

"书睿眼睛动手术，要慎重。"

加琳是依晴多年的好朋友，比依晴年长几岁，对依晴像亲姐姐般照顾。

依晴个性比较要强，平时能不麻烦别人的事，就不会去找别人。那天依晴给加琳打电话，加琳知道肯定是有不得已的原因了。

加琳找了表妹的同学周医生，帮依晴母子俩约了复查的时间。第二次检查结果还是先天性白内障，周医生也建议手术，帮助右眼恢复视力，也会缓解左眼视力疲劳。

依晴细想了一圈，父母家族里也没谁有过白内障，孩子怎么会有"先天性白内障"呢？

依晴忽然想起书睿上幼儿园时，有一小朋友不小心用画册擦到过书睿的眼睛，当时眼睛痛得流眼泪，马上去医院仔细检查过，医生说过没有什么关系。就算是那时伤到了眼睛晶体，多年后引起白内障，现在也没有证据，找别人也没用。

现在最重要的是先给孩子治疗眼疾。

经过几次复诊，和医生的建议，确定了住院手术的时间，依晴向公司请了假。

白内障手术需要更换晶体，用人工晶体代替原本浑浊的晶体。依晴有些不安，医生让依晴不要过于担心，白内障手术是中老年常发的眼疾，只是孩子是先天性的，更换好的人工晶体，对孩子今后生活学习并无影响。

初秋的夜晚，天气已开始微凉，书睿睡着了，长长的睫毛微翘，眼睛、眉毛长得像极了依晴，依晴帮书睿盖好被子，自己睡意全无，这几天似乎都没睡好。时间过得很快，从丽水回来快半年了，工作也慢慢在走上坡路，此时，依晴只希望孩子平平安安、健康快乐成长就好。

和王宇分开一年多了，依晴第一次给王宇打了电话，他是孩子父亲，她必须告知。

王宇和几个朋友去了外地，没有在老家，也回不来。

在依晴心里，他来与不来，是他的事，告知他一声，是她必须要做的。

2011年9月16日上午8点30分，书睿换好手术服，表现得很勇敢，他告诉妈妈他不会哭，护士来了，书睿被推进了手术室。"要打麻药了。"护士说着关上了手术室的门。依晴心里紧张，眼睛涩涩的。

手术室外，依晴一会儿坐着，一会儿站起，时而来回踱着，时而把脸贴到手术室的门缝上，等待、张望，等待的时间是煎熬的，似乎每一秒都能感受到心跳。手术室有护士进出，依晴紧张地朝里面望了望，门口手术指示灯一直亮着。

一个多小时过去了，心都提到了嗓子眼。此刻，依晴只有祈祷，祈祷能缓解不安和焦急，也能安慰自己的心。

将近两个小时，书睿终于被护士推了出来，医生说："手术很成功，术后记得不能揉眼睛，揉眼，有可能造成晶体的移位、切口的裂开。"

"好的、好的，谢谢医生！"依晴感谢地答道。

十　三

书睿的眼睛恢复得很不错，只需定期去医院检查，孩子去学校上课，依晴又专心投入到工作中去。

一位江苏沭阳的老客户在收到货物后，对产品抽检检测结果不满意，300多万的货品要求退货，这是多年来业务部很少遇到的。

部门会议上业务部经理老宋说："电话里沟通不好，我们得有人过去，看一下情况。"

部门同事都知道，老宋最近肠胃不是很好。

同事红姐性格利索，说："我去吧，老宋您先调理好身体。"

依晴接着说道："宋经理，我跟着红姐一起过去吧，可以熟悉下市场业务。"

老宋答应了。

红姐朝依晴笑了笑，点了点头。

不锈钢的主要材质是碳钢，并加入多种化学元素，比如铬，含量要超过13%。铬和氧合成，成为氧化铬，这使不锈钢表面光滑且坚硬。

每种不同的不锈钢类型，公司必须准确按客户定制的规格制造，这很重要，因为不同的不锈钢等级，混合物中不锈钢材料的比例不同，比如铁、碳、镍等，在一定范围内，混合物中每种元素的纯度存在不可避免的变化风险。

"现在快进入深秋的季节了，不存在高温下运输的原因，是否存放中有问题引起的介质改变……"依晴心里想。

依晴把书睿交给母亲后，跟着红姐走了，她把自己的想法告诉了红姐。两人路上坐了12个小时的车，风尘仆仆赶到江苏沭阳，顾不上疲惫，直接往客户公司奔去，她们想去仓库看看。

到了客户公司已是晚上 8 点，公司代总这个点不在，通过电话后，仓管打开仓库。

500 多平方米的仓库，放满了各种型号的不锈钢，不锈钢材料不是存放在木质上，也不在橡胶垫上，而是放在喷了漆的钢结构架上，架子有脱漆和生锈的迹象。依晴往仓库里头走，发现一角落堆了很多的水泥，并且边角有水，仓管员说，是楼上皮革厂漏水，前几天下大雨，水往里渗，找人修补，师傅不小心伤了脚，所以这水泥堆了半个来月了。

依晴见墙壁角落长了许多"小蘑菇"，说明渗水已有一段时间了，潮湿的仓库，引起存放不锈钢的喷漆钢制架生锈，发霉的酸性墙壁和湿水泥散发的化学成分相互作用下，可能使个别材料产生了介质改变。

依晴把看到的记录了下来，回到宾馆后，详细说给红姐听，红姐说道："依晴你很仔细，还有他们仓库右道中间有洗手间，也不合存放标准，仓库上层皮革厂漏水有酸性，他们得把仓库改装好，否则吃亏的还是他们，你把记录的材料保管好，货物重新存放好后，再检测。"

第二天，两人来到代总公司，平时同事口中的代总，还很年轻，不到 40 岁的样子。

依晴把货物存放差异、仓库渗酸水、外界环境引起个别成分介质的改变等等，不紧不慢分析给代总听。

红姐补充说道："我们公司产品生产，材料成分严格按照客户要求制定，这个代总请你放心。"

代总听完沉默了一会儿，他想了下说道："我确实业务很忙，没有多的时间去管仓库，只听仓管说检测不达标，也有可能是个别检测不达标。"

"这样子吧，我把仓库重新整改后，不锈钢材料堆放一段时间，再做个检测，如果一切都正常，我也不会退货。你们公司是大公司，我们合作多年，我和你们邵总是好朋友，还是同乡，我也是温州人呢。"代总客气地讲道。

依晴觉得，代总是个讲规则的人。

事情解决先这样告一段落，300多万的单子，余款还剩40%，只能等结果出来。

红姐和依晴回到了温州。

等了40来天，代总终于来电话了，抽检材料检测已合格，剩余款项月底结清，并且追加了200万的订单。

老宋接了电话，听到这个好消息，说自己的肠胃药都可以停了，大家欢笑一片。

"红姐和依晴有功劳，老代的订单指定你俩负责。"老宋又加了一句。

依晴吸了一口气，好久没有过的舒畅。

30岁到40岁，是一个人的黄金年龄，32岁的依晴心里有着很多抱负，自己和儿子未来的生活，一切都必须努力奋斗！

十　四

随着业务的提升，依晴更不得闲，一边工作一边上销售思维课，为提高销售技巧，更好地与客户有效沟通，她利用一切时间勤奋学习，以弥补自己专业上的不足。

外表柔弱的依晴，其实内心要强，进新公司一年多，成为部门里业绩上升最快的一个。

这一年多来，依晴从最基层做起，从车间生产、跟车送货、接触客户，到洽谈业务，依晴觉得，人有些事，别人教不了你，得自己做过才有深刻的体会。

按人事部老康的话来说："当了母亲的女人，身上总有股韧劲，做事不轻易放弃。"

这句话说的就是依晴。

工作有了稳定的收入，依晴带着儿子租了套小面积的房子，尽管母亲让依晴不要到外面租房住，但是依晴觉得自己应该独立，不能拖累着母亲。

租的屋子经过依晴一点点打理，收拾得干净、温馨。麻雀虽小五脏俱全，书睿也终于有了自己的小房间，课桌椅、书柜，还有他喜欢的床单和卡通玩物，书睿很开心，他说可以请同学来自己房间玩了。

收拾这旧屋子虽然够累，但是依晴很开心，感觉自己又向前迈出了一步，这种感觉，语言难以描述。

加琳来看依晴母子俩，书睿的眼睛康复后，加琳和依晴各自忙碌，极少碰面。加琳带了很多腊排骨，说道："我不找你啊，我们一年也碰不到面，搬家很累的，你也不打个电话，让我来帮忙下。这些排骨是我那勤快的老公前几天晒的，味道还不错，带来给书睿尝尝……"

加琳一边说，一边往冰箱里放。

依晴很不好意思地说："姐姐忙，不要担心这些小事情，姐夫晒的腊排骨，书睿经常想念，那味道真是温州一绝，书睿好口福了，谢谢你们。"

加琳笑着说："我把这话带给我老公，他听了肯定晒得更勤快了，哈哈……说实话，这排骨好吃是真的。想不通你这个女人为什么不吃，都是书睿的份，可惜了……"

"哦，对了，你什么时候再找一个妹夫回来？你才30出头，得向前看。"加琳对着依晴做了个鬼脸。

依晴被逗笑了……

<h1 style="text-align:center">十　五</h1>

下班时，红姐叫住依晴，"我晚上约了代总吃饭，顺便聊一下明年开春订单计划，一起呀！"红姐边整理办公桌上文件边说道。

依晴："红姐，晚上书睿一个人在家……"

"你整天就是陪儿子、陪儿子，你妈家住得近，烦劳她一下嘛！"红姐笑着调侃道。

"代总这几天在温州，上次你都没来，他说了，这次我们一起去才显得有诚意。"红姐又说了一句。

依晴不喜欢应酬，红姐也不会勉强她，但依晴不能拒绝工作。

晚上，依晴和红姐来到溢香阁茶坊，点了茶，不一小会儿，代总来了。

红姐是个能说会道的人，平时性格利索豪爽，"场景切换"应付自如，应酬有她在，依晴就不担心自己接不上话。

代总笑盈盈地坐下来，端起茶说道："茶不凉不烫，刚刚好，谢谢两美女。"

红姐开始发话："老代，你不老啊，怎么就让别人叫你老代呢？"

代总哈哈笑："我是不老啊，我属龙，可能做生意出道早吧，所以朋友都喜欢叫我老代。"

"我叫代文锋，如果叫老代感觉老，两美女也可以叫我小锋。"代文锋幽默地说着。

菜和点心是红姐点的，服务员慢悠悠地上着。

代文锋也很能聊，在红姐的追问下，代文锋讲起了他的创业史："别人只看你成功或者不成功，只有自己知道创业打拼的辛酸。外人只看结果，自己独扛过程。我上学时可调皮了，没好好读书，高中未毕业，父亲病逝，我就出来工作了。第一份工作是帮师傅一起安装空调，那时家里穷，不知道做什么好，就先出来当玩玩，一次不小心，从二楼摔了下去，没把我摔死，但把我摔清醒了，我觉得我要像个男人，好好努力，照顾好我母亲。我父亲是江苏人，妈妈是温州人，我从小在温州生活长大。1996年开始，我在这个行业从小跟班做起，慢慢积累经验，从小门市部，到沭阳这个小厂，也算是这二十多年的一点小成就，这中间遇到过资金周转的困难，也有朋友帮助过我。比起以前的市场，现在生意越来越难做，市场在饱和，利润透明，靠的是这几十年老顾客。"

"我呀，功业已成的乡里早已不是少年，鬓毛已衰的游子又何尝年少？我感觉自己已是老代，唯一不变的，就是奋斗的信念。"

"对了，还记得你们上次来沭阳，帮我解决了难题，那段时间，我母亲身体不好，我在沭阳和温州间来回跑，加上自己事情多，对仓库管理松懈，还差点和你们邵总造成误会，我得要谢谢你们。"代文锋客气地说道。

红姐拍了拍依晴的肩膀："这是我依妹细心，也是我们应该做的，代总不必客气。"

茶一杯杯地喝，依晴安静给他们添着茶水。

代文锋说："我这个人比较认人，明年这订单，肯定是老合作。"

哈哈，这聊天氛围，依晴真是佩服极了红姐。

依晴听老宋讲起过，红姐是个自由随性之人，不喜欢朝九晚五，体制内辞职出来，还去西藏当了两年志愿者，也关注社会弱势群体。依晴心里敬佩这样的人，一直以来，工作上有什么困难，依晴都会找红姐，和这样的人共事，依晴觉得真幸运。

夜色沉了，茶也淡了，三人起身回家。代文锋客气地说："红姐，我们下次再约啊！"

"约我，还是约我依妹啊?!"红姐笑道。

三人相视而笑。

十 六

代文锋回到家，母亲已睡了。

他洗漱完躺下，睡不着，他感觉自己今晚有些异常，怎么会聊了这么多？她就这么安静地坐着，说话极少，眼神温和，就像一个认识了很久的人。

自从上次沭阳见面之后，代文锋时常会想起依晴，听她细细地分析问题，让人感觉平静。代文锋也曾在感情里起起伏伏，和前妻离婚三年多了，朋友给自己介绍过不少女人，也有自己认识的女性，但这些年来自己从未有过这样的感觉，工作上越接触就越想了解她，难道是灵魂遇到了同频共振？他晃了晃脑袋，示意自己睡觉，明天下午还得起程去沭阳。

清晨的草丛上已结了霜，寒风吹来，脸颊有些刺痛，时间真是快呀，转眼又是一个冬天，这是依晴从丽水回来的第二个冬天了，依晴帮书睿整理好围脖，看着他开心地进了学校。比起丽水，温州的冬天不太冷，自己和孩子的生活稳定下来，依晴觉得心安。她看了看时间，朝公交站走去。

和王宇分开已三年了，光阴似箭，这三年，发生了很多事，也平静了很多，依晴很少与王宇联系，她也不知道王宇在做些什么，三年来，他没有给孩子一分钱生活费，依晴自己一点一点扛了过来。夜深人静的时候，依晴回想这几年经历的一切，觉得自己很辛苦，特别是孩子生病的时候，自己不是神，也会脆弱，也会潸然泪下，但是面对挫折，依晴学会了平静、坚忍，走过这些艰难时分，回头望望，那是生命的重生。

代文锋回沭阳已有十来天了，闲下来时，他脑子里浮现出她的身影，感觉到她与众不同的眼神，代文锋心里可以确认，自己喜欢这个女人，他不想错过，而且这种感觉越来越强烈。代文锋从红姐那里听说过，依晴离了婚，独自抚养一个 7 岁的儿子。偏偏这样的女人和小姑娘不同，她经历过感情的创伤，精神上独立，不依赖男人，代文锋不敢轻易对她表白，他心里没底。还有，如果决定去追她，就要坚定，因为自己没有孩子，那是直接当爹，老母亲这一关，可能过不了，要有心理准备，弄不好，会伤害依晴。

代文锋想起他的前妻姜文馨，那是母亲托人介绍认识的，不到两个月，两人就匆匆结了婚，婚后发现两人性格不合，前妻性格急躁、冲动，不懂得体谅对方，代文锋喜欢孩子，但前妻不想要孩子，两人一年半就不欢而散，分手场景还算是和气。现在仔细想想，代文锋觉得自己那时也做得不好，结婚太仓促，也有些大男子主义。

在这三年多里，代文锋拒绝了母亲安排的所有相亲，婚姻是一种责任，他感觉自己还没准备好去经营下一段婚姻。而今天，遇见她，居然有了想和她在一起的强烈愿望，这是什么呢？是爱？难道真如小说里写的那样："灵魂遇到了相似的人，懂得你的言外之意，理解你的山河万里，欣赏你的与众不同。"在生意场上打拼十几年的代文锋，早已是理性胜于感性，想到这里，代文锋傻傻地笑了笑，觉得自己过于自信，想起依晴那双深邃的眼晴，里面有一种分量，不可轻易冒犯。

在沐阳待了一段时间，代文锋回温州了，他决定找依晴告白，他打电话给红姐，但这个像风一样的女人又出去旅游了，红姐电话里说道："老代，红姐早已看出端倪，虽然你是我客户，但我们都是朋友。我说实话，依晴虽然经济上没法和你比，但人品修养这妹子上品，外貌你也只能站一边去，但你们俩价值观接近，能聊，还真挺合适，唯一夹在中间的就是孩子，世俗这一关，难也难，容易也容易，看你勇气，还有你若是抱着玩玩的心态，劝你走路，依晴感情上不是随意的人。"

接完电话，代文锋把车子停在公司对面，依晴下班应该还有一会儿时间，代文锋就这样在车上坐了半个多小时。

依晴从公司门口出来，腊月的寒风呼呼袭来，依晴把围脖往脸颊上捂了捂，把手藏进大衣，快步往公交站走去。

代文锋看着那一串熟悉的号码，平时是经常联系业务，但此时却不敢按下键去，代文锋看着依晴上了公交车，他不明白自己为何如此紧张，大冬天的，紧张得手心冒汗。

<h1 style="text-align:center">十　七</h1>

代文锋还是把电话拨了出去，公交车上有些吵，代文锋提了提嗓子："依晴，我有点要紧事找你……"

依晴："代总，请问有什么指示？"

下班高峰期的公交车上挤满了人，车窗上都是暖雾，依晴一边拉着扶手，一边接着电话，报站的广播声很大，淹没了两人通话的声音，他们都沉默了下来，欲言又止。

代文锋接着说："等一下你能出来下吗？"

依晴："代总什么事儿这么急？公交车上有些吵，我快到站了，等下给你回电话 。"

依晴放下手机，"老代最近讲话有点怪，订单业务这个月都跟踪得很好，没什么特别状况呀？"依晴心里嘀咕着。

代文锋在车上等着依晴的电话，看来他今天不找依晴说清楚是不罢休了。

代文锋约了依晴晚上9点钟，在她家小区的门口见，他说自己讲点事情就走。这个时间点，依晴也差不多已把孩子的事忙完。

快9点了，依晴吩咐儿子早点睡下，她没来得及换上羽绒服，单薄的毛衣外披了围巾，把围巾绕脖子两圈，匆忙下楼。

冬天的夜晚有些寒冷，风呼呼地刮过光秃秃的树梢，发了黄的树叶被吹得瑟瑟发抖，这个点，路上已没什么人。

老代那辆黑色的轿车停在小区大门口不远处，他一直都是很守时的人，他朝依晴挥了挥手，依晴走了过去。

车上开着暖气，依晴看了看代文锋，觉得他有些反常，一脸没睡好觉的样子。

"代总有什么重要指示？"依晴像平时那样客气地说着。

代文锋望向依晴："依晴，我长话短说，知道你还惦记着家里孩子睡了没有。我们认识应该快有两年了吧！以前听红姐说过，你一个人带着孩子，很不容易，说实话我很敬佩你，以前是这样想的。可是现在，我发现自己对你有了不一样的感觉，而且这感觉越来越强烈，已经有一段时间了。我从小也是苦孩子，父亲早逝，事业上靠自己打拼出来。我和前妻分手三年多了，我不着急成家，是因为我想遇到自己中意的那个人，下半辈才不浪费，现在我确认自己遇到了，这个人就坐在我旁边……"

代文锋一脸诚恳地说着，语速缓慢。

依晴沉默了许久，神色平和，对代文锋说："代总，我受宠若惊了，我林依晴何德何能得你的青睐，我很感谢。我们……我们有着现实里的差距，你是钻石级别的人，只要你愿意，可以说年轻女人随你挑，干吗要去选择一个离了婚的女人，还要替别人养儿子，你不怕亲人、朋友说你脑子被砖头砸坏了吗？"

代文锋听完不但没有生气，反而笑了。

他看着依晴说："放心，我脑子没坏，你不要故意讲这些话刺激我，你想的这些我都想过了，我是思考成熟才来的，也是认真的。你和我都是婚姻里过来的人，遇到自己心仪的人要珍惜。生活是自己的，幸福也是自己的，我们为什么要活在别人嘴里？"

"我就喜欢这样和你说着话，我希望可以这样一辈子和你说着话。还有书睿他需要父爱，需要多一个人爱他，不能像我年少时那样缺少父爱。"

代文锋最后这句话，依晴有些触动，不由得眼眶湿润。

代文锋知道，孩子是女人的软肋，就像自己的母亲。

"代总，以后我们还是像朋友一样，我的心不会再有什么波澜，我只想好好抚养儿子长大……我要上去了，书睿一个人在家里。"依晴说完推开车门，外面夜寒露重，暖气瞬间被寒风吹散。

代文锋也从车上下来，讲道："林依晴，从今以后叫我文锋！"

依晴停了几步，没有回头，快步往家的方向走去。

北风呼呼地吹，吹起依晴的围巾和长发，落叶纷纷，代文锋望着她的背影，那像是冬日里一幅画，画在他的心头。

十 八

代文锋回到家，母亲还未休息。

"回来啦！晚上打你电话打不通，我找你有事呢！"代母站在门旁说道。

"我的母亲大人，什么事？"代文锋脱完鞋准备进屋。

"先别进屋，你宋姨昨天来过一趟，说有一好姑娘，工作单位好，长相各方面条件不错，这几天你去沭阳之前，安排时间见个面吧。"代母坐在沙发上，期待地说着。

"妈，您别让宋姨辛苦了，当初我和文馨也是她劳的心，你不担心吗？"代文锋拍了拍母亲肩膀。

"小子，你是准备打一辈子光棍吗？和文馨都分了这么久了，你还不好好考虑自己的终身大事，你那些朋友、同学，孩子都快有你这么高了，你都快 40 了，你想让你妈死不瞑目吗？"代母越说越生气。

代文锋走过来，拉着母亲坐到沙发上。他知道母亲为了自己，付出一生，父亲走后，母亲没有改嫁，含辛茹苦抚育他长大。这几年，只要是在家的日子，几乎都是这样的对白，代文锋时而感觉崩溃，时而觉得母亲很可怜。

这么多年，母亲没有放弃过找人介绍，希望自己早日成家，但是结婚真的不能强求啊。

"你没有去看一下对方，怎么知道合不合适？说不定就中意了呢！"代母耐心地说着。

代文锋知道依晴现在还没有答应他，但是他心里无比坚定，他心里清楚这个女人值得他去爱。代文锋想了想决定告诉母亲，试探母亲的反应。

"妈，我有喜欢的人了，您别再麻烦宋姨了。"

代母从沙发上站了起来："哪里的姑娘，怎么样？和妈说说。"

"她叫依晴，我们认识有两年多了，有工作来往，熟悉了解后，觉得她很好，是我这么多年要等的那个人，就是她带着一个 7 岁的儿子，我也是仔细想过的，妈，我希望得到您同意。"

代母愣了愣，音量分贝直接拉高："你小子，让我左等右等，让你结婚你不结，等了个离过婚的，还直接当爹，你小子是不是疯了？"

"妈，都什么年代了，离过婚的怎么了？你不要这样损人家，依晴她是好女人，我也是离过婚的，就不好了吗？"代文锋很少与母亲大声讲话。

"小锋，只要我活着一天，就不会同意你们的，你赶紧想办法和那女人断了联系。"

"妈，您想想您一个人抚养我多辛苦，您是伟大的母亲，依晴何尝不是？她一个带着孩子，独自奋斗，她是位善良、有责任感的人。"代文锋望着母亲。

"是个好女人很好，但当我儿媳妇我不同意。"代母坚决地说道。

"妈，您希望我以后幸福，就让我自己决定。"代文锋语气平和地说着，他知道这事，需要给母亲一些时间，他相信，他可以做到让母亲同意。

代文锋劝母亲休息后，回到房间，城市的夜晚灯光璀璨，大寒的天气，因为心里有了依晴，觉得温暖。

中午午饭后，同事们在办公室畅聊片刻，各自休息。红姐去了新疆旅游刚回来，她朝依晴走来，"最近气色不错，依妹！"说完向依晴使了个眼神。依晴笑笑："你想说啥？"红姐向依晴递来几包新疆葡萄干，"这个带给书睿尝尝，"接着说，"你心里怎么想？和姐姐说说。"

依晴转移话题："红姐，哈密喀尔里克冰川美吗？"红姐说："对哦，喀尔里克冰川太美了，纯净、洁白，如娴静的少女立于群山环抱之中，山下的瀑布，如万马奔腾，倾泻而下。喀尔里克冰川山脚下还是天然草场，羊群游走如片片云朵，我们这次同行的十几个人，玩那个天然冰场，都玩成了老小孩，太开心了。"

"你以后和老代一定要去，带上书睿，哈哈哈……"红姐俏皮地说着。

依晴向她使了个眼色。

"走，来我办公室！"红姐拉着依晴去了她办公室，随手关了门。

"我想听听你心里怎么想。不是八卦，姐是关心。"

依晴靠在椅子上，沉默了片刻，说："姐，我已经经历过一次婚姻，一辈子只谈了一次恋爱，结婚、生子、离婚，伤得不轻，也够了。婚姻并不是一个女人的全部，女人的幸福不能完全建立在男人身上，女人要有自己的价值。爱很美好，我放心里了，代文锋对我的感觉只是浅表情感，没有时间烙印，因为我们都没有在最好的年龄遇见彼此。"

红姐："依妹，你讲得很深奥，但姐想说，代文锋这次是认真的，我和他认识十来年了，工作之余也聊得来，人品口碑挺好，不是姐替他说好话，这样的男人不多。"

"姐，我和他之间有现实里的差距，书睿现在也是小大人了，我得考虑孩子的感受。还有，代文锋是孝子，他过不了他母亲那一关。我拒绝了他，所有的麻烦就不会发生。"

"红姐，你休息会儿吧！我的事让你操心了。"依晴说完，笑了笑，站起来走了出去。

周末，依晴坐在围棋馆大厅休息区等书睿下课。腊月天里，天空难得赏了个大太阳，依晴把凳子移到棋馆门口，晒得身上暖烘烘、懒洋洋的，舒适得快睡着了。

半睡半醒之间，有人把她掉地上的杂志捡了起来，依晴坐直了身体睁开眼睛，是代文锋。

"代总，你怎么在这儿？"依晴客气地问道。

代文锋没有说话，进大厅找了张凳子，拿了过来坐在依晴旁边。

"等等带书睿一起去吃个午饭。"代文锋在阳光下眯起眼睛。

依晴说："代总，你什么时候去沭阳？昨天刚发了一单货。"

"我最近还不想去沭阳，有更重要的事情要办，已经聘了主管在那边，近期没事的。"代文锋看了看依晴说道。

两人忽然不语，冬日的暖阳把人晒得柔软。

这时书睿跑出来："妈，你怎么坐在门外面？"

依晴站了起来，书睿和代文锋这样"忽然式"地见面，让她有些不知所措，"哦，我出来晒会儿太阳，这是代叔叔，妈妈的客户。"

代文锋笑眯眯地说："书睿你好，很高兴认识你，还没下课吧！你这是上卫生间时间吗？"

书睿很不好意思，喊了句"叔叔好"，飞快地跑回了教室。

"孩子像你，长得好，希望我和书睿能成为好朋友。"代文锋拉了拉依晴衣袖，示意她坐下来。

"你很讨厌我吧？"代文锋望着依晴。

依晴："代总，我们……"

"叫我文锋。"代文锋打断了她的话。

"昨晚我想了很多，如果人生可以重来，我希望我能早点来到你的身边。我们都是快进入人生下半场的人了，心里装着一个人，是件幸运的事。"代文锋语气平和地说着。

依晴："代……文锋，我的生活好不容易才平静下来，我目前很满意和儿子这样的小日子，不想再掀起感情上的波澜，我是小人物，只求平凡的生活。还有，我……我最好的青春年华没有给你，而是和别人有过往，这样对你不公平。我的人生经历过错误，错了就是错了，未来的路，该我自己去承担，我不想你为了我，和亲人出现矛盾被人质疑。我觉得自己一个人也挺好的。我很感谢你，你可以绕过我，去重新选择你的幸福。"

依晴句句肺腑之言，说完泪水忍不住落下来。

"你真傻，离婚不是一种罪过，和自己喜欢的人在一起，都是最好的年华，你要有勇气去面对新的生活，去接受新的幸福。"代文锋看着依晴说道。

书睿下课了，提着一个大的帆布包，跑了过来。

代文锋站起来迎了过去："书睿，妈妈和叔叔带你去吃比萨好吗?"书睿惊喜地望向依晴，孩子面前，依晴不能讲太多话去拒绝代文锋，她点了点头。书睿开心地欢呼起来，代文锋很自然地接过帆布包，一只手搭在书睿的肩上，依晴看着他们朝前走了过去。

十　九

临近过年，公司快要放假了，依晴跟踪完年底的业务单子，开始整理安排年初的事情。她一家家联系客户，把公司精心准备的新年纪念品邮寄了出去。今年一年下来，业务量也达到了自己设定的目标。

温州的冬天常常湿漉漉的，天气湿冷，最近已整整下了十来天的雨，依晴看看窗外，天空灰蒙蒙的，还不见转晴的迹象，冬天的温州鹿城几年也不见下一次雪，缺少了雪的城市是不够美的，依晴有点怀念丽水的那场大雪。

依晴接到总台打来电话，说有人找，依晴放下手头工作，往一楼大厅走去。

一位六十多岁的阿姨朝她走来，墨绿色的大衣，黑色的羊绒围巾配戴珍珠胸针，冷淡精致，气质极好，手上握着一把折叠伞。

"你好，是林依晴吗？我是代文锋母亲。"

依晴愣了一会儿。

"你好阿姨，我是依晴。"依晴回答了一句。她知道这一天迟早会来的。

"你方便出来说几句话吗？"代母望着依晴说道。

"阿姨您稍等。"依晴客气地讲道。

依晴给红姐打个了电话，交代好工作，和代母一起来到附近LOVE（爱）茶座。

代母快人快语："你知道我今天来的目的。文锋说了你的一些情况，作为母亲，你很不容易，也了不起，我也是过来人，我佩服你。文锋这孩子从小就重感情，你们俩的事情上，文锋执迷不悟，他太感情用事，现实生活和感情用事要分开，要拎得清，你们在一起不合适，文锋他和你不一样，他可以有更好的选择。为了他不被亲朋好友说长短，不被人嘲笑，你不要怪我自私，我是一位母亲，不可能不管，所以来找你。放开文锋好吗？你有什么生活上的困难尽管开口和我说。"

代母犀利的眼眸望着依晴，仿佛眼前这个女人将要毁了自己儿子的前程。

依晴的心里一阵酸楚，她强忍住泪水。

"阿姨，离了婚的女人不罪过，不丢人，也没有低人一等，也不会依附谁。你觉得儿子和离了婚带着孩子的女人在一起，没面子，会被人说闲话，那么你们和那些讲闲言碎语的人，也是同一层次的人。人以群分，物以类聚，这话是有道理的。我虽然清贫，但我有自尊，我也从不委屈自己。阿姨，谢谢您的问候，我没有什么困难，也不会因为生活困难和文锋在一起。阿姨，现在这事接下来是您自己和文锋的事了。我还有事，先走了。"

依晴不卑不亢地讲完这番话，站了起来，大步朝门外走去，泪水忍不住从脸颊滚落下来。

　　代文锋已经几天找不到依晴了，他打电话给红姐，才得知母亲找过依晴，他心里划过一阵不快。

　　年底事情多，这两天要去沭阳，可依晴不见他，代文锋根本无心去沭阳。

　　冬天的雨下得昏沉沉，空气里都是雾霭，依晴依然没有接电话，代文锋等到晚上9点，开车往依晴家的方向去，公路上能见度极低，代文锋缓慢地往前开。

　　从家里出来时，代文锋已给依晴发了几十条短信，说自己在小区楼下老地方等她，会一直等着她。

　　手机上的电话和短信，依晴都看得见，夜晚快10点了，代文锋发短信还在楼下等，依晴知道，代文锋会不见不归，她决定还是下去一趟，和代文锋面对面讲清楚。

　　夜雨如丝，依晴撑着伞朝代文锋的车子走了过去。

　　"我母亲到底说了些什么？你就躲起不见我？"代文锋迫不及待地询问道。

　　"文锋，不要怪你母亲，她是为你好。"依晴冷静地说道。

　　"我母亲讲了什么，并不能代表我，你不能不见我，这样对我不公平。"代文锋生气地说着。

　　"她是你母亲，你不能因为我和她闹矛盾，这样很不孝，老人家年纪大了，生气不得。还有我们两个人这样不顾家人感受，执意要在一起，得不到家人的祝福，这样的婚姻是有遗憾的。我们不可以这么自私，把幸福建立在别人的痛苦之上，那个人是你母亲，所以，文锋，我们可以冷静一些，就像你母亲说的，你可以有更好的选择，把我当成过客，时间会淡化一切，而且一切都会好起来的。"依晴慢慢地说出自己这几天来的想法。

"文锋，时间会冲淡一切的，你保重。"依晴心里阵阵酸楚，说完话，推开车门，准备撑伞离开。

代文锋冲下车去，拉住依晴，"什么过客，什么是过客？你是冷血动物吗？你感受不到我的爱吗？你不知道我见不到你，我快疯了吗？"代文锋伸手使劲地把依晴拥在怀里。

依晴失声痛哭。

雨缓缓地下着。

依晴推开代文锋，"回去吧！保重！"依晴拾起地上的伞，往家的方向走去。

二　十

回家的那一小段路，依晴不知道走了多久，她感觉自己整个人都轻飘飘的，三年前告诫自己"心不动，则不痛"，可现在心隐隐地痛，泪如雨丝般坠下，漆黑的夜，静悄悄的，此时不需要逞强给谁看。这些日子以来，代文锋已渐渐走进她的心里，但是她明白，这段感情她要放手。

代文锋喝醉了，生活向来有条有理自律的这个男人，第一次喝得酩酊大醉，朋友孙耀辉背他回了家，代母满脸错愕，她不明白，儿子居然为了这个女人烂醉成这样，连形象都顾不上了，这小子真是上辈子欠了情债了。

代文锋吐了，孙耀辉搀扶着他进了洗手间。

孙耀辉和代文锋是穿开裆裤一起长大的发小，代文锋比孙耀辉大几个月，上学时，谁只要有钱，就请对方吃九山饭团，两人情同手足。孙耀辉知道代文锋晚上找他喝酒，肯定是有事，以前都是自己找代文锋喝酒，醉了，都是代文锋拖着自己回家。那不是贪杯，男人懂男人，那是心里有苦需要酒精麻醉。

代母和孙耀辉一起把代文锋身上擦干净，好不容易把他放倒在床上。"睡上一觉就好了。"孙耀辉拍了拍代文锋的大腿，说了一句。

"麻烦你了，耀辉。"代母感激地说道。

"伯母，不用客气，文锋也是难得醉一次，以前都是他帮我，今天终于明白，他以前拖我回家是多辛苦，呵呵！"耀辉打趣地说道。

"伯母，文锋和我讲过依晴的事情，我们都是哥们，读书那会儿，也没少来您家蹭饭，您平时对我就像儿子一样，我有什么讲什么，您别介意。文锋对依晴是动真心了，现在让他离开依晴，他是痛苦的，希望您能理解他，他痛苦，您心里也痛苦，他开心幸福，您也幸福，希望您再考虑一下他们的事。"孙耀辉诚恳地对代母说道。

代母望着醉成这样的代文锋，心里五味杂陈。

过年了，小区门口、屋檐下，挂满了红灯笼，年味十足。

依晴安静地搬了个家，年前和公司申请了工作条线的调换，代文锋的业务交给红姐，手机号码也换了，要断就要断得彻底。她答应过代母，她时常用代母对她讲过那些话来提醒自己，依晴承认自己自尊心很强，不管是逃避代文锋也好，还是答应了代母的请求也罢，依晴把对代文锋的爱压在了心底。

新的小区里，有个风雨连廊，过年放假，她有空就带书睿下来玩，书睿会问起代文锋，这几个月他似乎和代文锋玩成一伙儿了，谁对他好，心里清楚得很，孩子是简单的，他想念代文锋了就会说出来，不像自己只能放在心里。

书睿长高了不少，碰到热情的邻居发问："这孩子长得好，平时吃什么呀？"依晴总是笑笑答道："穷人家的娃儿，粗茶淡饭。"

依晴看着渐渐长大的儿子，心里感到欣慰，有时候一个女人面对挫折的勇气，是母亲的身份给的，"母亲"二字是最坚韧的力量。依晴觉得自己是个晚熟的人，很傻也很天真，经历过跌跌撞撞的婚姻后，从一个柔弱的女孩变成了坚强的母亲。

依晴希望在不久的将来自己可以买个小房子，她和儿子已经搬了很多次的家了，居无定所，一路漂泊，她太想有个自己的"家"了，凑齐首付，一定要和儿子在这个城市有个属于自己的小窝。她暗下决心，明年一定要加倍努力工作。

代文锋过年去了沭阳，这两三个月没在沭阳，一大堆事情等着他处理，正月初才能回温州。他打电话给依晴，手机一直是关机状态，很多业务要处理，他心里焦急万分。

喜欢一个人像是心血来潮，但是爱一个人是念念不忘，代文锋想起这几个月和依晴相处的点滴，很想念她。

红姐来看依晴。

"依妹，几天不见，你怎么瘦了这么多？"红姐关切地问道。

"可能搬家太累了，过年会长膘的。"依晴打趣地说着。

"你真是铁了心要和老代一刀两断哪？他在沭阳回不来，打电话给我了，说联系不上你，听语气真是着急了，你俩就这样互相折磨？"红姐看着依晴。

"是老代让你来的？"依晴瞄了下红姐。

"红姐答应过我，不给电话，不给住址，要不然我搬家白白辛苦了。"依晴接着说道。

"老代确实让我来找你，我也想来看看你怎么样了。他说自己正月初五回温州，有些客户正月那几天要走一下。你不让我讲，我肯定守口如瓶。但是，温州有多大呀！他回来想找你，还是会把你找出来的。"

"会淡的，淡了就好了……"依晴看了看红姐，轻轻地说道。

新年，在亲人们的相互问候中过完了。

依晴向公司申请换了一个新的门市部，其他员工基本都想往总部调，依晴是下调，她提出想让自己多磨炼，公司也同意了，职位和收入没有多大变化，部门老宋是想让她待个一年半载就回来，依晴也算是他比较满意的手下。这两天依晴要去报到，路途比原来远了很多。

代文锋从沭阳一路开车而回，整整开了 10 个小时，中间在休息区睡了 1 小时，到了温州已是深夜，代母一直等到他回来。

代文锋回到家，见母亲未休息，就和她讲了自己的打算。

"妈，我想好了，我想搬出去住。"

代母冷静地看了看儿子，"你是和林依晴一起吗？"

代文锋开了一天的车，略显憔悴，表情淡淡地说道："没有，我一个住，依晴她调了岗位、搬了家、换了电话号码，我还没找到她，这是您要的结果吧！"

"这孩子倒是说到做到。"代母心里想着。

"你瘦了很多，为了那个女人至于吗？"代母关心地问道。

"我会等到您同意为止的。"代文锋看了看母亲，疲惫地往房间里走去。

代文锋一觉睡到第二中午，这段时间他太累了。

他给红姐打了电话，因为只有找她，才能问出依晴在哪儿。

红姐回避了代文锋的请求，但又于心不忍。她告诉代文锋，依晴明天上午会在总部开会。

母亲外出不在，代文锋在家里简单地收拾了些行李，开车前往九山自己的另一住处，屋子已让人收拾过了，一尘不染，新房子窗外是河，景色青翠，闹中有静，这里有他很多童年的回忆。他曾经想过，将来和依晴结了婚，就住这里，依晴和他一样，爱干净，也喜静，两人都爱好看书，那个能看见河的房间可以弄成大书房，白窗帘，还可以在软垫子上晒着太阳……如果依晴现在就在这里有多好……代文锋心里想。

公司的对面，代文锋在车里已坐了好一会儿了。

直到中午 12 点，公司门口才陆续有人出来，依晴在人群的最后面，提着个文件袋慢慢地走了出来，一个月没见，她清瘦了很多。

代文锋从后面跟了上去，走到了她的跟前，依晴傻愣在那儿，想回头走，却被代文锋拉住了手臂，依晴想挣脱，代文锋怎肯松开，她觉得手臂都快要断了，代文锋把依晴拉到了车上，不管三七二十一，吻了上去，两人的泪水滚落下来。

二 十 一

"你怎么能这样对我呢？不声不响换了岗位，搬了家，还把电话也关了，你的心也太狠了，你以为你这样逃避我，我和我母亲之间就没事了吗？我就可以把你忘了吗？"代文锋眼眶泛红。

"文锋，我不能拖累你，你应该有一个更好的选择，你若执意再坚持，我们俩都很痛苦。"依晴缓慢地说道，那种爱而不得的感觉，依晴感到很无力。

"和你在一起，就是我的选择，我母亲不同意我们结婚，我就不结婚，我只要在你身边就好，只要在你身边就好！"代文锋两只手用力地搭住依晴的肩膀，大声地说道。

依晴看着代文锋变得消瘦憔悴的面孔，眼睛热热的，泪水顺着脸颊落了下来，代文锋伸手轻轻地将她的泪水拭去。

两人的心明明是相互奔赴，灵魂相契，却被世俗挡住了去路。

依晴越是选择主动离开，代文锋就陷得越深。代文锋是独子，父亲早逝，他心里是孤独的，早早出来拼事业的他，渴望家庭温暖，也喜欢孩子，依晴的温柔、善良，吸引着他，依晴处处为代文锋着想，她越是逃避，代文锋就越着迷。

受过感情挫折的人，也是不容易再动情的，代文锋的爱是深沉而真挚的。

依晴是一个很传统的女人，有奉献型人格，她可以为了孩子奋不顾身，可以为了代文锋克制感情，牺牲自己。依晴作为母亲是坚强的，但她同时也是一个女人，她渴望有个肩膀可以让她依靠。代文锋有大男人情怀，他想保护这个平凡的小女人，他不想让她一个人承受单亲母亲的痛苦。其实他们两个人都是传统而又长情的人。

他们朝静静的湖边走去，阳光已开始明媚，湖面上波光粼粼，双鹅嬉戏，一派好景，人们都脱去厚厚的外套，街上行人的脚步柔软欢快，似乎都变得轻盈有活力。

代文锋拉着依晴的手，两人静默着走了很久，对于代文锋来说，无言也喜悦。依晴很想忠实于自己的内心，她也爱代文锋。

"我母亲总有一天会理解我们的，关键我们自己要坚定，我相信快了，依晴，相信我会安排好一切的，好吗？"代文锋深情地望着依晴，依晴点了点头，代文锋伸手将她紧紧拥在怀里。

依晴在新的门市部上班有一段时间了，因路途较远，为节省在路上的时间，依晴去买了一辆电动车，每天在上下班出行高峰的路上穿梭，确实节约了很多时间，并且也能在固定时间回家接书睿。

在新门市部工作，依晴很快进入状态，她运气也特别好，那一年上半年，市场需求量大，订单激增，依晴的销售业绩直线上升。

都说恋爱中的女人神采飞扬，在这段时间里，依晴因为代文锋在，她感觉很幸福，而且代文锋对书睿视如己出，悉心照顾，这样的男人应该只出现在小说里吧，依晴很知足，她相信生活会越来越好。

有些人，生活在温暖而安静的水潭中，没有那么多的起伏磨难，但对林依晴来说，她的人生却是一波三折的，生活刚刚给她加了些蜜糖，意外却又随之而来……

二 十 二

书睿感冒发烧了，一连几天折腾，烧终于退了下来，这两天他没有去学校，白天由姥姥照顾。

依晴忙完一天的工作，整理东西准备下班时，母亲给她打来电话，说有急事要出去一趟，书睿吃了感冒药还在睡。

依晴骑着电动车往家的方向开去，下班高峰的路上，车子川流不息，私家车、公交车、电动车，黄昏的路上，车水马龙，拥堵不堪。

也不知道书睿睡醒了没有，依晴看着前面的红绿灯，已经跳了三次绿灯了，车子依然排得老长，依晴心里有些着急。

又一红灯转绿，6、5、4、3、2、1，依晴终于卡着秒数穿过去，忽然，一辆黑色的越野车抢着黄灯呼啸而来，时针停止了转动，一声重重的撞击声，依晴感到天空瞬间灰暗了，她躺在了地上，血涌了出来，脑子里闪过"书睿一个人在家"，接着失去了知觉。

代文锋和红姐都接到了电话，两人同时赶到了医院，这路上，代文锋心里很自责，依晴若不是为躲避他，不会换到那么远的地方上班，不骑电动车，也就不会出事。他想起红姐对他说过："若爱不成，反成伤害。"此时，他心里祈求依晴千万不能有事。

交警也在医院，越野车是失控偏道肇事，依晴被撞飞出几米远，还好肇事司机并未逃逸，第一时间送她到了医院。代文锋疯了一样冲向肇事司机，对方是一位二十出头的小伙子，交警和红姐及时拦住了代文锋。

依晴身上多处骨折，手臂和腿部有不同程度挫伤、瘀肿，最严重的是右腿膝盖骨粉碎性骨折，是由车子直接撞击导致的，头部还好戴了头盔，但有中度的脑震荡。依晴仍在昏迷中，伤势严重导致休克。医生说必须马上手术，膝盖取出小块碎骨，保留大块碎骨，再用内固定器械将骨折部位固定，术中看情况还需要植入自体骨。

依晴的母亲带着书睿也赶到了医院，老人情绪激动，书睿哭着找妈妈，红姐将书睿拥在怀里，并安慰一旁的老人家。

依晴躺在那儿一动不动，裤腿上都是血，主刀医生在下班的路中赶回，医生说："右腿伤势较重，我们会尽力。"说完，戴着氧气罩的依晴被推进了手术室。

红姐看到满身是伤的依晴，转过脸，眼泪掉了下来，心里念道："依妹很痛啊！孩子还小，你要挺住！"

手术已进行了两小时了，护士进进出出，忙碌着往手术室里送东西，急促的脚步声，更让代文锋站也不是，坐也不是，感觉时间漫长而倍受煎熬。

书睿刚退烧，身体也比较虚弱，靠在姥姥腿上睡着了，看着一老一小，代文锋心里不是滋味。

整整七个小时的手术，依晴终于被推了出来，代文锋满眼红血丝，他站在门口迎了上去。李医生说："手术很成功，伤者失血多并有贫血，输了400毫升AB型血，目前情况较稳定，右膝盖粉碎性骨折较严重，考虑伤者年龄较轻，截取了她腰节小部分髌骨，用内器械固定，能帮助骨头生长，还要配合促进骨折愈合的药物治疗，后续要做全程的功能锻炼。其他挫伤部位，整合消炎、消肿、止痛、抗感染的治疗，希望她恢复好。"

李医生很利索、专业地和代文锋讲了术后的情况，七个小时的手术，医生也已累趴下，代文锋谢过医生后，跟着护士进了病房。

麻醉药时间未过，依晴依然双目紧闭，代文锋看着她清瘦的脸庞，心痛不已。

依晴的母亲望着病床上的女儿，在一边抹泪。

代文锋走了过来，说道："伯母，医生说依晴会慢慢好起来，您待在这儿身体会吃不消，这段时间书睿还需要您照顾，我让红姐先送你们回去休息，好吗?"

依晴母亲对代文锋还是很信任的，她答应了。

一直陪伴着的红姐站在门口，她明白代文锋想独自陪着依晴。代文锋抱起睡着的书睿，把一老一小送到红姐的车上。

回到病房，天开始蒙蒙亮了，这一夜，代文锋好像经历了一个世纪，如同梦魇般。他坐在病床旁边，握着依晴的手，看着她腿上的石膏和身上缠绕的白绷带，心里满是自责和心疼，眼泪夺眶而出。

二 十 三

依晴终于醒了，腿上的石膏和身上的绷带让她动弹不得，她视线模糊，脑袋抽痛，并阵阵地恶心。

代文锋见她醒了，惊喜万分，他赶紧跑去找医生。

主治医生李洛白走了过来，他也是医院骨科的第一把手。

李医生："你好林依晴，你终于醒了，你的右膝盖骨伤势较重，昨天手术很成功，后期希望手术复位理想，骨头愈合是要骨折线模糊和骨痂生长后，你的情况需要 3 至 6 个月的恢复时间，这段时间你要好好调养身体，脑震荡后遗症会伴有头痛、恶心，大概会在半个多月后逐渐消失，越是良好的心态，病情就恢复得越快，手术过程中，你的意志很顽强，接下来，相信你会恢复得很好。"

尽管身体上各种剧痛，依晴心里明白，她遇到一位好医生了，她虚弱地说道："感谢您，李医生。"

医生走后，依晴看着眼前憔悴的代文锋，陌生又熟悉，她欲言又止，伤口剧烈地疼痛，泪水忍不住从眼角滑落。

"文锋，"依晴虚弱地叫他，"这里有护工在，厂里忙，你尽管回去，我会很快好起来的。"

"让我妈也别来了，她年纪大了，帮我照顾书睿已是很好。"依晴说道。

代文锋看着依晴说："我的事我自己会安排好，你尽管好好养身体，别把自己当万能的，你只是为了孩子似乎无所不能而已。我一直和你说，给你买个小汽车，你总是这么固执，不接受。开个小电驴去那么远的地方上班，还好现在人没有危险了，你如果有什么事，书睿怎么办？你让我怎么活？"代文锋心急地讲道。

"以后我自己会买……"依晴的声音很轻。

中午，加琳急急忙忙地走了进来，"依晴，哇，我终于找到你了，刚才一急走错楼层……怎么样？现在？"加琳讲话气都还没喘直。

代文锋客气地说："琳姐，依晴刚醒不久，手术很成功，就是人还很虚弱，谢谢您来看她。"

"文锋，不用客气，我们都是自己人。"加琳说。

"我刚好要出去一下，琳姐，你陪依晴一会儿，辛苦您！"代文锋说完，看了下依晴，提起外套走了出去。

女护工刚好送药进来，加琳走了过去帮忙，轻声地说道："妹，要把身体好好调养回来！"

依晴点点头，脑袋晃一下都痛。

"也算是万幸，交警把你手机的联系号码都打了个遍，接到电话，真是吓死姐了，人没事就好，你就把它当作老天爷看你太累了，让你休息几个月，伤好了出来又是一条女汉子。"加琳淘气地说着。

依晴知道加琳安慰她，"姐，我伤成残疾了。"依晴还想对加琳说些什么，但是人太虚弱了，脑壳疼得厉害。

加琳拍拍她的肩膀，示意她不要说话了。

十来天后，依晴的头渐渐轻松了许多，伤口的疼痛也缓解很多，人精神了些。

平时都由女护工照看着，代文锋忙好厂里的事，就会过来陪她。母亲和书睿周末时来过，孩子赖着不走，被代文锋送回了家。

公司老宋和同事们也都来过，业务订单正常发货，红姐会帮她盯一下生产和货运，这几天头不疼了，依晴也会及时联系客户，代文锋说她是工作狂。

李医生说过，考虑到伤情，大概要住院观察一个月才可出院，复查完头颅 CT 和膝盖骨镜片，才可回家静养。

代文锋和依晴商量，让她去他九山的家疗养，因为那里闹中取静，自己也方便照顾，还有，他要回家再次和母亲商量，等依晴身体康复好后就结婚。

依晴不同意去代文锋那里，因为她觉得，代母还没有同意他们，如果直接住到代文锋家里，等于向代母挑衅，代文锋和他母亲的关系会更僵化，所以她不同意这么做。

代文锋这几天要去一趟沭阳办急事，他看着病床上的依晴说："我前几天去找过我妈，把我们的事和她商量了下，她答应我再考虑下。我去沭阳十来天，你要听医生的话，自己别乱动，有事叫护工，工作的事先放放，平时不要多想，好好养伤，等我回来，知道不？"

依晴点点头。

代文锋不放心似的，抱了抱她的头。

已经入秋了，天气慢慢地在转凉，依晴上半身能坐起来了，护工阿姨给她披了件外衣，后背给她垫了两个枕头，依晴朝窗外望去，树叶随风晃呀晃，叶子纷纷落下来，像是树寄给大地的一封信，诉说着人间的故事。

自从车祸以来，代文锋对自己悉心照顾，依晴心里很感动，她不知道自己的右腿能恢复到什么程度，万一留下后遗症，代母更不会同意他们在一起了，自己也不能耽误了代文锋。想到这些，头开始有些不舒服，护工阿姨劝她躺下休息。

这天早上，医生查房结束后，护士正在给她换药，门外有人敲了几声门，护工阿姨等护士换好药，才去开了门，代母走了进来，"依晴。"她轻轻地叫了一声，依晴抬起头，心头骤然一惊，感到意外。

二 十 四

"身体恢复怎么样，好些了吧，伤筋动骨的，至少要养半年的，不要心急，好好养身体。"代母客气地说着。

"谢谢阿姨，辛苦您了，大老远过来看我。"依晴笑笑。

"文锋去沭阳之前找过我。"代母打开天窗说亮话。

"依晴，自从文锋搬出去住以后，我也想了很多，这孩子若是非要和你在一起，我年纪大了，也犟不过他。可是现在你出了车祸，你不要怪我自私，膝盖骨粉碎骨折后，这腿就会差些，先不说后遗症，后续还得花时间配合骨折愈合的药物治疗，依晴你替文锋想想，他也老大不小了，他得成家，得生儿育女，他是独子，代家得有后啊！我也很同情你现在的处境，但以你的身体，这几年怀孕对你自己的身体也不好。我都是棺材边上的人了，也不知道能不能等到他生儿育女的那一天。"代母边说边垂泪。

"所以，阿姨请求你，你若是真心爱他，你要为文锋考虑考虑。你也是一个母亲，文锋说你是善解人意的人，你站在我这个母亲的位置想一想。"代母很直接，把心里话都倒了出来。

依晴感到心里被重重锤了一击，她沉默了片刻，缓缓地说道："阿姨，您也有过年轻的时候。我爱代文锋，感情里没有配不配，只有爱不爱。但是您是他母亲，我不能越过您，把他从您身边夺走，我不会这么做。文锋他除了是您儿子，他还是一个独立的人，他有思想，他有权利去选择自己感情，他也经历过失败的婚姻，阿姨您不能替他选择一辈子，这样太残忍了。不管我和文锋能不能走到最后，阿姨您得尊重他的内心，这样您的儿子才会有幸福。"

依晴说完，代母忽然失声痛哭，"依晴，就算阿姨求你了，放了文锋吧！他要照顾你这受伤的身体，还要照顾你儿子，我不想看到我儿子这么辛苦，我家文锋上辈子欠了你们什么？……"

依晴见不得老人家哭成这样，况且她还是代文锋的母亲啊。

依晴强忍泪水说道："阿姨，您别这样，我答应您……。"

代母回去后，依晴头裂开似的痛，她抱着头，护工阿姨吓得赶紧跑去找医生……

跌宕起伏的人生，放在小说里也许很精彩，但发生在普通人身上，他们未必都能承受得住，依晴这一刻实在太痛苦了，一边是文锋，一边是他的母亲。

医生给依晴开了镇定药，护工阿姨看着她睡着了。

这位五十多岁的陈阿姨虽然不知道发生了什么，但是知道病床上的这女人因车祸受了很多罪，今天还受了刺激，看上去太可怜了。

昏沉沉地睡了几天，依晴感觉身体舒服了许多，代文锋打了很多电话，依晴都没有接。这段时间以来，依晴很依赖代文锋的爱，他细心的照顾让自己忘了身体上的痛苦。"也许我们真的是有缘无分？向来缘浅，奈何情深？侯门一入深似海，从此萧郎是路人。文锋！"依晴心里喊着，心里的痛苦超过身体上，但是她心里明白，她不能这样颓败，书睿还小，人得在低谷中自励，要好起来，以后，还是要靠自己走下去。

代文锋打依晴电话一直未接通，他心里感到不安。他拨通了红姐的电话，红姐忍不住了："文锋，你母亲又找过依晴，是护工陈阿姨告诉我的，依晴什么也没说，你妈也是古董中的老古董，你别介意我这么说，依晴还在养伤呢。"

红姐忍住了话，她怕自己说多了，老代会和他母亲闹翻。

代文锋提前了两天回到了温州，到市区的门市部交代完事情，就往医院赶。

秋天的晚风已有些微凉，外面细雨如丝，秋意渐浓。

依晴的身体比之前灵活了许多，代文锋走了进来，依晴笑了笑，陈阿姨找借口走了出去。

"我妈妈来找过你，怎么不告诉我？电话也不接，想把我急死在沭阳吗？"代文锋看着依晴说道。

"文锋，你坐下。"依晴轻声地说着。

"你想说什么？我不会听。"代文锋了解眼前这个女人。

"文锋，我不会怪你母亲，她有她的立场，我也是母亲，我能理解她。"

代文锋："你理解她，那我呢？我们呢？"

依晴："文锋，我这伤也不知道要养到什么时候，说不定会有后遗症，下半辈子还很长，我怕我连累你。"

代文锋："我喜欢你连累我。"

"文锋……取舍很苦，我忽然很累，我困了……"依晴看着代文锋，觉得头又开始晃得厉害。

"我母亲讲了什么，并不代表我，我的心你不明白吗？"代文锋走到依晴旁边。

"那要不我死了算了，你这么不听劝，我还能怎么办？我只有死了……"依晴忽然情绪激动，声泪俱下，说着就拖着绑着石膏的腿，冲下床去，双腿重重地落在地上，头一沉，人晕了过去。

二 十 五

医生吩咐家属，病人在脑震荡恢复期间，不能再受刺激。

依晴服了医生开的药，睡着了。

红姐让代文锋到院区楼下走走，两人边走边聊，楼下的梧桐树不知不觉已换了装束，手掌似的叶子变黄了，"哗、哗、哗"地随风摇曳。

"老代，依晴这车祸让她身心备受折磨，再加上你母亲一直反对你们一起，你家里人会说是她一直缠着你，她心里承受着很大的压力，她这脑震荡还没痊愈，你能不能让她缓一缓，先让她把身体调养好，要不然这身体上和精神上的双重打击，太痛苦了，我真担心她会精神分裂。"红姐细心地讲给代文锋听。

代文锋愣在那儿，他想不到自己给依晴带来的痛苦大于幸福。

"你不要在这个节骨眼上强求她，因为依晴答应了你母亲，她有自尊。你就当朋友一样先陪在她身边，关心她，不要给她压力，两情若是久长时，又岂在朝朝暮暮，你们若是心里有对方，时间会给你答案，过一段时间，你母亲的阻力也不会这么大了。"红姐接着说道。

代文锋点点头。

红姐回去了，代文锋在梧桐树下站了很久。他抬头看着病房的灯光，想了很多，觉得自己没有把事情处理好，红姐分析得有道理。

一阵风吹来，秋天的树叶越落越多，在地上盘旋着。

依晴醒了，陈阿姨备了些粥给她吃。

代文锋出去买了些水果及生活用品，整整两大袋提着走进来，陈阿姨吃了一惊："买这么多。"她接了过来，收拾了一番，然后端着洗碗盆走了出去。

代文锋坐在依晴旁边，看她的气色依然不是很好，心里有愧疚。

"头还痛吗？"代文锋轻声地问道。

"文锋……"依晴欲言又止。

"你想说什么？说吧？我都答应你。"代文锋看着她。

"文锋……我们能不能先分开……一年时间试试，到时你若心里还有我，我们都放不下对方，我们就在一起，好不好？"依晴缓缓地讲出每一个字。

代文锋点点头，眼泪落下来，男儿有泪不轻弹啊！他伸手将依晴抱在怀里："你要好好养伤，答应我，保重好自己，我会等一年。"

代文锋回去了，依晴感到自己身体轻飘飘的，泪水大颗大颗滴落在白色的床单上，她要重新活过来，去康复，去工作，照顾好孩子，不依附感情，女人自有属于自己的价值。

深夜，结束了一天的喧嚣后，一切都安静了下来，宽大的马路上，昏黄的路灯散发着醉人的光芒，秋风萧瑟，拨动得人思绪万千。秋天总是缓缓地来，匆匆地走，让人有时光易逝的落寞感。依晴望着窗外，想起和代文锋走过的日子，他带给自己更多的是温暖和感动，拥有过，就是幸福，她感恩上苍让她遇到这样的男人，灵魂里有过深爱的人，就没有白来世上这一趟。只有这样，面对过去，才不会遗憾，面对明天，才能心存坦然。

住院快二十天了，医生查病房的时间总是很早，李医生对依晴笑笑，"林依晴，这一周恢复得很不错，再过一周，你可出院在家疗养，CT 片子上看，骨折处的局部已有骨纤维形成，你要增加营养，在骨细胞的作用下，骨痂才能生长，骨折线才能模糊。一般骨痂在一个多月后，会慢慢生长，建议两个月后拿掉石膏。还有，术后有遗留疼痛，有可能膝关节屈曲受限，也就是腿弯曲受限，那时你得锻炼，每天弯曲一点点，如果物理治疗不理想，还需动一次手术，把受限部位松懈，你尽量自己先锻炼，会有痛感，自己锻炼好于再动一次手术。"

李医生仔细说着康复的要点，依晴一一记下。

二 十 六

依晴终于出院了，右腿和头颅都复查了 CT，头痛也已痊愈，右腿还打着石膏，需在家静养，等骨痂全部长好后，脚方可落地。

陈阿姨为人善良，做事利索，依晴想把她请回家，再陪护数月，陈阿姨答应了。

依晴回到家，陈阿姨帮忙整理了屋子，妈妈回来了，书睿开心得很，像个话痨，讲个不停，仿佛是要把这一个来月的事情，全部"搬出来"和妈妈讲，逗得陈阿姨眼睛都笑得眯成线。小屋子只有两个房间，陈阿姨就在客厅铺了张床，她并不介意，觉得依晴为人亲切，待自己像家人，她觉得干活也开心。

依晴很想买个小房子，过几年书睿读初中也需要进学区。现在出了这车祸，身体要康复好，车祸尽管不幸，但想想，也算是不幸中的万幸，自己捡回一条命。"老天没收我，必定还有我的用处。"依晴心理自我调侃，想想，笑了。

心态好了，一切都会好起来的。

回家真好，业务数据电脑里都存着，在家里跷着石膏腿，可以先居家办公，先维持住自己的业务，等身体恢复了，再开发新单。有些客户是她好几年服务下来的，都是老主顾，也知道依晴出了车祸，这一个月都是红姐帮她监督好单子，红姐对自己真是无私相助，自己这一路走来虽然跌跌撞撞，但有几个这样的好朋友，也是人间幸事，依晴感觉自己很幸运，等腿康复后，一定请她吃个大餐以表谢意。

上次在医院和依晴分别后，代文锋去了沭阳，他怕自己在温州忍不住去找依晴。她腿上打着石膏，要照顾孩子，还要工作，这女人宁愿自己辛苦成这样，也不愿接受他一些好意的安排。可越是这样，代文锋对她就越是牵挂和敬重。

整整两个月了，代文锋每天把自己弄得很忙，晚上倒头就睡，有时会忍不住想拨出那个电话，但是他还是克制自己，他要守住承诺。夜深人静，他很想她，想她温柔的笑脸，想起她轻轻依偎在他肩上的那种踏实感，想起那个寒冷的冬天，画在他心里的背影。

如今身处两地，寒风渐起，玲珑骰子安红豆，相思入骨知不知？

他有时候会打电话给红姐，问她一些依晴的近况，及腿恢复的程度。

立冬后，温州的冬天温度都是直降式的，冷空气说来就来。依晴在绑了三个月的石膏后，终于把它卸下，如释重负。但右腿还不可以落地，康复锻炼才刚刚开始，膝盖遗留疼痛，膝关节屈曲受限，右腿不能弯曲，这些后遗症等着她去克服。

去医院复查后，依晴按照医生的要求每天做弯曲量比例锻炼，先练习膝关节抬高，再用手拉小腿往大腿处近一小段距离，虽然只是一点点，但这是最痛的，每拉伸一点距离，就会疼得冒汗，只能循序渐进，不能一蹴而就。

拉膝关节花了一个多月的时间，依晴忍受疼痛坚持了下来，能拉还是幸运的，李医生说过，有些人忍受不了疼痛，就只能再做一次松懈屈位手术。

右脚开始轻轻着地，但还不能踩。医生说骨折线模糊和骨痂生长好需要六个月，再过一个多月，膝关节的活动范围基本恢复后，就练习慢慢下蹲的动作，到时就可以练习缓慢地走路了。

想到离康复又近了一步，依晴很是期盼。

快过年了，天气很冷，外面下着雪子，打落在屋檐上，"啪、啪、啪"地响，街道上的行人穿着厚厚的羽绒服，戴着帽子，打着伞匆匆赶路。小区门口的红灯笼不知什么时候挂上去的，风吹得它一晃一晃的，仿佛在提醒着大家，要过年了。

是啊！过年了，依晴望向窗外，"文锋，你还好吗？"遐想瞬间袭来，如果有下辈子，你一定要早点来，依晴藏在心底的话全都涌上来，默念成诗一首——

穿过喧闹拥挤的人群
掠过一张张陌生的脸
我以为你会出现在某个场景
陌生而熟悉
相视而笑
清风吹来
可是　我没有遇见你
…………
我以为我会在最美的时光里遇见你
明眸、黑发、裙角、不期而至的青春
为你
晚霞映红了我的脸颊
可是　我没有遇见你
…………
我以为我一定会在对的时间里遇见你
我以为那个人就是你
在他掏空了我的心之后
我走到另外一个街口的力气都没有
我才知道　他不是你
我没有在对的时间遇见你
…………
我以为我会在最艰难的日子里遇见你
转身、拥抱、泪雨滂沱
你会拍拍我的肩膀 说
别哭　有我
可是这一路的跌跌撞撞
还是错失了你

....

生命很短

我本想将错就错

可是　我哭了

没有你

将错就错的人生真的好浪费

....

我走了好长的一段路

黑丝迫不及待说要变白发

你还没来

我怎敢老去

....

我走过一个又一个街口

清晨

黄昏

你似乎就在不远处

我却不能靠近你

....

二 十 七

春暖花开了，大地渐渐地卸去厚重，海棠树在抽长着新枝，孕育着花蕾，到处是绿油油的生机，又是一年春光景。

依晴的右腿能轻轻地落地了，她拄了个拐杖，借着拐杖的力，每天在康复锻炼中，术后半年的时间一晃而过，她克服了膝关节屈曲受限，复查时，骨折线和骨痂都生长得不错，现在就是右腿着地时，有疼痛，走路站不扎实有些瘸。

李医生说过，粉碎性骨折术后康复，不排除有后遗症的可能，恢复后初期，生活中要注意保养，要缩小患肢活动，防止激烈动作。依晴心里明白，这右腿不能像以前一样蹦跶了，她最担心以后走路会瘸，依晴不想让代文锋看见。

　　未来的路还很长，还要工作，还要养家，自己一定增加营养，把右腿恢复到最好状态，依晴心里暗暗下了决心。

　　代文锋来沭阳已五个月了，过年他都没有回温州，大年三十和母亲通了个电话，代母让他正月回去，代文锋知道母亲的意思，他不想听母亲的安排，母亲电话里说，他前妻文馨结婚生子了，母亲说起这个，就心情激动，"人家都赶在你前头了"，母亲在电话里一直说着这个事，代文锋不语。

　　站在母亲的角度，她未能"儿孙满堂"，享受天伦之乐；站在代文锋的角度，母亲执意拆散自己和依晴，让相爱的人分离。但代文锋相信，只要自己坚持，随着时间的推移，母亲会接受依晴。

　　一年的时间可以等，代文锋一直克制自己，但是，依晴在困难时期，最需要他的时候，自己却未能陪伴左右，他很愧疚，如果不是因为躲避他，依晴也不会换门市部，也不会出车祸。这个固执的女人，要承受身体上的重创，还要养家，也不接受自己经济上的帮助。想到这些，代文锋觉得自己这五个多月来过于理智，居然不打电话，不回温州。

　　沭阳的夜，依然霓虹闪烁，哪一盏是你归家的灯呢？

　　代文锋鼓起勇气，拿起电话拨了出去，电话响了很久。

　　依晴看到了代文锋的电话，她犹豫了下，没有接。

　　代文锋没有再拨，他知道，她不会接。这女人比他想象中要坚定，不闻、不问、不打扰。

　　代文锋想了很久，他决定回温州，依晴的车祸是肇事司机全责，当时治疗费、误工费等是一次谈好的，现在只希望依晴能康复顺利。也不知道她现在怎么样，这个女人！他觉得自己应该回去了。

陈阿姨要回老家江西上饶了，她说自己老伴走得早，独自抚养俩儿子成年，如今小儿子这两年干得不错，对自己也贴心，让她回家享清福去。"现在二媳妇有了身孕，我也要赶回去照顾她。"说完，陈阿姨爽朗地笑着。依晴替老人家高兴，尽管自己还未痊愈，但生活日常上还能应付。

陈阿姨很细心，走之前，把小屋整理了一番，又是擦又是洗的，还帮依晴买了生活用品，冰箱里装满了菜，还给书睿包了饺子冻着，并嘱咐依晴要先吃哪些，依晴心里满满的感动。

依晴让母亲帮忙，给陈阿姨备了些温州特产，结了工资，那天刚好是周末，依晴在家门口和陈阿姨道别，陈阿姨背着黑色的行李包，走到门口，对依晴说道："依晴，阿姨知道你不容易，还给我整这么多东西，谢谢啊，你要把自己这腿养好呀，养好再出去上班，我也是过来人，你要对自己要好点，知道不！以后有机会来上饶做客，一定要打我电话哦，我号码不会变的。"

"好、好。"依晴握着陈阿姨的手，书睿和姥姥一起送陈阿姨到车站，书睿提着大包小包，陈阿姨摸了摸书睿的脑袋，这半年来，书睿也把陈阿姨当成了家人。

人这一生当中，你会遇见很多人，有些人只能陪你走一段路，有些人甚至只有一个招呼，一个微笑，一转身可能就是一辈子。

代文锋从沐阳开车一路回到温州，回到九山的家里已是深夜，他倒头就睡，他准备明天去见依晴。

依晴在家听见一阵敲门声，书睿在学校，母亲这个点也不会来，谁呢？依晴挂着拐杖打开门。

代文锋！两人四目相望，百感交集，依晴眼眶发涩，冷静片刻想关上门，代文锋用手掌挡住门，不紧不慢走了进来，关上门，他伸手将依晴紧紧拥抱在怀里。

依晴想要挣脱，拐杖落在了地上，代文锋扶她到沙发上坐下。

依晴的腿踩地还不踏实，借着拐杖的力，走路一踮一踮的，但她不想让代文锋看到自己腿瘸的样子。

"不是说好一年时间，你为什么要出尔反尔。"依晴有些生气。

"是分开冷静一年时间，你又没说这中间不让见面。"代文锋狡辩着，然后笑了笑。

"腿恢复得怎么样？医生怎么说？CT拍了骨密度怎么样？"代文锋关切地问着。

"腿会有些后遗症，现在走路还有点瘸，看恢复程度，如果恢复不好，我就瘸了，成残疾了。"依晴很直接地说了出来。

"不会的，骨骼会生长好的，还需要时间，你现在不用着急用力踩，再养好一些，会慢慢恢复的，你要对自己有信心。"文锋安慰道。

"你也不用想太多，不管你变成什么样子，半年后，我都要和你结婚。"代文锋看着依晴。

"文锋，我们都遵守约定，还有半年时间，我们到时都会给对方答案，这段时间……我们先别碰面，好吗？"依晴说。

依晴心里明白，自己的腿可能会有明显的后遗症，她心里很担心，万一腿瘸了，她根本不会再见代文锋。

二 十 八

代文锋答应依晴，这半年时间不去打扰她，这次见面后他心里清楚，依晴是担心自己的腿恢复得不好，不想拖累他，加上自己母亲一直反对。给她一点儿时间吧，依晴性格是柔韧的，她比谁都希望自己能"站"起来。虽然两人暂时分隔两地，但他们的心没有分开过。

代文锋买了很多补钙、补骨骼生长的营养品，让人送了过来，自己准备去沭阳管理业务。半年，等待的时间是慢的，但忙起来时间会是快的。从向依晴表白开始，已有两年时间了，因为母亲的反对，两人分分合合，但是，代文锋心里从未曾动摇过，老天安排遇见她，是缘分注定，老天再安排些挫折，是考验。遇见依晴，他感觉这辈子没白活。"不管她康复到何种情况，我代文锋都不能对不起她。"代文锋握紧方向盘，朝沭阳开去。

小区风雨连廊后面的花坛里，海棠花盛开了，依晴喜欢海棠花，经历了一个寒冬的孕育，海棠的枝丫上，小小细细的花蕊，一朵朵，一簇簇，如淡淡的胭脂，嫩粉里渐白，轻丽的模样，在春光里摇曳着，美丽地绽放，严寒没有阻止它的生长，平凡里有自己的芬芳！

做人何尝不是要这样！依晴回首自己走过的路，无数坎坷，但未曾后悔。有人说，你一个女人离了婚为什么带着孩子？难道我不带着孩子就会很幸福吗？难道我带着孩子就不幸福吗？每个人来到这个世界都有责任和使命。不能因为别人嫌弃自己的处境，就低下头去做人，我的生活应该有我的价值，不管明天这腿恢复得如何，不管和代文锋有没有结果，自己依然要前进。

你看，这海棠花多美！你在或者不在，它依然绽放！依晴呆呆地望着窗外。

在医生的指导下，依晴加强了营养，平时她确实吃得比较素，再加有氧康复训练，两个月下来，右腿踩地扎实了，也许是这一路康复锻炼她太上劲了，忍受了太多的痛苦，感动了上苍，依晴的腿走起路来，不瘸，骨密度也非常好，走路已没什么大碍。李医生提醒她，不能剧烈运动，不能重压，将来右腿随着年龄的增加，衰退会快些，平时要注意保养。

对于依晴来说，走路无大碍，这个结果她已经很满意，想起车祸以来她所受的苦，康复训练所受的痛，她终于一个人大声地哭了出来，哭着哭着，她笑了，她擦掉泪水望向窗外，楼下的海棠正在风里摇曳。

去公司上班前，依晴把自己打理了一番，从头到脚焕然一新，让自己从头开始。到公司报到后，老宋和总部提议，把依晴调回来，总部批了，依晴很开心，晚上她做东请同事们吃饭，特别是红姐，这段时间真的帮了她太多忙。

"依妹，你脸色好多了，人也圆润了，身体也恢复了，现在就缺一个人了。"红姐坐在依晴旁调皮地说着。

"姐，今天我们不谈这个。"依晴轻声地说道。

为感谢领导和同事这段时间对她的帮助，不擅喝酒的依晴，喝了些红酒，脸红彤彤的。

桌上只有老宋没有喝酒，端着他的养生杯，调侃自己老了，只能看年轻人喝酒。

同事们尽情欢闹，依晴喝得挺多，她撑到大家散了，去结了账，头开始发晕。红姐扶着她上出租送她回去。

"这么点酒头晕成这样，都像你一样，卖酒的都要破产。"红姐调侃道。

"没事的，我大难不死必有后福，我开心。"依晴靠在红姐肩上说着。

"酒不是你知己，下次你少碰它。代文锋天天打电话找我问你的情况，你们也该有个结果了。"

依晴头是晕的，脑袋是清醒的，红姐说的话，她都听得明白。

上班两个月里，依晴干劲十足，业务回归了正常。

她一直在关注房产市场信息，听朋友说这段时间房价有所回落，刚需的可以考虑下。她想出去看看房子，看看有没有小套间的房子，学区也要过得去。

依晴有时候下了班去转转，有时周末有空去转转，首先是总价不能太高，这样首付相对来说少一点，学区要是不差的话，小户型的房子一般是主城区已有年代感的房子。

合适的没有那么好找，只能慢慢去碰。在找了一个多月后，她终于看中了一套小居室的房子，学区不差，房子田字形，户型方正，两个卧室双朝南，厨房还有赠送面积，采光视线也很好，唯一缺点就是走楼梯层高六楼，但同时也是优点，屋子装修老，价格实惠，依晴有些心动，买来后，可以简单装修成自己喜欢的风格。

首付 30 万，自己手上只有 20 万，但看好这套房子的依晴，向两位朋友各借了 5 万，凑成了 30 万，狠狠心，把房子买了下来。

在这个城市，她和儿子终于有个属于自己的家了。

买下房子后，依晴找来装修公司，谈好价格后，开始对房子描绘"蓝图"，工期为两个月。

有了房子，同时压力也是非常大的，成了"房奴"后，每个月房贷要还四千多元，这里装修要开销，依晴一下子感到"余粮不足、囊中羞涩"，经济紧张起来。她节约开支，并希望下半年的业务销量可以超过目标，这样就能多拿奖金，缓解经济压力。

买房子是依晴的心愿，虽然这个时候有困难，但她相信撑一撑就会过去的。

房子装修的效果一点点地在呈现，依晴只有晚上下了班，一个人跑到新房子里去看看，虽然辛苦，但很快乐，她感到生活有盼头，自己努力赚钱买的房子，觉得很开心。

经过两个月的装修，小屋子白白亮亮的，看上去舒适温馨，再放一段时间通风除味，就可以搬进去了，家具和生活物件，等发了工资慢慢地配齐。

依晴看着崭新的屋子，感慨颇多，带着书睿五年来，经历过七次搬家，这次终于有了属于自己的小窝。

二 十 九

这酷热的夏天，在房子装修的忙碌中，一晃而过，国庆节前后就可以搬家了。依晴站在六楼的阳台上，她看到了令人心醉的晚霞，都说每个人的晚霞里都住着自己的故乡，依晴小时候总是喜欢在乡间的田埂上看晚霞，那时没有高楼大厦，能望到一无边际的霞光，通红、绚烂，天擦黑时，才慢悠悠地跟在父亲身后回家。

芳华逝去，时光变迁，而今，和儿子的生活里，感受着时间的漫长和短暂，生活的动荡和宁静，但只要能按照自己的心愿活着，就好。

秋风渐渐起了，一场秋雨褪去了这个城市的燥热，秋天总是在一夜之间就来了。去年的此刻依晴还在医院，代文锋答应她去了沭阳。春天多梦，秋天多风，秋风起的时候，和代文锋说好一年约定的时间也到了，所有难挨的日子，都在不知不觉中过去了。这些年来，特别是那场车祸，依晴觉得身边有人帮助她，关心她，带给她温暖，这些都化为她心中应对困难的勇气和精神。

"一声梧叶一声秋，一点芭蕉一点愁，三更归梦三更后"，又是整整半年了，该回去了，代文锋在屋里收拾着行李，安排好沭阳的业务，他准备明天一早出发。

沐阳的公路两旁，金黄的稻谷波浪式地翻滚，秋色相映，散发着宁静的香气。代文锋一路驱车，他想先去家里看看母亲。

代母打开门，刹那惊讶，整整半年了，儿子终于回家了，老人家眼眶泛红。

母子俩客厅里坐下，二十几年购置前的小台灯依然在角落亮着，他们好久没有这样坦诚地坐着聊天了，时光仿佛回到从前。

"我以为你永远不来看我了。"代母有些难过地讲着。

"对不起，妈妈，让您为我操心了。"代文锋看着母亲。

"其实，你和依晴的事，妈妈已想开了，不应该这么阻止你们，还伤了依晴的心，你们俩自己觉得幸福就好。"代母轻声地说道。

代文锋等这几句话，整整两年了，他望着母亲平静地说道："谢谢妈妈能理解我。"

代母缓缓地说着："说实话，依晴这孩子气度大，从没在你和我之间做挑拨离间的事，心地善良，而且也很争气，唯一就是带着儿子这个问题，但我现在也想开了，有时看到你们在一起，就像是一家人，笑容那么灿烂，我知道你是快乐的，生活是属于自己的，不必在乎外人的看法，我现在能理解你说过的这话。"

代文锋看着母亲："妈妈，幸福，是两个人相互理解，相互尊重，以及有相同的价值观。依晴她心思单纯、人品好，与我合拍，她会是一位好妻子。"

"小锋，这社会很现实，人也很现实，你追求自己心目中的灵魂伴侣，并有幸遇到，也经受了考验，在多变的人世间，坚守住自己的初心，妈妈为你的品德感到骄傲。"代母慈祥地看着儿子。

"妈妈，您知道吗？您让依晴离开我，她为了躲避我，搬了家，换了手机，换了门市部，出了车祸，她一个人默默承受身体的痛苦，经历魔鬼般的康复，她推开我一年的时间里，拒绝我所有的帮助，让我淡忘她，妈妈，我觉得自己亏欠她很多。幸亏现在恢复得好，她的腿已无大碍，万一有什么后遗症，她根本不会见我。"

"红姐说她前段时间，买了房子，她找朋友凑了钱，一个人弄装修，她自食其力，挣脱束缚，给生活增加底气。妈妈，令人感动的不是你儿子的初心，而是依晴的不卑不亢。"代文锋平静地说道。

"是妈妈固执了，以前没能理解你，只顾着面子，耽误了你们，妈妈想去见依晴一面，儿子，好吗？"代母的声音很轻。

代文锋感激地点点头。

代母握了握儿子的手，母子俩终于和好。

秋天的阳光，温暖而不耀眼，代母来到依晴的公司大厅，她没有上楼，一直等到依晴中午下班，依晴拿着小包和同事们准备出来吃饭。

"依晴！"代母叫住她。

依晴有些惊讶，她不知道，代母今天来会说什么。

两人来到公司附近，两年前去过的那家 LOVE 茶座，依晴给代母点了茶点。

"依晴，文锋他回来了，昨晚刚到家。我们昨晚聊了很久……"

依晴礼貌地回应。比起前两次，代母这次说话语气缓和了许多。

"依晴，文锋和我谈了很多，这两年来，是我固执，我不应该阻拦你们这么久，经历了这么多的挫折。文锋都和我说了，这段时间你受苦了，文锋这孩子他是真心实意爱你的，我应该早点理解他的。从今往后呀，我这老太太再不会阻拦你们了，我也想明白了，你们年轻人生活幸福就好，你们开心，我也开心。"代母真诚地表示。

"阿姨，谢谢您！我从来没有怪过您。"依晴泪水落了下来，这些话，她曾经那么期待，期待自己被认同。

"我也是一位母亲，我能够看到你为了孩子，生活得很顽强，懂得自己在低谷中自励，这让人尊敬，你是个好孩子。"代母慈祥地说。

"想让别人快乐的人，一定很善良，能让自己快乐的人，一定很聪明，前者是你们，后者是我，我也是活到老，学到老。依晴，见见文锋吧！你俩都惦记着彼此，你考虑下……"代母说完缓缓起身告辞。

晚上秋天的风，温柔地吹着。一轮明月圆圆满满地高挂在天空，似乎照耀着人世间天南地北的牵挂。

依晴加完班，从公司里出来，尽管身体有些疲惫，但空气里桂花的阵阵香味，让人心旷神怡，秋风吹得落叶飞舞，今天加班得太久了，书睿已在姥姥家休息，不赶时间的她，脚步慢了下来，她踏着地上的落叶想走一会儿。

秋风缓缓吹来，不远处的树下，站着一个人，好像在等她走近，但又迫不及待地朝着她走了过来，两人四目相望，相顾无言，泪水夺眶而出。

代文锋跨前一步，"一年了，我克制了自己所有的思念，只为等你见我的这一天，因为等待，我并不觉得孤独，这世间有真情的，我一定会等到你向我走来。在我面前，你可以不用那么坚强，暂时放下母亲和业务骨干的角色，不用那么辛苦，做我想要保护的女人就可以。"

依晴的泪水恣意流淌。

两人紧紧地拥抱在一起。

（完）

简　介：小说《北岸映山红》以二十世纪八十年代初南方沿海小县城"北岸"农村为背景，讲述村民吴大柱、吴大奎，及他们的子女，两代人所经历的跌宕起伏的人生故事。北岸村风景秀丽、河水灵动、青墙瓦房、炊烟静谧，春来时，映山红开得灿烂。村子因为近涂、近港、近海，附近渔业兴旺，村民们捕鱼又种田地，顺天时而动。子女们梦想远大，渴望走向远方。小说真实地描述了八十年代初的农村人经历艰难、生死离别、生活变故，仍勤劳拼搏、守望幸福的人间故事。北岸山的映山红谢了又开，北岸河静静流淌，一代又一代的北岸人在壮阔的北岸山河间经过。

北岸映山红

一

二十世纪八十年代初的温州小村"北岸"，因为近海，村民们大多以打鱼为生，村里的那座山叫北岸山，春风拂面时，山上开满了映山红，一束束、一丛丛，倒映在清澈的河面上，那是北岸村最美的时光。

吴大柱是北岸村种了一辈子地的农民，庄稼活忙完了去打鱼，就像村里的大多数村民一样，靠着勤劳的双手，撑起一家人的生计。

吴大柱有四个娃儿，女儿静姝、静雅、静娴，儿子静勋，那个年代的农村，家里是必须要生个儿子传宗接代的。吴大柱是个硬汉子，父亲走得早，他照顾兄弟吴二柱、吴小柱，也帮衬着几个兄弟姐妹成家立业。

随着秋天凉爽的风徐徐吹来，大地褪去了燥热，麦子随着风的方向，整齐地摇曳着。

静姝骑着自行车，车轮压在落叶上，一路上沙沙地响。

她来到丽海这个城市工作已有七年了，可是她再怎么努力，在这个城市仍感到陌生，显得格格不入，未找到想要的生活，她想回到自己的家乡北岸村。

二十五岁，对于许多女孩子来说，可能刚走出校园不久，但静姝不一样，考上高中，父母实在供不起四个儿女读书，作为长女的她，放弃了学业。

静姝喜静，独自在外打工，唯一爱好就是看书，她读到过高尔基的那段话："每一本书都是一个用黑字印在白纸上的灵魂，只要我的眼睛、我的理智接触了它，它就活起来了。"在书海里她并不孤独。

这些年除了帮父母添补家用，静姝平时很节约，也有了点积蓄。城市快节奏的生活，静姝并不快乐，她想回老家镇上开个小书店，让自己慢下来，做点自己想做的事。

和父母商量后，吴大柱夫妇并不同意静姝回老家，他们觉得女儿在大城市机会多。八十年代的家乡北岸村，未脱离贫困，村里的年轻人都渴望走出农村，去大城市寻找机会。

静姝心意已决，她决定还是回北岸镇。

租下店面后，静姝的书店经过两个多月的装修，终于要开业了。

书店面积不大，只有六十来平方米，位置处在北岸镇上，在临街的拐角处，闹中有静。书店装了明亮的落地玻璃门，两侧是米白色的窗帘，靠窗位置放了几个淡蓝色的可靠背小沙发，奶白色的书柜，明亮而整齐，圆几上一束白百合绽放着。

尽管书店面积不大，但摆放有致，每个小角落都有着个人读书的空间，书看累了，也可以看看玻璃窗外的风景。

打理整齐后，吴静姝望着书店，书墨香味阵阵袭来，沁人心脾，她发自内心一笑，终于有了一家自己的书店，这也是静姝多年来的梦想。因为她名字里有个"静"，于是店名就叫"北岸静书房"。

静姝的名字是父亲老吴在书上翻找的，老吴一辈子是地地道道的农民，但他有空也喜欢翻翻书，练练字，那个年代家里也没有什么书籍，老祖宗留下来几本书籍，老吴就当宝贝似的翻看，从不外借。静姝俩字是他一直比较得意的事，静字是安静，姝字代表美丽、美好，比起村里的那些叫阿芳、阿英的女娃儿们，女儿"静姝、静雅、静娴"的名字，他觉得大气。

静姝在书店的前台摆放了茶水，把家里自制的土茶叶带来，为需要的客人及时递上一杯清香的茶。

大玻璃门让书店总是洒满阳光，尽管是开在乡镇街上的书店，静姝把它装扮得有"城市味"。渐渐地，镇上的年轻人也知道了这里有一家"静书房"，来看书的人陆续多了起来。

二

初秋的北岸山下，稻田黄了，金黄色的稻谷，一片一片在风中摇曳，北岸桥下，河水"哗、哗、哗"地响。俗话说"北雁有好峰，南雁有好洞"，而北岸村却隐于田园，有着远离尘嚣的恬淡静美。

这也是静姝眷恋家乡、一心要回到北岸村的原因。

吴大柱和妻子包小英在稻田里忙着收割中稻，常年在外风吹日晒的吴大柱，皮肤黝黑，眼睛炯炯有神，踩稻谷机踩累了，他就坐下来喝口粗茶，歇会儿脚，妻子包着头巾，在不远处割着稻谷。

前几年还有孩子们来帮忙收割，而今大片的稻田，只有他们夫妻俩在劳作。

儿女们都已长大，静姝开了书店，静雅性格喜动，去市区学习服装设计，静娴在备考大学，儿子静勋也在备考高中。吴大柱希望几个子女中，能有个娃儿考上大学，特别是儿子，做个有文化的人，不能像自己一辈子捂在黑土地里，这是吴大柱最大的心愿。

庄稼地里传来喊叫声，吴大柱掀开草帽，只见吴大奎朝他这边走来。

"大柱，我来帮你一起收。"吴大奎边说边卷起裤管下了地。

"谢谢奎哥，等等晚上我们喝两杯。"吴大柱眼睛眯成线，说起"喝两杯"，这酒一直是吴大柱的最爱，农家人不喝别的酒，就喜欢喝自己酿的米酒，最开心的时候，就是他和吴大奎喝上两杯、吹吹牛的时刻。

吴大奎是吴大柱父亲兄弟的长子，他和吴大柱一样，都是长子，父辈走得早，两人胜似亲兄弟，有什么事都会相互商量、帮衬。

吴大奎来帮大柱一起打稻谷，两个五十来岁的农村汉子，收拾起庄稼是很快的，不一会儿工夫，一亩多地的稻谷已被放倒，开始踩稻谷机。那时候的农村，割稻谷、打稻谷，收割庄稼都是人力活，家里头确实需要男劳力，在他们的思想里，生个儿子种庄稼干体力活，是天经地义。

吴大奎比吴大柱大四岁，性格憨实，早年结婚时，妻子田荷花一直不孕，于是在父母的建议下，收养了一个十来岁的男孩做儿子，改名吴家旺，在农村里意蕴为"兴家丁、添家丁"。

收养吴家旺不久后，田荷花真的怀孕了，先生下女儿吴大梅，不久又生了女儿吴二梅，在期待中，生下小儿子吴家先。

家先出生后，全家人那是百般疼爱，甚至溺爱。特别是田荷花生了儿子后，她终于可以在村里、家族里"抬头"了，对于这个给她"地位"的儿子，什么脏活、累活，从不会让他干的。

七十年代末的农村，一种叫"脊髓灰质炎"又名"小儿麻痹症"的急性传染病在传播，感染后的孩子，高烧不退，那时候北岸村好几个孩子感染，体弱的吴二梅，不幸感染了儿麻，从此右腿落下残疾。

吴家先出生后，吴家旺的地位就发生了变化，随着年龄的增长，吴家旺也表现出比同年龄人老实、木讷的性格特点，到了该成家的年纪，吴大奎是心善的，对这个领养的儿子，还是一如既往地爱护。吴大奎托媒人给他找了个聋女，聋女尽管不能说话，但她能读懂唇语，能和吴家旺交流，也能操持家务，两人也算是相互照顾。吴大奎分了屋、分了地给家旺，帮他办了婚礼，也算了却了一桩心事。

比起吴家旺的木讷，吴家先是好吃懒做、不务正业，吴大梅什么活都要干，家里收庄稼、晒稻谷，去集市上卖菜，都是吴大梅，吴二梅尽管右腿跛了，但她也没闲着，姐姐挑担，她拿秤。

为了吴家先，吴大奎没少和田荷花吵架，田荷花总护着儿子。看着吴家先整天在外游手好闲，吴大奎恨铁不成钢，对儿子十分失望，平日里一碰面就吵，父子之间矛盾也越积越深。最严重的一次，吴家先赌钱欠了债，吴大奎气得拿起一米多长的铁锹，追了几里地，追得他上气不接下气，而吴家先早逃之夭夭。

三

静娴和静勋都在北岸镇上读书，有半个月时间没有回家了，月底也是他们姐弟俩约好一起回家的日子。

孩子们要回来，包小英忙前忙后，收拾完稻谷，揉着面团，做些玉米馒头，让孩子们返校时带着吃。包小英性格温和，虽然没有读过书，但是心灵手巧，自学缝纫，家里那台蝴蝶牌缝纫机是她当年的嫁妆，包小英至今还保养得闪闪发亮，四个孩子小时候的衣服都是她自己裁剪缝补，平时有空也帮邻居们做些衣物，在北岸村里，她也是个能干的巧女人。

静姝一直沉浸在自己的"静书房"里，月底或周末，她也想回家和弟弟、妹妹聚聚。

但书店只有她一个人在打理，难得有时间抽身回家，另外，不常回家是因为还怕一件事，那就是催婚。二十五岁，在村里已是大龄女，特别是碰到村口的阿公、阿婆们，静姝就很难躲过去。

静雅回家的时间就更少些，还有一年她就要毕业了，她忙着她的作品，她喜欢服装设计，和她从小受母亲的影响有关，小时候在邻居的赞美声里，她知道母亲那时缝纫的裙子是北岸村最漂亮的，所以她也想做出最漂亮的裙子。

在三个女儿中，静雅从小就长得出众，如今更是出落得水灵，身材高挑修长，村里奶奶们都喊她"金花"，意思是村里"最漂亮的女儿"。

秋天的北岸山很美，那一丛丛的芦苇，在秋风里摇曳生姿，北岸山不是很高，山谷绵延，泉水涓涓。静姝骑着自行车往家赶，今天她特地提前关了书店。

看着随风起舞的芦苇，静姝想起了小时候，北岸山的向阳坡上，植被茂盛，他们姐弟四人一有空就往那儿跑。春天时，映山红开满北岸山，他们就去摘映山红、采覆盆子；秋天稻谷收割后，就去钻草垛、捉迷藏，她带着弟弟妹妹疯玩。那时候是他们最开心的时候，而今，玩着玩着，兄弟姐妹们都长大了，童年的光阴一晃而过。

静姝骑着自行车，赶了二十多里的路，从镇上回到了家里，静娴和静勋已先到家。

一家人吃过晚饭后，在院落里闲坐，皎洁的月亮高悬在半空，打扫过的院落显得干净、宽敞，水泥地上还有扫过的痕迹，吴大柱今天喝了两小碗米酒，儿女们都在，他心里高兴。院子角落的那棵枇杷树，树冠早已越过了两层楼的房顶，树荫可以遮蔽半个院落，随着秋夜的月影移动着。它是吴大柱的父辈种下的，这树也没怎么管理，它耐贫瘠、耐干旱，年年长高、年年壮大，一年四季，寒来暑往，守护着这一家的平安。

静娴和静勋在院子里晾晒衣服，静姝和母亲在整理蒸锅上的馒头。静娴为了节约时间复习功课，把长长的马尾辫也剪了，剃了个短发平头，像个假小子似的，从学校回来时，包小英差点没认出来。

静勋长高了很多，吊着变声期的公鸭嗓子，和静娴聊着学校的事情。

吴大柱和俩孩子聊着在学校的近况，静娴成绩很不错，她一直想考司法专业，这孩子下苦功夫读书，梦想将来当一名律师。静勋的成绩没有静娴那么突出，在班级属中上的成绩，他想去参军，当一名军人，这个想法他还没有告诉父亲。

在吴大柱的思想观念里，女儿都会嫁出去，儿子才能传宗接代。儿子是他的心头肉，他最希望儿子能考上好大学，将来有份光鲜的工作，如果他知道儿子将来要去参军，吴大柱肯定是一万个不舍得，这儿子是他生了三个女儿后，才得来的呀。尽管吴大柱已到了近五十岁的年龄，干农活、撒网打鱼，体力上已不能和年轻时比，但是他想想女儿、儿子还没成人，俩小的学业还没完成，这劲儿呀不敢放松，还得撑下去。

吴大柱想起父母过世时对他的嘱托，作为长子，他要照顾几个兄弟姐妹，帮衬他们成家立业，特别是最小的弟弟吴小柱，那时才十六岁，长兄如父，吴大柱早早他撑起了这个家的重担，那时候村里的姑娘都不愿嫁给他，直到媒人介绍了邻村的包小英，那时的包小英觉得吴大柱是个有担当的汉子，将来也会是一个好丈夫，不嫌他穷，一心一意跟了吴大柱。在包小英和吴大柱成家后，生儿育女的这几十年里，吴大柱尽管是个粗汉子，但对妻子也是粗中有细。

包小英收拾完屋子，打点好第二天给了孩子们带回学校的吃食，夜幕已深，整个村庄漆黑一片，只有月光安静地洒落在北岸山上。

四

清晨的北岸村，空气清新，鸟声清脆，屋顶上炊烟缕缕，空气里弥漫着一股稻草麦秆焚烧的烟火气。

静姝起了个大早，母亲已准备好清粥、馒头，还有自家刚腌好的咸菜。

吃完早餐，收拾完东西后，静姝骑着自行车往镇上方向骑去，村里的乡亲们也起得很早，她遇到了一早来北岸的二叔吴二柱，静姝打着招呼，村口飘来豆腐脑和油条的香味。

北岸河在离家不远的地方缓缓流淌着，秋风下，细细的水波，密密的树叶，似乎在低声细语。

树叶已开始变红了，静姝最爱这北岸的秋色，在她心里，北岸村一年四季都很美，平静、悠然，她想着一辈子都留在北岸村，她骑着车，背影渐渐地淡出北岸村。

吴二柱当年成家是吴大柱一手帮他操办的，在吴大柱心里，自己就是家长。

吴大柱听母亲讲过，在二柱几个月大时，日本鬼子经常进村烧杀抢掠，乡亲们都要逃到深山里，有次母亲来不及抱走睡在木椅子里的二柱，等日本人走远后，母亲一路哭跑着回来，以为二柱已遭不测，家里的粮食、家禽被洗劫一空，但二柱没事，他在木椅上睡着了，躲过了一场浩劫。母亲感觉这是万幸，如果二柱真有什么事，母亲说她也活不成了。

吴二柱长得不像吴大柱，大柱长得黝黑、苍老，二柱像母亲，五官白净，个头高，长得特别壮实，相貌堂堂，气宇轩昂，成为村里媒人说亲的首选。

那时每年秋收后，吴二柱都会担大米去镇上集市卖，有一户姓宋的收米人家，小女儿叫宋春香，买米时认识了吴二柱，喜欢上了相貌堂堂的吴二柱，经媒婆牵线后，心甘情愿从镇上嫁到了北岸村。

吴二柱结婚时，吴大柱是最高兴的，在他心里，兄弟终于成家，他完成了父母的嘱托。

宋春香生下一儿一女，宋春香以前在家里是幺女，家境不错，父母和兄长对她是宠爱有加，故有点大小姐脾气，操持家务干农活会对二柱发脾气，二柱也是急性子，两人要是都心情不好，就会吵架。一吵架宋春香就会哭，说自己一镇上姑娘不该嫁给农村汉子，埋怨吴二柱没好好待她，吴二柱看看这哭泣的女人，看着儿子和女儿，最后还是心软，哄哄"大小姐"，再抱抱儿女。吴二柱虽觉得宋春香脾气不好，但毕竟人家跟着自己吃了很多苦，一双儿女，三餐四季，虽过日子是琐碎，但家要和睦。

宋春香对儿子吴来祥比较溺爱，养成衣来伸手、饭来张口的习惯，宋春香也没觉得这样不好，她感觉自己小时候就是这么长大的。吴二柱对儿女比较严厉，但平时忙于生计，孩子的事管得少。

因宋春香哥哥们的牵头，吴二柱在镇上也弄了些小生意，为了生意发展，吴二柱和宋春香一家四口搬到了镇上，住在了宋春香娘家附近，儿子吴来祥、女儿吴云娇也在镇上就学。

因为房子未落实，孩子户口不在当地，两个孩子读书都是花钱在镇上借读的，这无疑加重了生活的负担。

北岸村的农田，吴二柱就请人耕种，庄稼收成时，他会回北岸村再忙几天，每年都是这样往返，在他心里，北岸村永远是他的根。

经过几年的打拼，吴二柱终于在镇上买了块地，盖了三层楼，生活渐渐地好转起来。

吴来祥也渐渐长大，懒散惯了的他，读书是坐不住了，初中就与社会的小混混在一起，家里常常找不到他人，吴二柱打也打了，骂也骂了，随性的吴来祥根本听不进去，二十岁那年，惹了事，进了监狱，判了七年。儿子被戴上手铐押走时，宋春香当场哭晕了过去。

从不向生活低头的吴二柱，那时候白了半个头。

五

北岸村的夜晚，漆黑一片，吴二柱抽着烟，一支接着一支，抽呛就咳几声，抽完最后一支烟后，他扶起田埂边上的自行车，慢慢地往镇上骑去。最近这一个来月，吴二柱有空就回北岸村转悠。

天上散落着几颗耀眼的星星，似乎在注视着北岸山下发生的一切。

比起不学好的吴来祥，妹妹吴云娇显得成熟懂事，吴来祥入狱不久，宋春香的身体如抽了筋般卧病不起，十六岁的云娇细心照顾母亲。吴二柱为了儿子的事，显得苍老了许多，但他是一家之主，妻子还在病榻上，店里的生意要做，生活要继续。

　　吴云娇初中毕业后，没考上高中，她也没有读下去的想法，吴二柱索性让她在门店里帮忙。吴云娇虽读书成绩一般，但做起生意，脑袋却很灵光，小小的五金店，种类繁多，没过多久，她就熟悉得差不多了，加上这孩子说话甜滋滋的，顾客也喜欢，门店生意红火了许多。

　　店里有时会有订单需送货上门，吴二柱忙不过来时，就会让吴小柱来帮忙。

　　比起两位勤勤恳恳的哥哥，吴小柱自从和老婆分开后，就变得懒惰，这也让两位哥哥没少头疼。他也曾是个包工头，带着泥水工匠们盖房子，是个手艺活不错的"老师头"。可如今的吴小柱常常是三天打鱼两天晒网，干三天休息两天，每天睡觉睡到大中午。

　　村民盖房时，老房子拆了后，都拖家带口借住在邻居家里，都是赶时间赶进度的活，哪能经得住他这样的懈怠呢！所以，吴小柱就算是手艺活再好的"老师头"，楼房没起多高，就让人换了，长期这样的口碑，人家请他盖房子的是少之又少。

　　吴小柱为什么会变成这样，这事得从吴小柱结婚说起。

　　吴小柱的婚姻大事也是吴大柱这个老大哥给操办的，那个年代的北岸村，虽然物质贫瘠，但北岸村的土地种啥都会有收成，气候、地理位置优越，又近海，村民是"靠山吃山、靠海吃海"，比起其他县区，虽没有丰衣足食，但温饱是没有问题的。

　　那时有很多外县的姑娘，来到北岸村，因老家贫穷，想找个好一点地方嫁人。吴大柱就托媒婆给吴小柱物色了一位姑娘，也向人家姑娘讲明了吴小柱的情况，姑娘觉得吴小柱有一间房，结了婚，两人糊口吃饭总没问题，总比在老家饿肚子好，就答应了这门亲事。

新媳妇夏兰娟勤劳、务实，把屋里屋外打理得井井有条，刚结婚那会儿，吴小柱在媳妇的鼓励下，在外打工勤快踏实，一年后，有了个可爱的女儿。

可在女儿出生后不久，吴小柱不知道受了什么刺激，整天和夏兰娟吵架，又不接活，整天在家"躺平"，媳妇多喊他几声，他就来劲，让夏兰娟滚回老家去，凶得像换了个人似的。

田里的庄稼要播种，家里的孩子又要照顾，夏兰娟是远嫁，真是有苦无处说。

大哥、二哥、姐姐，都来劝吴小柱，可是，亲人来问他为什么事吵架时，吴小柱就像个哑巴似的，一句话也不说。

白天睡大觉的吴小柱，一到晚上就跑出家，有时就去北岸河边坐着，整个人失魂落魄的样子。

夏兰娟以泪洗面，家里没有了经济来源，女儿要养，日子到了过不下去的地步，就这样僵持了一年多，她也不接受哥嫂的帮助，带着女儿回了老家。

半年多，吴小柱也没有去接夏兰娟回来的意思，他不去接，吴大柱生气时，就骂他，但就算骂他，吴小柱像个木头人似的，还是不吭声。

后来，带着女儿的夏兰娟在老家改嫁了。

一晃几年过去了，吴小柱的一位朋友，一次在和吴二柱喝酒时，趁酒兴多讲了几句，他说，夏兰娟嫁给吴小柱前，曾和别村的小伙相亲过，并在他家住了几天，后来不知什么原因，两人没有结婚。夏兰娟嫁给吴小柱后不经意间吴小柱知道了这事，还被别人调侃了，吴小柱感觉自己面子上过不去，越想越气，所以常常和夏兰娟大吵。

吴小柱的女儿，长得和吴小柱一个模子刻出来似的。那个调侃吴小柱，多嘴的人，毁了吴小柱夫妇的幸福，但吴小柱的陈旧观念也葬送了自己的幸福。

六

北岸村附近一带，因为近滩、近港、近海，附近渔业兴旺。村民们出海捕鱼一般是在春季和秋季，那时气温适中，海面平静，特别是金秋十月，鲳鱼、鱿鱼、黄花鱼、大鲅鱼、毛蛤蜊、扇贝、海蛎子、螃蟹等海产品丰盛，是捕捞的黄金季节，渔民们顺天时而动。

但出海打鱼相当辛苦，大海并不都是风平浪静，碰到恶劣天气，出了海的村民基本上都是用生命在换钱，北岸村里就有渔民出海再也没有回来的。

七十多岁的吴阿婆住在北岸桥边，有三个儿子，吴大庆、吴有庆、吴欢庆，和一女儿吴冬雪，女儿生在寒冬腊月的下雪天，取名为冬雪。吴阿婆三十多岁时，老公吴娃子出海发生了意外，就再也没有回来，那时候，吴阿婆跪在海边哭得天昏地暗，四个孩子也跟在后面哭。

从此她成了寡妇，独自一人抚养着四个孩子，还好吴大庆那时已十八岁，他担起了家里的重活。吴阿婆年轻时叫黄玉花，嫁到北岸村时才十八岁，相貌出众，身材高挑，也是北岸村出名的美人，北岸村的男人们见她路过都忍不住回头多看上几眼。

如今她带着四个孩子，很难改嫁。吴娃子在世时，和黄玉花情投意合，恩爱有加，吴娃子出事后，黄玉花伤心欲绝哭坏了眼睛，双眼看东西变得模糊不清。后来，黄玉花挺了过来，她听从村里的老人们建议，用北岸山的山药子，煮沸熏眼睛，视力恢复了些。

在青山绿水的北岸村庄，房前屋后，田头地脚，遍地草木，到处能找到治病的药，很多上了年纪的村民们都不识字，但不妨碍他们认识许多草药，药性及疗效都知道得清清楚楚，他们像是个天生的草药师，北岸村像是个敞开的天然草药房。

北岸村有几个老光棍总想欺负黄玉花，大儿子吴大庆像个大男人保护着自己的母亲。然而，"麻绳专挑细处断，厄运专找苦命人"，吴大庆一次上山挑番薯时，不小心从山路滚落下来，当场不省人事，黄玉花看着满脸是血的大庆，哭晕了过去。在那个年代的农村，医疗设备简陋，一时间也送不出大山去大医院治疗，吴大庆摔伤了头部，落下了癫痫病。

大庆病后，黄玉花的日子更苦了，比起吴大庆的懂事和孝顺，吴有庆和吴欢庆显得稚嫩和懒怠，但两兄弟辍学下了地，十多岁的女儿吴冬雪也帮着母亲干农活，一家人靠种地卖粮食维持生活。

黄玉花种地之余，在北岸桥上卖起了水果。吴大庆只要癫痫病不发作，还是能做事，帮母亲抬水果，帮弟弟们一起种庄稼，他好像心里都懂，只是一句话也讲不出来。

多年来，吴大庆老老实实地帮衬着两兄弟下地干农活，有时却还要受两个弟弟的呵斥，吴大庆依然不说一句话。黄玉花一边种地，一边卖水果，一个女人终于把宅基地上的土房改造成了水泥房，从此不再怕刮风下雨。三间房屋，本来是三兄弟一人一间，然而在分家时，吴有庆和吴欢庆觉得哥哥已成了傻子，不需要分房给他，答应给他住到老，黄玉花不同意，两个弟弟让吴大柱表态，吴大柱还是不说一句话，默默地跟在母亲身后，黄玉花懂吴大庆，不愿几兄弟分家翻脸吵架，她顺了两兄弟的意思。

很快，吴有庆和吴欢庆各自成家，吴冬雪也出嫁了，黄玉花感觉自己花光了所有力气，总算将孩子们拉扯大了，都成了家，只有吴大庆默默地陪在她身边。随着年龄的增长，吴大庆干不动活了，平时吃饭、吃药的开销，需要两个弟弟帮忙，时间久了，黄玉花也要被两个媳妇呵斥，她心里懊悔，当初应该留一间房给吴大庆的，她没想到，自己辛苦了一辈子，吴大庆也一直帮两个弟弟，到头来，自己和大庆成了这个家的累赘。

　　吴大庆总是默默地看着母亲，他心里苦，也懂得母亲的苦，苦到说不出话来，苦到沉默。他不想看见日渐老去的母亲为了自己再落泪，他内心孤独、绝望，说不出话来，在他出走的那个清晨，黄玉花听见吴大庆几十年来破天荒地喊了她一声"娘"，黄玉花并不知道，这是吴大庆最后一次喊她娘，吴大庆出走了，一直走、一直走，他也不知道自己去哪里！在那个风雪交加的夜晚，他落河淹死了。

　　北岸镇的警察找上门来，吴有庆、吴欢庆跟着去确认尸体后，听了媳妇的，直接送到山上土葬，省了丧葬费。

　　黄玉花哭不出声来，头发全白了。

　　得知大哥走了，出嫁后的吴冬雪，哭着跑回家，然而她不知道该进哪个屋，大哥一辈子，没有娶妻，没有房子，她想起小时候大哥最疼爱她，总是把最好的东西藏着留给她，想起这些，吴冬雪泪如雨下，抱着吴大庆的衣物，蹲在院子里失声痛哭……

七

　　打鱼是季节性的，加上是劳力活，北岸村的年轻人选择了别的行业，捕鱼的人渐渐少了，北岸村里，只剩下吴大柱、吴大奎和与他们年纪相仿的中年人在捕鱼。

渔网打上的鱼，是要挑着回家分拣的，一种种鱼归类，然后拿到集市上卖。在家是长女的静姝，很早就帮父亲拣鱼、卖鱼。静姝听父亲说过，刚打捞上来的鱼是有叫声的，特别是小黄鱼，从滩涂上岸，回家的几里路上，父亲一路挑，鱼儿一路活蹦乱跳，这些鱼都是最新鲜的，也能在集市上卖个好价钱。

　　吴大柱和妻子包小英为了养育四个子女，夫妻俩是很勤俭的，海里捕捞上来的"珍贵"鱼类，包小英都拿到集市上卖，像蛏蟟、大虾、黄鱼等，这些一样一样卖出去积攒的钱，就是几个孩子读书的学费。

　　留着家里吃的，有些是卖剩下的"好货"，和一些小鱼、杂鱼，平时捕鱼收成好时，包小英就会把鱼儿开片，洗净，晒成干鱼，再拿到集市上卖。

　　吴大柱喜欢喝酒，碰到心情好，或者家里孩子们过生日，他会把"好货"留起来，像软壳的蛏蟟、大龙虾、大黄鱼等，用自酿的米酒炖着吃，那个鲜味是味精调不出来的。

　　但他只喝汤，孩子们吃"好货"，吴家这几个孩子也是懂事的，"好货"要父母一起吃的，吴大柱一高兴，就会给四个子女分一点米酒，看着这个孩子嗫一点，那个孩子嗫一点，一个个小脸蛋红扑扑的，吴大柱就哈哈大笑，那个时候，也是吴大柱和包小英最开心的时候。

　　吴大柱帮着几个兄弟姐妹成家立业，如今，自己的四个子女都还未成家，这肩上的担子还重。生活是苦的，但酒是香的，似乎嗫着酒，一切的辛苦都能熬过去。

　　静娴和静勋，读书很用功，都能规划好前途，尽管吴大柱自己没读过书，但几个子女的好成绩却让他心里高兴不已，吴大柱感觉是自己的父母在天之灵保佑他，自己再苦再累也值得。

　　让吴大柱感觉最愧疚的是大女儿静姝，这孩子当初读书成绩也是好的，只是那时家里实在供不起了，让大女儿放弃了学业。静姝这孩子性格内向，不喜欢往城里跑，不合群，整日守在书店里，如今快二十六了，在北岸村已是最大龄的未婚女，要赶紧帮她找户好人家。吴大柱一直在打听物色好青年，可静姝完全不当回事，吴大柱心里头着急，这孩子是要一辈子留在北岸村啊！

静姝给"静书房"配了一柜台的文具用品，生意还不错，二十世纪八十年代，镇上能开出一家书店是少见的，来的年轻人和孩子比较多，碰到开学季，这附近几十里地的村民都会带着孩子到镇上买新书包、文具、书籍，忙不过来时，静姝会让母亲来帮几天忙，生活平静安宁，对静姝来说，她很享受这样的日子。

来书店里看书或者借书的，都是爱阅读的人。"静书房"有一位五十左右的女士常常来，她衣着得体优雅，喜欢穿着墨绿色的旗袍，发型一丝不苟，皮肤保养得当，气质如兰，风度雍容。她喜欢在每周末的上午十点来，有时候会待上半小时，有时候会把书带走看。静姝常常为她的风采所折服。静姝心中暗想，等自己有一天年过五十，是否会有这样的风采？

"静书房"陆续有了固定的读书人。

阿志也是这"静书房"的常客，这段时间，几乎是每个周末他都来，常常坐在玻璃窗边固定的位置，穿着一件洗了发白的牛仔衬衫，留着小平头。时间久了，他和静姝会默契地笑笑，但他依然话很少，简单的几句关于书籍的话，从不多讲一句别的。

"静书房"的房东廖建军先生认识阿志，一次碰到阿志，两人聊了好一会儿。阿志走后，廖建军拿着一把椅子，坐在"静书房"门口，跟静姝讲起了阿志的身世。

廖建军和阿志父亲是朋友，阿志全名叫陈成志，五岁那年，父母和奶奶因一场大火全没了。那时候刚好忙秋收，父母把小成志送到了外婆家，恰好让陈成志逃过了一劫。

秋燥的季节风大，那个深夜也不知道是什么引起的，那熊熊大火仿佛发了疯似的，随风四处乱窜，院子里的稻草"哗、哗"地响，大火肆无忌惮地吞噬着一切，那赤红的火焰仿佛一个狂妄的魔头，将两间小屋化成灰烬，河头湾的邻居们赶来时，根本无法救火，老人们说，几十年都没见过这么猛的火。小成志的父母和奶奶本可以逃出去，却还惦记着稻谷，粮食是农民的命根子啊！最终三人都被烟雾呛倒在火焰里。

　　外婆抱着小成志泣不成声，成志一夜间失去了至亲，成了孤儿。

　　还好，成志有个舅舅已成家立业，在镇上做阀门生意，日子还算宽裕，他收养了小成志，尽管舅妈有一百个不愿意，但是舅舅对成志亲如儿子，在他成长的过程中，外婆把对女儿的思念都融化在了成志身上。

　　成志学习很好，他平时就和外婆住在一起，没有生活费了，他会去舅舅家拿，碰到舅舅不在时，舅妈会不给他好脸色，成志倒也习惯了，他知道舅舅对他很好，也理解舅妈，他们抚养自己子女也不容易。小小年纪的成志，显得比同龄人成熟，但性格略显内向，这一路上，外婆的爱成了他最大的精神支撑，他希望自己好好读书，将来报答他们的养育之恩。

　　后来，陈成志考上了师范，毕业本可以留在城市教书，但是他放心不下外婆，自从舅舅一家搬到城里后，外婆不习惯城里的生活，就一个人留在了河湾村，其实她是放不下这山里躺着的女儿，和相伴生活了一辈子的山山水水。

　　成志放心不下和他相依为命的外婆，回到了河湾村，在镇上做了一名初中教师。

八

转眼又是一年的冬季，北岸村的炊烟，顶着清晨的霜雾，徐徐升起，村里的公鸡在打鸣，"喔、喔"地叫着，相邻的鸡也开始回应，一声接着一声，打破了清晨的宁静。

天气寒冷，吴家旺的媳妇田小翠已早早起床，穿着碎花的棉衣，围着围裙，用锄头清理着厚厚的锅底灰，发出"刺、刺、刺"的响声，声音有些刺耳。吴家旺在睡梦中被吵醒，从二楼窗户口探出头开骂，但是他怎么骂，院子里耳聋的妻子是听不见的，田小翠刮好锅底灰，洗了锅，蒸上馒头，给三个孩子准备早餐，转身又去喂猪。

自从嫁给吴家旺后，这个"安静"的女人，勤劳又贤惠，把家打理得井井有条，生了一男二女，她在自己安静的世界里日出而作、日落而息。

但是吴家旺结婚后，却变了个人似的，家里的活儿一点儿也不动，也不出去干活，整日待在家里研究中草药，买了一堆中医书，有时候山上跑一整天，寻找他的"宝贝"草药。不务实的人，总是经不起生活考验，饭都吃不饱，几个娃儿都不顾，几年下来，吴家旺已"躺平"，时不时酗酒，不开心就拿聋妻出气，经常把田小翠打得青一块紫一块。

田小翠也不跑，实在太疼了，就使劲发出她那沙哑的声音，让人听了，心都打寒战。

邻居们有时听到了，就会跑来拉住吴家旺，嘴里喊着："不能这样打呀，不能这样打呀。"可是吴家旺的拳头如雨点般落在田小翠的身上。碰到吴大奎在家时，他也会把这个儿子痛揍一顿。可是会家暴的男人，是个定时炸弹，谁知道他会在哪一刻又要动手打人呢!

其实田小翠娘家家境是很好的,她只是小时候发高烧,落下残疾,才嫁给这个吴家旺。

每次家暴完,田小翠都是默默地哭泣,从不曾跑回娘家。可是小翠她娘经常来北岸村看女儿,她是真心放不下这老实又残疾的女儿,每次都会带些东西给女儿。有时在半路,邻居们就告诉她,吴家旺又打田小翠了,小翠她娘就哭着跑过来,把吴家旺一顿臭骂,生气时向他甩个巴掌,吴家旺看见丈母娘发火是大气都不敢出一声,低着个头。

小翠她哥田建国在镇上做生意,人也威猛,看见唯一的妹妹被这小子打成这样,直接把吴家旺踢了个半死。田建国是铁了心要把妹妹带走,凭田家的条件,养活自己妹妹根本不在话下,田建国放话,三个孩子一个也不要,你们吴家自己养去。

田小翠无声地哭泣着,她能看懂哥哥的唇语,她摇着头,怀抱着三个哇哇大哭的孩子,泪如雨下。

当了母亲的女人,怎么可能抛下自己的孩子呢!

田建国没有办法,只好让吴家旺写下保证书。

尽管田建国那天狠心让妹妹放下几个孩子,跟他回娘家去,但自从妹妹坚持留下后,田小翠和她三个孩子的生活费,都由田建国支付,儿子吴玉麟、大女儿吴玉芳、二女儿吴玉珠,三个子女都是田建国培养读书。

吴家旺自从那次被田建国打了以后,也收敛了许多,尽管习惯家暴的男人总想抬起手,但是随着几个子女慢慢长大,儿子、女儿都会和母亲田小翠站在一起,吴家旺只有等没人时,仍会打几下田小翠,仿佛不打田小翠,他就无法显示他的威武。

吴家旺自从不干活后,渐渐没有了经济来源,田小翠的经济费用都是她哥哥田建国吩咐好,不经吴家旺的手,吴大奎也不再救济他，只帮衬儿媳养育这几个孩子。

吴家旺快活不下去了，有时喝了酒发疯，把家里锅、盆、瓢、勺，扔个精光，邻居们也没人管他。发疯也没人看，他没有办法，只好找他的爹吴大奎帮忙，吴大奎托人在镇上给他找了个看门的活。

有了工资收入后，吴家旺非但没给家里一分钱，整日酗酒，有点钱了还去嫖娼，染得一身的病，还把病传染给了田小翠。

女人苦，苦不过田小翠。

她一辈子贤惠持家，为了三个子女，奉献了自己的全部人生，却被吴家旺害得染上这脏病，田小翠精神上受了很大的刺激，她恨不得把吴家旺千刀万剐，然后自己一死了之。

那时儿子吴玉麟十八岁上高中住了校，二女儿吴玉芳也已十六岁，从小和母亲用唇语沟通长大的玉芳，觉得母亲这段时间情绪不对，在农村十六岁也算是个大姑娘了，在她的催问下，田小翠才道出实情，吴玉芳对父亲更加恨之入骨。

玉芳在外婆的陪伴下，带着田小翠去市里看病，玉芳看着外婆用手帕擦着泪水，她心里告诉自己一定要保护好娘。

经过大半年的治疗，田小翠的病慢慢好了，精神状态也好了很多。

吴玉麟高考失利了，舅舅田建国问他要不要重读，玉麟想去工作，帮母亲分担生活压力。田建国尊重了这孩子的选择，把他带在了身边，给厂里帮忙，也算是给这个家减轻了负担。

吴家旺知道自己把妻子害得一身病以后，就没敢再回来，帮人家看门也老实了一段时间，这个男人忽然感觉自己很对不起妻子，在子女面前也抬不起头，他想洗心革面。

但是，没过多久，这男人出事了，看门的小厂房里发生电路事故，吴家旺当场被电死了……

九

吴家旺死了，小厂房的老板赔了十几万现金。尽管吴家旺活着作风不正派，但人死灯灭，几个子女也没有了父亲，个个泪眼婆娑。吴家旺虽然不是吴大奎和田荷花亲生的，但也视如己出从小养大，夫妻俩悲恸难当。大梅、二梅，亲人们在灵堂前哭了几回。

田小翠也哭了，她看着躺在那儿一动不动的吴家旺，她那无声的哭，不是因为心疼吴家旺死了，而是回想嫁给吴家旺后，从来没过个好日子，自己耳不能听，口不能言，频频遭受家暴，身上伤痕累累，如今中年丧夫，面对自己苦楚的命运，她泪如雨下。吴家旺脚一蹬走了，她希望她以后的日子能过得平静些。此刻不是她一个人心里这么想，她的亲人，和北岸村的乡亲们也都是这么想的。

这赔偿的十几万元，在亲人的建议下，把那连窗户都只剩半个的破房子拆了，盖了两间二层落地房，一间给吴玉麟以后成家用，一间给田小翠母女三人居住。吴家旺活着没给家里增添过半两油米，死了，用命给家里添了两间房，这也许是他这辈子想对妻子和子女做的补偿。

吴大梅结婚得早，嫁到镇上去了，生了一子一女，男人家里做布料、窗帘的生意，生活还算富足。

吴二梅腿落下残疾后，二十六岁还未成家，田荷花是天天希望早一点把这个女儿嫁出去。但是二梅这孩子性格好强，知道自己将来要做什么，或许是因为从她嫂子田小翠身上看到，残疾人婚姻的无奈，家里人给她介绍不中意的人她坚决不嫁，她活得清醒，宁愿自己一人单着。但在农村里，她常常被管闲事的老人们指指点点，吴二梅不管这些，她去拜师学裁缝几年后，自己跑到镇上开了间裁缝店，手艺精细，设计新潮，得到了附近一带顾客的认可，生意很不错，吴二梅觉得，自己养活了自己，何必去嫁不喜欢的男人。她计划着，等存上钱，自己就去大医院看腿病去，小时候家里太穷，没钱医治，如今这腿坐久了就会发麻，还没以前好使，也该去医治了，能好转多少就多少，起码能让自己行动上方便些。

家里最不让人省心的就是吴家先，初中毕业后，吊儿郎当地晃着，吴家奎让他拜了个做家具的师傅学手艺，可他好吃懒做惯了，根本不是学手艺的料。没事就在家睡大觉，晚上出去鬼混，吴大奎没少骂他，气得自己纤瘦的脸上青筋暴跳，差点心肌梗死人没了。

吴大梅也想让弟弟改邪归正，她和老公陈春林商量后，把弟弟带在身边，让他在店里帮忙。

可这习惯了游手好闲的吴家先，他哪能在乎这点上班的工资，看着店里每天收这么多账款，心里一痒痒，动起了歪心思，居然当起了内贼，和小混混们一起把自己姐姐家箱子给撬了，偷了姐姐店里的钱款。

可是做贼会心虚呀！这些孩子最大的才二十一岁，吴大梅报警后，警察眼睛亮着哪，觉得店里这孩子眼神在游离逃避，私底下盘问了几句，吴家先神色慌张，说话吞吞吐吐，就把他直接带局子里去了。

吴大梅怎么都没想到，吴家先这臭小子居然联合外人偷店里的钱，气得人都站不住。

但已经报警了，四五个作案者也都已招供，这几个年轻人觉得是"玩玩"的事，没想把自己送进了监狱，都判了两年。

吴家先坐牢后，田荷花哭昏过去，后悔不该宠溺啊。

可是作为姐姐的吴大梅，觉得自己报警太冲动，弟弟坐牢了，她心里总不舒服，她宁愿自己钱没了。这是自己的亲兄弟，毕竟手足情深。

她托关系，想办法，给吴家先找出狱门路。她一次次地往监狱跑，那时候农村公路未通，都是坐着船，再接着走山路，才能见上吴家先一面，她劝弟弟要改过自新，争取提前释放。

一年后，吴家先在监狱里表现好，还真的提前放了回来了，他能提前释放回来，吴大梅喜出望外，她希望弟弟能重新做人。

吴家先回家后，吴大梅就赶紧张罗给弟弟开了个分店，让他自己去打理，吴家先经过坐监狱的教训，性格沉稳了不少。

可是，江山易改本性难移呀！他之前的那些兄弟听说他回来了，纷纷前来邀酒，吴家先拒绝不了，盛情难却，又被他们拉了过去。

最担心他的，还是吴大梅，她经常叮咛弟弟，可千万别和这些小混混们搞在一起了呀！

一次，这些江湖兄弟们邀约吴家先聚会兜风喝酒，吴家先拗不过，跟着过去了。谁知道，那是有计划的持刀抢劫，吴家先给这些所谓的兄弟给坑了，这一班人，一个不落，被埋伏的警察抓捕了。

从监狱里出来才一年不到，吴家先这是二犯呀！判了五年的刑，这次谁也帮不了他了。

十

吴家先二进监狱后，吴大奎和田荷花仿佛一夜之间老去。

六十还未到的吴大奎，身体已大不如从前，加上吴家先两次犯法对他精神上的打击，本来就瘦弱的他，满头花白，黑瘦黑瘦的脸上沟壑纵横，像是个七十多岁的老人。出海打鱼他已体力不支，吴二梅让他卖了渔船、渔网。

但他们不敢休息，这些年光给吴家先还赌债已是山穷水尽，二梅还未出嫁，自己两个老人，以后养老总要有点积蓄。夫妇俩种起了瓜果蔬菜，吴大奎下地种，田荷花担到集市上卖。

吴大奎吃苦耐劳，整日在地里忙活，种啥有啥，甜瓜、西瓜、白菜、扁豆、西红柿、青菜等等，季节性蔬菜和瓜果满满当当。

自从吴家先进了监狱，吴大奎夫妇的生活也平静了许多，他们有空会去镇上看吴二梅，看着脚一瘸一拐，行动不便的女儿，田荷花越发感到愧疚，想起当年，田荷花重男轻女，根本就没有把这残疾的二女儿放在眼里，二梅小时候高烧反反复复，得了小儿麻痹症后，田荷花觉得她就是个累赘，差点还想掐死她，更没有好好带她去大城市治疗，看着她年复一年，走路跌跌撞撞，以至于错过了最佳治疗时间。

田荷花和吴大奎商量，把这两年种植的积蓄拿出来，给二梅看病去，吴大奎是立刻称好。吴大奎以前就提过这事，都被田荷花骂了回去，经济大权在田荷花手上，钱都花在了吴家先身上，这么多年，吴二梅在家还是田荷花的出气筒，吴大奎心里知道这二闺女活得苦。

吴二梅在北岸镇上开裁缝店已有四年，还带了学徒，自己存了点积蓄，前段时间她刚去市里大医院咨询过，打听了儿麻矫正手术的费用，以及自己这腿疾术后能恢复到什么程度。

吴二梅是一周岁多时感染了脊髓灰质炎，后遗症是右脚弓足跖脚尖、手压腿行走，虽然不是儿麻后遗症中最严重的一种，但是随着身体发育成长，右腿开始肌肉萎缩，左右腿长短不一，由于吴二梅走路是手压腿走路，脊椎侧弯，走路越来越吃力。她和七十年代末八十年代初村里所有感染脊髓灰质炎的人一样，身体残缺的命运伴随着他们一生，他们吃尽了行走不便的苦。

医生提议吴二梅尽早做矫正手术，不改正弓足踮脚尖手压腿行走，脊椎侧弯会越来越严重，将来可能要靠坐轮椅了。手术要分几个阶段，看患者恢复能力及程度，决定下一个阶段治疗。初步预算四万左右，养伤和阶段性手术时间要两年多。

花时间没有关系，为了自己下半生行走改善，吴二梅可以坚持，可这四万元，在当时的农村，是个天文数字呀，这可难住吴二梅了。她为了能早些治病，自己这几年省吃俭用，才存了两万多元，吴二梅很是苦恼，日夜想着筹钱的事。

吴二梅和父亲商量，她不敢和母亲田荷花提这事，吴大奎也敞开心扉对二闺女坦露心声。

他说道："二梅，你这腿疾，我和你妈应该早点带你去医治的，耽误你了。小时候，家里生活条件有限，我们养活你们几个孩子很不容易，后来，我和你妈存了钱，可你大哥早逝，我们还要救济下你哥那几个孩子，接着你弟又不争气，整日赌，赌得家里吭当响。这两年我们种果蔬存了一万多元，你妈以前是只对你弟好，现在她心里对你也有愧疚，你妈也说了，把这钱给你治病。钱不够，我让你姐大梅再凑一点，你放心，这次，爹娘无论如何都得让你治病去。"

吴大奎说完，吴二梅泪如雨下，说："我没有怪爹娘，我会赚了钱还爹娘的！"

吴二梅性格内向，话不多，有一句说一句。

吴二梅把苦心经营的裁缝店暂时交给了徒弟李仙儿打理。

就这样，在亲人的协力相助下，吴二梅踏上了漫漫的儿麻矫正之路。

转眼又是一年暮春四月，北岸山的映山红已成片，远远望去，北岸山像是一朵盛大的花蕾，在天地间绽放。

这两年多来，吴二梅历经了四次矫正手术，断骨、矫正拉长，治疗让吴二梅吃尽了苦头。

但是吴二梅心里始终抱着坚定的信念，为了让自己身体好起来，这些治疗上的疼痛忍忍都会过去。

每次大手术那几天，都由吴大梅陪着，父母已上了年纪，其他时间，吴二梅叫了个护工，回到家里由田荷花照顾，周而复始，吴二梅撑过了两年。

她的腿断骨后，加长了几厘米，走路倾斜就没有那么严重了，肌肉萎缩已没有办法治疗，弓足踮脚尖手压腿行走矫正了过来，吴二梅从此不再用手压着腿走路了。主治医生告诉吴二梅，腿骨是接长的，不可剧烈运动，日后还得好好保养。

吴二梅都快三十岁的年纪，在这腿已经发育定型矫正有限的希望里，能恢复到目前的状态，吴二梅已是很满意这一切，对她来说，接下来生命都是新的开始。

十 一

八月的太阳照耀着整个北岸村，眼下正是酷暑的天气，而绵绵的北岸群山仍散发着习习凉风，村民们喜欢跑到北岸山上的坡道上乘凉，或是坐在山下的青石板上、山上的羊肠小道上，他们喝着粗茶，吹着牛，这也是来纳凉的村民们欢乐休闲的时光。

吴大柱最近心情大好，笑容挂在脸上，三闺女吴静娴考上了大学，被她理想的司法专业录取了，也是北岸村里唯一的女大学生。他仿佛看到了女儿穿着国家公务员的制服，威严又飒气，他开心得晚上又多喝了两杯。

儿子吴静勋也考上了镇上的高中，这几天，两个孩子的录取通知书收到后，吴大柱和包小英夫妇开心得不知该先忙什么好了。

静娴坐在房间里，看着南京大学的录取通知书，看着镜子里假小子的头发，她喜极而泣。三年来，她熬过了无数个捧着书的不眠之夜，在题海里品尝学习的酸甜苦辣，而今，对得起自己的付出，也对得起长辈们的期待。接下来，她想把女孩子最心爱的头发养回来。

在镇上读高中的这三年来，静娴知道父母很辛苦，下地种田、出海打鱼，风吹雨打，父母在渐渐地老去，静娴希望自己快点长大，考上大学，将来可以报答父母。

静勋在院子里和父亲一起整理猪草，吴大柱平时忙好农活，还要饲养家里的猪、鸭、鸡等牲畜，贴补家用。静勋看着背已稍驼的父亲，想趁着他这几天心情大好，试着和他讲讲参军的事。

"爹！"静勋喊了一声。

吴大柱回过头。

"我有个想法，我高考结束，考上大学后，想去参军，这是我的梦想，爹给我点意见？"静勋看着父亲说道。

吴大柱愣了一会儿，嘴里喃喃地说道："参军要好久才能回来呢？这背井离乡的，离开家，这部队城墙高得很，我们到时想见也见不上一面！"

静勋看了看父亲的表情，他知道父亲会有所反对，但是今天，自己终于把这个想法讲出来了，父亲也会有个心理准备。参军是自己的梦想，每次看到军装，静勋就感到热血沸腾，他想早日去体验军人的生活，满怀豪情地走到他们中间去，他希望父亲能支持他的梦想。

包小英一大早到镇上弹棉花去了，静娴和静勋很快要住校了，她弹了两床结实的棉被，到时给孩子们带去。

静勋和吴大柱正聊着，包小英骑着小三轮回来了。静勋走过去，接过三轮车停放好，抱着两床厚棉被进了屋。

静雅毕业了，六月份在学校完成毕业作品后，去服装公司实习了两个多月，新颖的作品，和出众的外形，公司和她签了两年合约。

静雅已经快一年没有回家了，去年寒假时，同学带着她去了外地看服装展，过年都是在外地同学家过的，还被吴大柱痛斥了一顿。

在家里，静雅和姐姐静姝最谈得来，回北岸村前，静雅先去了姐姐的"静书房"。

打扮时髦的静雅，一米七的身高，俏皮的遮阳帽，粉色大墨镜，露膝盖的西装短裤，配束身背心，全身洋溢着城市女孩的时尚气息，给古老的小镇注入了强烈的青春活力。

静雅提着行李包，推开姐姐的书房，叫了一声"老姐"，还没等静姝反应过来，她就一股劲儿跑过去，把静姝的脖子紧紧抱住，静姝被她的热情"掐"得差点喘不过气儿来。静姝推开妹妹，静雅哈哈大笑，这笑声打破了书店的宁静，看书的人都朝她看了过来，静姝拉着妹妹进了书库。

静雅等到书店打烊，两人一起回北岸村。静姝骑着自行车，载着静雅和她的小提箱。

夏夜的北岸村，没有城市的繁华热闹，也没有城市的色彩斑斓，但蝉声鸣鸣，萤火虫在田头飞舞，乡村的夏夜，还是这样宁静而美丽。静雅看到这久违的情景，时光仿佛回到了十年前。小时候，姐姐静姝也是这样带着她，北岸山下，树木一排排，鸟儿在鸣叫着，空气清新无比。静雅想起了和姐姐、弟妹们一起嬉戏玩闹的时光，不禁唱起了儿时的歌谣……

"北岸田头萤火虫，北岸田头牵水牛，北岸田头西瓜红……"

十 二

陈成志出差学习一周,加上要忙开学的事,已有半个月没有去"静书房"了,但心里常常惦记着,他觉得自己心里不是惦记"静书房"里的书,而是书房里的那位姑娘。两年多来,只要他一坐在那儿,总有心安的感觉。

自五岁父母双亡后,除了外婆给了他家的温暖,"静书房"也是他感到舒适的地方。他喜欢吴静姝泡的茶的香味,那个粗茶的味道,很像儿时母亲给父亲泡的茶的香味,他喜欢书房里的摆设,和一尘不染的小空间,他喜欢吴静姝淡淡的笑颜,有一种"素心如简"韵味,还有和他一样对北岸家乡的依恋。

九月的夕阳渐渐西下,太阳的余晖给周围的小山披上了橙红的衣裳,古老的房屋瓦片上也罩上了金色,街道上热气未消,闲不住的孩子们已在忘情地弹着玻璃珠儿,玻璃珠在霞光中滚动,折射着七彩的光,引得孩子们哇哇惊叹。

静姝这几天有事没事就朝街门口张望,她想看见什么?她感觉有点失落。书店不远处,老人们在旁若无人地下着棋,他们好像只关注自己的那盘棋,永远是那么悠悠然,像北岸镇缓缓吹来的风。

吴静姝有半个月没见到陈成志了,这两年多来,他每个周末都会来,她不知道这半个月,陈成志是干吗去了。房东廖建军经常会在书店门口的竹椅上闲坐,吴静姝有时会给廖先生递一杯茶,她希望廖先生能讲讲陈成志的事,她想多了解他,想关心他,甚至很挂念他。

陈成志和外婆吃过晚饭,备完下周开学的课,他看了看时间,收拾起桌子上的书,望着窗外,思考了几分钟,他决定还是出门。陈成志和外婆打过招呼后，骑着自行车从河湾村往镇上骑去，九月的晚风徐徐吹来，吹得人神清气爽，他骑得越来越快，二十几里的路，半小时就到了镇上，"静书房"的灯还亮着。

玻璃窗内，吴静姝在一角落里收拾书籍，陈成志骑着车停在不远处，满头大汗，他让自己缓了缓气，他忽然觉得紧张，手心里的汗不知是热出来的，还是紧张的，进去后该怎么开口？是找书，还是找吴静姝？他问自己。

书店里最后一位客人也走了，吴静姝低着头，认真地看完今天自己的读书笔记，抬起头，看见陈成志站在面前，两人四目相对，大半天都不知说什么好。

做语文老师的陈成志，平时出口成章，而此时却语塞……

"我来找本书……前几天出差没时间，所以我晚上来找找看……"陈成志慢慢地说着，努力掩饰自己的吞吞吐吐。

"什么书？我帮你找。"静姝回答道。

"贝蒂·史密斯的《布鲁克林有棵树》，下周要推荐给学生们课外阅读，以前读过，想找来再读读！"陈成志随口而出。

静姝惊奇地望了望自己刚做完笔记的那本《布鲁克林有棵树》，她说："这本书只有一本了，我阅读时把书里内容画线了，你要是不介意，先拿去看吧，等有新书到了，你拿来和我换。"

"陈老师，明天要开学了，是不是特别忙？"静姝问候了一句。

"是的、是的！"陈成志推了推眼镜。

两人沉默了一会儿，欲言又止。

"好的，到时你记得找我换！"吴静姝打破了沉默。

"那谢谢，我先走了！"陈成志说完，走出了书店。

陈成志提着书袋，一路骑着车回河湾村，见了吴静姝，他感觉完成了最重要的事。

他们好像什么都没说，但眼神里好像已说了什么……

十 三

在学校上了一天的课，陈成志回到河湾村，夜幕下的稻田，散发着宁静的香味。

外婆系着那条洗得灰白的围布，弯着背，小脚步履蹒跚，吃力地提着木柴往灶房挪，陈成志停下自行车，赶紧跑过去，"外婆，不是说好拿这些重的东西等我回来吗？"陈成志叫着！

"外婆真的老了，这点小木墩都挪不动了……屋里没柴火了，我想给你煮两个鸡蛋……"外婆还没说完，陈成志已接过木柴往灶房搬去。

77岁的外婆，身体一年不如一年，背也驼了，耳朵也没以前灵了，年轻时那个年代还缠过脚，陈成志有时很担心外婆一个人在家时会摔倒，所以他每晚回家，都会把家里吃的、用的东西给归置好。

小灶房里，柴火饭香味四溢，陈成志快速炒了几个土鸡蛋，盛来米饭，端上外婆炖的排骨笋干。

"外婆，吃饭了！"陈成志扶着外婆坐了下来。

"阿志，外婆老了没用了，拖累你了，要不然你可以住到镇上去，离学校也近。"外婆说话慢慢的。

"外婆，您怎么会拖累我呢！我可喜欢您烧的菜了，住到镇上学校里，我就吃不到您烧的菜了，会嘴馋的。"陈成志学小时候的顽皮模样对着外婆笑。

"阿志，你也该成家了，外婆要等到这一天才能放心，这样我才能和你妈有个交代。"外婆缓缓地说着，土灶的火焰映照在外婆慈祥的脸上。

"放心，我的外婆长命百岁，永远陪着我。"陈成志边说边给外婆夹菜。

夜已深，外婆已入梦乡，河湾村宁静一片，只剩些许蟋蟀的叫声。

陈成志翻着书，这几天看完了《布鲁克林有棵树》，小说讲述了生活在美国贫民区布鲁克林的小女孩弗兰西，在成长过程中饱经家庭的不幸，同学的歧视和社会的不公。她在贫困的家庭中艰难地成长，凭借坚韧不拔的意志朝梦想奋起直追，终于走出贫民窟，考上大学。该小说突出平凡人努力追求自己的梦想，坦然面对生活苦难的精神。

小说真实感人，书上确实被吴静姝密密麻麻画了很多线，那些有力的、细腻的描写，她都画了下来，书上还有很多她娟秀的字迹，字如其人。陈成志觉得吴静姝与他有很多心灵上的相似，这种感觉不知该用什么语言形容，应该是好像认识了很久有默契的感觉吧！他时常被吴静姝那静雅的气质吸引，这种感觉越来越强烈，认识吴静姝两年多了，她是否和自己一样，一直在等心里的人？是否认准了对方，就想厮守一生？

陈成志想了很多，如果自己向吴静姝表白，自己能否给她幸福？目前是穷教师一个，房子也没有，但可以去解决。外形嘛，尚可吧！陈成志摸了摸自己的脑袋，男人要勇敢，去坦白吧！

想完后，他卷被睡去。

又是一个周末，这两日天气反常，时而大风，时而瓢泼大雨，北岸是个近海区域，七月、八月是台风季，然而今年台风却推迟在了九月，广播播报着有大雨或大暴雨，山区局部有特大暴雨。

陈成志没来得及去"静书房"就回了家。外婆的老房子在风雨里如同一个迟暮的老人，颤巍巍的，旧窗户被风吹得摇摇欲坠，陈成志找来铁皮和木板，逆着风雨，把它们牢牢地钉在窗户上，屋顶的瓦片也被台风吹落在院子里，厨房的屋顶被吹出了一个洞，雨水灌进来，陈成志把厨房的锅、碗、瓢、勺往仓房搬，这11级的台风太猛了，把仓房的木门刮倒了，陈成志又用木头把仓房的门紧紧顶住。雨水渐渐已灌进屋子，陈成志把所有的木凳铺开，把地下的东西往高处放。

陈成志似乎一夜都在和台风战斗，终于把这疯狂的台风关在了门外，身上早已湿透，他把外婆扶到里屋，让她睡下。

他想起小时候，台风来时，都是外婆护着这房子，护着他，而今，外婆老了，这房子也老了，等台风过了，去镇上买个小房子，让外婆住得好一点。父母的老宅和地前几年都卖了，加上自己这几年的积蓄，存下了一小笔钱，应该可以买个小房子了。

陈成志听着呼呼的台风，一夜未眠，望着外面一片汪洋似的河湾村，他不知道"静书房"里的吴静姝怎么样了。

天终于亮了，台风肆虐了一天一夜的河湾村，狼藉一片，雨水漫到了屋里，一直涨到陈成志的膝盖。台风后，河湾村忽然静下来，村民们在默默地清理家里的淤泥，修整被风吹乱的家，他们似乎习惯了近海的生活，年复一年地抵抗着风雨。

陈成志在家里整理了一天，把外婆安顿好后，河湾村的水已渐渐退去，他推出自行车往"静书房"骑去。

昨晚风雨中，水漫进了"静书房"的大台阶，水一边进，吴静姝就一边往外舀，这木架子和书籍不能沾半点水，她把书籍往高处搬，取来仓库里的大布毯子，堵在大门口，风雨太大了，门口的广告牌子也被吹落了，她守在门口，如果这水再漫进来，她一个人真的是挡不住这汪洋大水啊！

已经整理了一天的吴静姝，腰都抬不起来，虽然她辛苦堵了一夜的雨水，但房里还是有很多淤泥，她一点点地清理干净。她不知道北岸村的家里怎么样了，父母也肯定在家里收拾。

吴静姝正低头清理着地面，忽然看到陈成志走了进来，他卷着裤腿，手里提着几个馒头，裤筒和凉拖上沾满了泥水。

"昨晚还好吧……？"陈成志关切地问道。

吴静姝讲不出话，眼眶湿润。

"昨晚雨下得天都要塌下来似的，我想过来的，但是家里有外婆在，外面汪洋一片，我过不来，很担心你……"陈成志接着说道。

"外婆她好吧？你是怎么过来的……你家里怎么样？"静姝轻声问道。

"我战斗了一夜！外婆没事。"陈成志幽默地笑笑。

"你也同样担心我，对吗？"陈成志看着吴静姝。

吴静姝没有回避，她看着陈成志，点了点头。

爱情来了，心里相爱着的两个人为什么要回避呢！

十　四

吴二梅去矫正了儿麻的弓足踮尖后，不用手压腿走路了，背也挺直了，走路姿势好了很多，不再像以前瘸得厉害。

人身体好了，也变漂亮了，加上她五官本来就俏丽，吴二梅像是换了个人似的。

村里的邻居们和亲戚们都过来看，这个曾经被人嘲笑的残疾女孩，如今大变模样。

吴二梅在北岸镇上的裁缝店一直让徒弟在打理，自己休整了两年多，如今年轻的徒弟李仙儿都要结婚了，要嫁到外镇去，这店铺又回到了吴二梅手上，凭吴二梅的手艺，只要守几个月，生意就会好起来。做裁缝就是要掌握客人的身材特征，吴二梅聪明又细致，裁缝合体，口碑好，客源自然就多了。

看着吴二梅现在的走路姿势，吴大奎和田荷花是打心眼里高兴，这二闺女瘸拐了近三十年，自己也是太糊涂，如果早点送孩子去大医院医治，可能会恢复得更好。如今，后悔已迟了，现在重要的是，得赶紧帮她找个对象，这几年还能帮她带带孩子，这也是他们俩想要补偿女儿的。

为了这二闺女的终身大事，吴大奎和田荷花最近很用心，托人打听北岸村和河湾村是否有合适的人选，吴二梅毕竟有残疾，急不来，只能静候佳音。

吴二梅一直反感相亲，也很反感媒婆。她想起村里的那个媒婆，每次出门，那头上的发油擦得快滴下来似的，嘴巴一直说个不停，口水也一直喷个不停，这样的媒婆能介绍上什么好人，吴二梅不屑一顾。

转眼又迎来一年寒冬，田野里的油菜落满了霜，北岸河的河面上开始结冰，早起的人们穿着厚厚的棉衣，哈着热气，开始他们一天的劳作。北岸山顶上，白云缭绕，一群山鸟在远处盘旋，这缓缓升腾的炊烟，年复一年、日复一日，飘逸着北岸村四季的烟火。

缘分是奇妙的东西。

河湾村的媒人陈银妹，还真的帮吴二梅物色到一位小伙子。

年轻人叫陈文杰，二十来岁时父母已不在了，前些年他跟随朋友去陕西挖矿，出了事故，当他醒来时，左下肢已没了，他伤心欲绝，想到自己身材魁梧、相貌堂堂的人，竟然成了残疾人。后来，他冷静了，想到那么多的矿友从此见不到了，比起他们，自己至少还活着，他说以后要替这些兄弟们好好活着。

那位广州的老板赔了医疗费和补偿费，陈文杰安了假肢，年轻人身体强壮恢复也快，假肢装好后，走路姿势并无太大差异，很多不知情的外人还真看不出来。

　　身体恢复好后，陈文杰回到了河湾村，把家里的老宅推倒，重盖了新房，在镇上跟着伯伯做起了标准件小生意。伯伯也给他介绍过姑娘，但都没对上眼，不是姑娘嫌他残疾，就是陈文杰觉得和对方讲不上话。陈文杰知道，他找的姑娘要善良、真诚、不嫌弃他装了假肢，全心全意跟他过一辈子。

　　陈银妹听陈文杰亲戚说起，才知道这孩子是安了假肢。她和陈文杰聊了下吴二梅的事，觉得这两孩子长相性格很般配，而且都是经历过身体上创伤的人，更加懂得理解、珍惜对方。

　　陈银妹说媒几十年，碰到这对"特殊"的年轻人却还是头一回，她用心要促成这一段好姻缘。

　　见面安排在了吴二梅店铺隔壁的茶馆，说是让吴二梅来茶馆给陈银妹的好姐妹量尺寸，陈文杰来个偶遇。

　　看来这陈银妹还是个"新潮"的媒婆。

　　陈银妹和好姐妹在茶馆聊得正欢，吴二梅过来了，彬彬有礼，说起面料和款式头头是道。吴二梅气质清丽，有些娇怯，不远处的陈文杰看在眼里喜在心里，听到吴二梅说话的声音，感觉如沐春风。

　　量好衣服尺寸，陈银妹朝陈文杰使眼色，提示他过来，于是这两个年轻人就这样认识了。

　　就像陈银妹讲的，这两人有太多的相似，一见如故。

　　陈文杰来吴二梅店铺的次数越来越多，聊得也越来越多，两个年轻人打开了心扉。

　　陈文杰31岁，吴二梅29岁，在相识半年后，他们成家了。

　　吴大奎笑得合不拢嘴，风风光光地给女儿置办了嫁妆，开了两天的酒席，全村发遍了喜糖，北岸村好久没有这样热闹过，吴大奎是想让大家知道，自己这残疾的女儿也要风风光光出嫁，不能亏待了她。

<h1 style="text-align:center">十　五</h1>

吴大柱的痛风越来越严重，特别是下雨的天气，两腿痛得走不了路，感觉像车子没了油一样不听使唤，这病和吴大柱打鱼长期在凉水里浸泡有关，辛苦的劳作，透支了身体，上了年纪后，才深有体会。

然而，兄弟姐妹、几个儿女需要他，在生活的重担面前，吴大柱是责无旁贷。

静雅自从参加工作后，每月会给家里寄些钱，吴大柱的负担也减轻了不少。静娴去南京上大学，就开始勤工俭学，还争取拿了奖学金。静姝，不仅照顾妹妹和弟弟，还不时给家里添些东西。静勋已经高二了，半个月回家一次，也是个懂事节约的孩子。吴大柱觉得很欣慰，自己尽管辛苦，但几个孩子真的懂事，这些是钱换不来的。

眼下，他希望静姝能早点找个好人家，静勋要考个好大学。

秋天的夜晚，天高露浓，一弯明月在天边静静地挂着，茂密无边的谷地里，秋虫"唧、唧、唧"地叫着，梧桐在路边摇晃着枝头，阴影罩着蜿蜒的小路。

从"静书房"回到河湾村，已是夜晚，天有些冷了，陈成志拉紧了外套，外婆已睡下，屋里的小灯还亮着，这是外婆的习惯，只要他还没回家，这小灯就一直亮着，这小灯也就是他心里的家。

前段时间，他在镇上看上了一间二层的房，他找舅舅凑足了数，付清了这房子的钱。有了房子后，身上也没钱了，陈成志感觉有了压力，他想和吴静姝结婚，有个自己的家。

那次大台风后，外婆不小心滑了一跤，虽然没伤到骨头，但是外婆的行动越来越迟缓，镇上房子买来后，外婆很开心，嘴里嘟囔着："我家阿志要成家了哦！"

但外婆不愿意到镇上住，她只想留在河湾村。

陈成志就找人把这老宅翻修了一下，院子里铺了防滑道，卧室、厕所都装了扶手。静姝去过老宅一次，外婆见到静姝比什么都开心，拉着静姝的手，舍不得放开。

陈成志和静姝商量好了，只要外婆在一天，他们俩就在河湾村陪她。

吴静姝这一天回了趟北岸村，买了风湿膏药给父亲送去，也和父母讲了陈成志要来提亲的事。

这几年来，静姝一直拒绝父母给她安排的相亲，她想遵从自己心里的选择，这没少让父母生气，而今，终于等到陈成志，她感觉自己是幸运的。

静姝向父母介绍了陈成志，吴大柱和包小英对陈成志人民教师的职业非常中意，老师有文化修养好，可是这孩子的身世及生活条件确实是清苦了些。

吴大柱心里也明白，静姝这个女娃儿，从小到大做事不声张，自己心里认可的事不会改变，她自己认可的人，日子再清贫也会过下去。

吴大柱自从痛风后，包小英就不准他再碰酒了，可今天他想"咪"几口，他高兴，他的大女儿要出嫁了。

陈成志第一次来静姝家，有些紧张，农村里男方去女方家见面提亲，是由长辈陪同的，但是外婆已年长，舅舅也在外地，他只身一人来了。

吴大柱见眼前这个清秀的年轻人，面相、谈吐那是样样好，但是提亲这个大事，连个陪同的人都没有，不免有些寒酸。

陈成志心里明白，他说道："伯父、伯母，我从小父母早逝，由外婆抚养我成人，如今她年迈，走不了远路，所以今天我一人来了，礼数不周，请你们原谅。但我诚意不减，遇到了静姝也是我成志最幸福的事，我是真心爱静姝的，也会一辈子对她好，我知道你们担心我目前经济状况还有些困难，但是请相信，成了家，我就是重新有了父母的人，我会努力让生活好起来。"

吴静姝在一旁热泪盈眶。

陈成志的诚心打动了吴大柱和包小英。

于是，他们张罗着这两孩子年底结婚的事，镇上的房子装修已在收尾中，吴大柱有时亲自跑去打理，忙来忙去，痛风病也忘了，似乎好了大半。有时候他在想，陈成志这孩子孝顺又稳重，成了家后，自己是多了一个儿子啊！这孩子身世可怜，以后要好好待他！

十 六

在亲朋好友的祝福声中，陈成志和吴静姝结婚了。

两个年轻人都喜欢简单，又是自由恋爱，这中间省了很多农村里的风俗习惯，什么"定亲、合婚、送年月"等，删繁就简，连媒人都用不上了，聘礼、嫁妆，都是这两个孩子自己谈好，这中间也有父母对他们的理解和支持。

吴静姝穿着红色的新娘服，显得端庄、美丽，包小英忙前忙后，吴大柱是喜上眉梢，热情地招呼着客人。

迎亲的队伍热热闹闹地来了，陈成志的舅舅陈庆国陪着陈成志来迎亲，娶新娘子场面不能寒酸，这也是他唯一的外甥，妹妹留下的遗孤，得隆重些。陈庆国也在河湾村里办了两天的酒席，正宴、复宴都不能落下，他也高兴陈成志终于成家了。

迎亲的队伍要接走新娘子了，静雅、静娴、静勋看着姐姐要出嫁离开了，眼里泛着泪花，姐姐成了别人的新娘，以后再也不能陪着他们疯玩了。

吴奶奶（黄玉花）也来送静姝出嫁，她打心底里喜欢这个自己看着长大的女娃儿。

吴奶奶见静姝站在人群里，就像一朵盛开的花儿一样。"姝儿！你今天可真美呀！奶奶祝福你们幸福！"吴奶奶动情地说着。静姝抱了抱吴奶奶，"奶奶要多保重身体，我会回来看您的。"

送走最后一批客人，陈成志和吴静姝陪着父母和弟妹们来到村口，静雅、静娴、静勋依依不舍地和姐姐道别。

成志的舅舅、舅妈也是最后才走，静姝看得出，舅舅、舅妈并不讨厌自己，这让她舒了一口气。

舅妈曹小玲以前不喜欢陈成志，因为那时家里有好几个孩子负担也重，怕苦到自家孩子。而今，陈庆国生意不错，生活也好了，帮下这个唯一的外甥，她也不介意，况且成志这孩子确实也争气，懂得感恩，比自家那三个孩子还懂事，把外婆照顾得又好，一家人这样客客气气，彼此照应就是家和万事兴。

舅舅、舅妈最后叮咛了一番，带着表弟、表妹离开了河湾村。

陈成志拉着静姝的手，此时的河湾村已恢复了宁静，回到老宅，两人终于可以坐下来休息。

外婆这几天是格外地开心，小脚走得比平时灵便，笑盈盈地招呼客人，嘴里说道："阿志结婚了，你们多喝酒啊！"

外婆让成志和静姝跪在父母的遗像前磕了头，而后让静姝进了屋，外婆从她的红木箱里，拿出一个布包，里三层、外三层地慢慢打开，慢慢地像是打开她尘封已久的回忆，里面有黄金镯子、玉镯子，还几个银发簪，大概有十来件东西，"静姝，你进了我们家，我知道阿志他现在没多少钱给你当聘礼，让你受委屈了，阿志娶到你，是幸运的，外婆真心喜欢你，外婆已老了，这些都是外婆出嫁时的嫁妆，现在把它留给你。"

"外婆，这些东西太贵重了，静姝不敢收，您会长命百岁的。还有，我和成志结婚，不委屈，我是幸福的，外婆！"静姝被这么多贵重的东西吓到了。

"静姝，外婆相信你，这个不能拒绝，这是外婆的心愿，只有这样，外婆才心安。"外婆轻轻地说着。

"还有，你们俩刚结婚，得在新房子里住，不用在河湾村陪着我，外婆没事的，这是长辈的吩咐，你们要听，你去和阿志说，他会听你的。"外婆接着说道。

陈成志和吴静姝拗不过外婆，答应了她，两人暂时回到了新房子里，等过了婚假就回河湾村。

静姝的"静书房"这几天由静娴帮她照看着，尽管结婚的琐事很多，但静姝内心却很幸福，陈成志是她的灵魂伴侣，得一爱人，人生足矣。

静姝回头看看陈成志，两人会心一笑。

冬天的夜晚，树梢一片疏朗，没有了树叶，枝头空旷，就好像一对默契的爱人，不需要太多的语言。

回到北岸镇，已是深夜，小屋里，橙色的灯光像一个小小的太阳，温暖着冬夜里的他们，陈成志紧紧地拥着妻子，吴静姝美丽温柔的光芒温暖着他的心房。

十　七

静姝听母亲说吴奶奶病了，病得很重，静姝让静娴看着书店，推出自行车往北岸村骑去。

快过年了，今年北岸村的冬天格外地冷，凌厉的寒风阵阵吹来，静姝双手冻得通红，小路两旁的树叶都落光了，风吹得树枝吱吱作响，没有了枝繁叶茂的村庄清瘦了许多，乡间的小道一眼望见了头。清澈的北岸河，弯弯曲曲地像绸带般蜿蜒在村庄里，一群放了假的孩子闲不住，尽管冻得流清水鼻涕，仍在风中玩跑。

静姝停好自行车，冻得直搓手，跺了跺脚，朝吴奶奶家走去。

狭小的一间小屋子，一只小猫在门口没精神地叫着，瘦得只剩下皮包骨的吴奶奶躺在床上，她还有意识，吴冬雪坐在母亲床边，凑到她耳边轻声道："娘，静姝来看您了！"

静姝握着吴奶奶的手，吴奶奶紧闭的眼睛睁开一条线，干涩的嘴唇动了动，想说些什么，吴冬雪用棉签在母亲的嘴上湿润了几下。

吴奶奶的手颤了颤，人脆弱得像枯萎的瓜藤，她使出全部的力气，哽塞的喉咙里挤出一句话："姝儿，奶奶要走了……"

静姝泣不成声。

吴奶奶在这个寒冷的冬日走了，走完了她饱经风霜的一生，她走过春的绚烂、夏的酷热、秋的丰厚、冬的萧瑟，今天她向年轻时的美丽、中年时的坎坷、晚年时的淡然一一道别。

吴奶奶出殡时，北岸村下了一夜的雪，白茫茫一片，漫天飞舞的雪花，随着吴冬雪的哭声，缓缓飘落……

冬去春来，树叶在渐渐地抽芽，阳光慢慢地在北岸村的上空发出了热量，老人们双手插卡在袖口里，走出院外，在久违的阳光下，一起絮叨着生活的琐碎。春暖花开了，邻居们渐渐地不再讲起黄玉花。

几个月来，静姝慢慢地从吴奶奶离世的伤感中走出来，但人依然显得困顿，她梦见吴奶奶年轻时美丽的模样——神采奕奕，对她亲切地笑着。她觉得人只是时间里的过客，世间你所遇到的人，父母、姐弟、丈夫、其他亲人们，他们都只是这一辈子的缘分，没有来生。

静姝不知为什么这段时间想太多了，感觉全身疲惫，人发困。还好静娴大学寒假，"静书房"一直是她在守着。有时困得不行时，静姝就回家睡上一觉。

在镇上的新房子里住了近一个月，过年时，陈成志和吴静姝已回河湾村陪外婆了，每天陈成志下班，就会来带吴静姝回河湾村。

因为陈成志有家了，外婆精气神特别好，她闲不住，在小院里种些青葱、韭菜，还有很多不知名的野花。老宅的厨房不大，外婆却收拾得干净，她喜欢穿着那件略显古老的大襟衣，围着那条洗得发白的围裙，像是古画里的老者，在土灶台上包着饺子。

乡村的夜晚还是那般寂静，成志和静姝回到家，灶台上已盛着热气腾腾的饺子，陈成志闻着这股香味，口水简直要挂了下来，他太喜欢外婆做的饺子了。

"静姝，你要多吃一点，我看你最近气色不大好，是不是太累了？"外婆轻声地问道。

"我没事，外婆，就是最近感觉很困，总觉得睡不够。"静姝说着，看着这香喷喷的饺子，自己却没什么胃口。

外婆拍了拍正吃得津津有味的陈成志，"阿志，你怎么不关心自个儿媳妇，姝儿是不是有喜了？"

陈成志看着静姝，两人愣了大半天。

"你这孩子，成了家还像个孩子，媳妇身体不舒服，不知道带她去看医生吗？"外婆着急地讲着。

静姝心里算了算日期，想了想自己最近身体的反应，脸上一阵潮热。

十 八

静姝检查完，在医生的确认下，得知已怀孕一个多月了，陈成志喜出望外，要当父亲的感觉激动得他想落泪，会是儿子还是女儿呢？长什么模样呢？他痴痴地想着。

最开心的是外婆，知道成志媳妇有喜后，就在女儿、女婿遗像前一直念叨，她佝偻着矮小的身体，菊瓣似的笑容在满是皱纹的脸上绽放，眼睛里洋溢着喜悦。

吴大柱知道后，心里更是乐开了花儿，但他把要当外公的欣喜放在了心里，自己是男人，又不能对女儿叮嘱太多，便整日里让妻子包小英给静姝送这送那。

自从患上痛风病后，吴大柱不能打鱼了，在静姝和成志的要求下，卖了渔船、渔网。痛风时重时轻，成了慢性病，静娴和静勋还在念书，自己也不能闲着，他索性就酿起了农家酒，做米酒他是内行。

吴大柱制作米酒是很讲究的，十月里，他就选好上等的糯米，晾晒几天后，把糯米洗净，放到大木桶里，放上锅台用大火蒸至七八分熟，然后把它们均匀地摊开在干净的细竹筛子上，等到糯米不烫不凉时，吴大柱会在上面撒少许水酒曲，然后将糯米塞进一个大的酒坛子里，用小木棍在糯米饭的中央捣个圆圆的深洞，把剩下的水酒曲均匀地撒上去，用细绳绕住几层盖子，再用大棉布包裹好，等待开坛佳期。

吴大柱很注意做酒工具的清洁，不然米酒会生霉，糯米也不能太烫的时候下酒坛子，否则容易发酸。

摊开的熟糯米香气是诱人的，吴大柱还要站岗，以防村里调皮的孩子们来抓糯米吃。

糯米成功出酿后，吴大柱会用干净的纱布把米酒过滤一下，再兑些白糖，最细致、最讲究的是掺和蜂蜜，出坛时，那味道是绝佳的。

米酒的保质时间很长，从春天喝到炎热的夏天都不会改味，而且是越醇越香，吴大柱在静姝结婚时，就已准备了两坛绝佳的米酒，留着给女儿当月子米酒。

从秋天到正月，米酒也渐渐发酵好，这时候盛出来的米酒是生米酒，米多于酒，酒香虽已成，但还不是最浓时。吴大柱为了他的酒生意，会掏出他的陈年珍品，请村友们来品尝，酒香浓郁的口碑成为活广告，吴大柱的"酒名"也传开了，哪家媳妇生娃坐月子，吴大柱的月子酒也成为香饽饽。

静姝妊娠初期，经历了难以忍受的孕吐阶段，有时候闻到某种食物的味道，立刻想吐却吐不出来，有时候吐得天昏地暗，感觉苦胆都要吐出来了，人被折腾得筋疲力尽。

母亲包小英总是说，吐得厉害可能是个调皮的男仔！

在静姝心里，她更想有一个可爱的女娃儿。

比起怀孕经历的辛苦，自然分娩的静姝，疼痛的倍数可以说是达到了极限。女人如果没有生过孩子，的确是无法体会这种痛苦的。

在结婚一周年的日子里，静姝诞下一名男婴，当护士把婴儿递给陈成志时，初为人父的他感动得落下了泪水。产房外，见到婴儿的一家人喜悦而兴奋，外婆、吴大柱、包小英，还有当了舅舅的静勖，相互高兴地打着招呼。

静姝长舒了一口气，九个月，终于成功"卸货"了。

一场春雨过后，山色空蒙，北岸山的映山红又开了，一株株，绽放着鲜艳，占领了一个又一个山头，在青山绿树之间云蒸霞蔚，宁静的山林犹如仙境，把人的心也映照得春意荡漾，那是北岸村最美的时段。

花谢了又开，老人走了，新人出生，一年又一年，时光在四季中轮回。

十　九

吴来祥要出狱了，在监狱里改造表现良好的他，减刑了两年。

他在监狱的五年里，从刚开始的颓废，到后来成为狱中劳动能手，吴来祥成为犯人中，干活最积极、做事效率最高的人。学会踩缝纫机，手法十分干练，在监狱里日复一日地劳动，日子也没有那么难熬了。吴来祥重拾信心，争取到减刑与家人早日团聚的机会。

在这五年里，吴来祥最感谢的人是狱警李警官，自己当年触犯了法律，在被戴上手铐的那瞬间，他觉自己的人生已经玩完了。

可是，这么多年来，李警官一直开导吴来祥："才二十一岁，人生的路还很长，一定要好好改造，争取早日回归社会，只要勤奋肯干，一定能靠自己的双手，搭建一个未来。"李警官一次又一次耐心的谈话，让吴来祥如梦初醒。出狱那天，李警官又找他谈了一次话，希望他以后好好做人，切莫再做任何违法犯罪的事。

吴二柱终于盼到儿子刑满释放的日子，宋春香一会儿落泪，一会儿笑，儿子坐牢这些年来，她在邻居面前都不敢大笑一声。

吴来祥这次减刑释放，也让吴二柱和宋春香感觉生活有了新盼头。

回家后，吴来祥一心想从头再来，但他感觉在狱中五年，已与社会脱节太久，他没有朋友，很多人避而远之，出去做点事情，别人总在后面指指点点，有案底的人，别人对他都多一个心眼。他迷茫、孤单，吴来祥感觉自己坐过牢的耻辱将伴随他一生，回归社会、重新改过的机会，是如此渺茫。

吴二柱让他到五金店里帮忙，可吴来祥不喜欢，加上店里已有妹妹吴云娇和妹夫潘大海在，这些年都是妹妹、妹夫照顾着这家店，也照顾着父母，自己去这小店里，妹夫他们会离开。

在消沉了一段时间后，吴来祥想来想去，一个大男人也不能在家待太久，更不能像以前一样游手好闲，他想开一家服装厂，先从加工开始做吧，自己书没读好，别的啥也不会，在监狱里学了缝纫技术，那就先试试看。

于是，他在父亲吴二柱的支持下，买了十台缝纫设备，租了场地，一个小服装加工厂开始慢慢运转。在监狱里的这五年，在帮其他犯人学习缝纫的过程中，吴来祥不仅掌握了服装制作的工序，对管理也积累了一定的经验。

小加工厂开业后，吴来祥也没有多少周转资金了，也深感创业压力。他招了几名员工，自己在技术上指导他们，刚开始都是来料加工，把其他服装厂做不过来的活接过来，风险不大，但利润很低，管理稍有疏漏就会亏本。

一遇到稍大些的单子，他有时也进退两难，小厂才刚运转，他只有十台机器，量大的单子，一天二十四小时不停机也做不完，耽误合同就要赔偿违约金。吴来祥为了信誉，为了赶工时，他就转包出去，即使不赚钱也把成品做出来。

这也给吴来祥带来了好口碑，时间久了，主动找他的客户多了起来。就这样，吴来祥的小工厂慢慢有了些起色，也算存活了下来，他计划着，积累些订单资源后，再增设备。

吴来祥的脱胎换骨，也让吴二柱夫妻俩欣慰不已，子女走上正轨，这是钱换不来的，夫妻俩感觉要熬出头了。

然而，一家人才团聚不久，日子才刚舒坦点，意外又倏忽而至。

二柱的女婿潘大海，那天如往常一样打烊关店门，叫了一辆三轮车回家，夜黑路陡，车夫到点后，要在原来谈好的路费上加价，潘大海年轻气盛，觉得车夫是敲诈他，多次沟通无果后，很气愤，就推了一下车夫，他感觉到自己根本没使劲，就那么推了一下，哪料想车夫有心脏病，倒地再也没有醒过来……

潘大海因错手伤害致死，被判了七年。

女儿吴云娇结婚一年多，孙子才刚刚出生几个月，吴二柱感到天昏地暗，头发一下全白了。

二十

镇里每年都会号召年轻人去参军，"一人参军，全家光荣"。

吴静勋考上了大学，在吴大柱的同意下，他成功通过体检和政审，接到了入伍通知书。

大学生参军期间，还有机会报考军校，可以弥补在高考时没能考上军校的遗憾。到部队去，穿军装当军人，这是静勋从小到大的理想。

与吴静勋一同报到的还有镇上其他两位年轻人，他们身穿戎装，肩披绶带，胸佩红花，在热热闹闹的锣鼓声中，即将出发，开始从农村青年到军人的转变。

吴大柱知道这是儿子从小至大的梦想，参军虽光荣，但他和妻子包小英还是很舍不得儿子去那么远的地方。如今，儿子即将启程，他希望儿子在部队有出息，能练就一番本事。

车子即将出发了，望着父母已渐渐老去的背影，吴静勋眼眶湿润。如今，他要去一个偏僻的海岛，他不知道自己这一走，何时才能与家人团聚。静勋和静姝、成志道别，"姐、姐夫，爸妈以后要辛苦你们照顾了。"静姝抱了抱静勋，"弟，你放心，爸妈有我和你姐夫在，你不用担心，你要照顾好自己，成为一名军人后，维护国家和人民利益的重任在肩，一定要有责任心。"

静勋点点头。

披着红花的车子缓缓驶出北岸镇，包小英望着儿子远去，泪水盈眶。

吴静勋的部队是海防前哨，报到不久，便开始队列、射击、站岗训练等，他在部队的生活井然有序，和来自不同省份的队友们，一起磨砺、训练，虽艰苦，但吴静勋觉得每一天都催人奋进。

静姝生了儿子欢欢以后，"静书房"请了一位帮手，母亲包小英也抽不开身带欢欢，她要帮父亲吴大柱卖米酒、送米酒，父亲痛风发作时也要有人照顾。所以静姝只能自己带着欢欢。

前些日子，外婆不小心摔了一跤，上了年纪，这小脚走路平时都是小心翼翼的，这一摔，路也走不了了，偏瘫症状越发严重。

去医院看完医生后，外婆执意要回家，在家躺了一周，身体不但没好，反而开始失忆，她对眼前的事记得越来越少，往事却越发清晰，陈成志觉得外婆可能会脑萎缩，赶紧又把她送到了医院。

去医院的路上，外婆忽然对眼前的事情又清醒了，声音沙哑且疲惫地说："成志，到了医院，别给我插管子、塞管子，外婆已经这岁数了，身体衰退了，外婆不需要折腾，让我体面、安静地走。"

陈成志安慰外婆："外婆您会好起来的，病好了就可以回家，外婆会长命百岁的。"

但是外婆的病症越发严重，记忆在渐渐衰退，开始吃不下食物，她仿佛要和生命所经历的每一件事道别，然后一件件淡忘，完成生命的使命。她总是和成志说："你外公要来接我了，你父母也来接我了……"

当舅舅、舅妈从外地赶到后不久，外婆走了，走得很安详。

陈成志泣不成声，这个从小把他抚养成人的外婆，永远离开了他，陈成志心很痛，从此以后，外婆再也不能拉着他的手对他笑，再也不能问他想吃什么，他从此没有了外婆。

在办完外婆丧事后的一个月，陈成志瘦了一圈，吃饭时还会多拿一双筷子，看着外婆常坐的位置发愣。人的生命如同鲜花，有盛开有凋零，走一个过程，都将消失而去。

北岸镇的冬天很冷，外面下着雨夹雪，打在屋檐上"啪、啪、啪"地响得伤感，静姝收拾着外婆的老宅，为了让陈成志少些睹物思人、触景生情，她和成志准备搬回北岸镇上住了。

她相信，当冬天的雪慢慢融化时，北岸的春天，又是一番欣欣向荣的景象。

二 十 一

静娴大学毕业后，经过两年的努力，终于如愿考上了司法局，一家人都沉浸在欢乐的氛围里。

静娴明白农村的孩子想要改变命运，那只有使劲地读书。为节约时间，自己剪了一头秀发，大学期间，她是在学校图书馆熬到最晚回去的人。一个个漆黑的夜晚，一盏盏昏黄的路灯，记录下她苦读的时光，在沉默无言的背后，熬过多少个寒冬酷暑，她坚持不懈，矢志不渝，考上了自己心仪的职业。

静姝拥抱着妹妹，激动得泪水盈眶，想到从小家里贫困，为了妹妹、弟弟，她放弃了学业，如今妹妹理想成真，何尝不是她的骄傲？

吴大柱更是心里乐开了花，比静娴当时考上大学还高兴。吴大柱见女儿穿上庄严的制服，感到这是一个当了一辈子农民的父亲，最大的奖赏。

静雅在服装公司也有三年多了，她的设计新颖，款式和风格在销售市场得到了年轻人的喜爱，公司对她也非常器重。她实现了当设计师的梦，但她并不甘心安于现状，她的性格和静姝、静娴不一样，她喜欢灵动、百变，喜欢到处找灵感，希望自己的设计能赶超国外的服装设计水平，她需要视觉冲击，她想走出去看看，开阔眼界是很重要的。服装公司也有意培养她，于是静雅有了一次公费出国学习的机会，她兴奋不已。

三姐妹好久没有在家相聚，静勋当兵后，家里好久没有这样热闹了，特别是静雅，这闺女一回来北岸村就"沸腾"了，她一到村口就能听到她的声音，大伯、大妈、大婶，一路喊过来，乡亲们都想邀请她去吃饭。

包小英在忙着做菜，静雅逗着静姝的儿子小欢欢玩。

"妈，我刚在路上碰到玉芳和玉珠了，还牵着个小女孩，我也没多问，只是打了个招呼，是玉芳的孩子吗？"静雅把欢欢交给静姝，跑到厨房问道。

"是玉珠的孩子，她离婚后，孩子给了她老公，但女娃儿还小，离不开她妈，基本上都在这儿待着。"包小英一边烧菜一边说着。

"那她哥玉麟结婚了吗？玉芳也嫁人了吗？"静雅一边帮着母亲洗菜一边接着问道。

"家旺走得早，家里都靠着你田嫂，她又不能说话，家里这两个女儿的婚事都是自己做主的，有点草率了，玉珠结婚时才十九岁，第二年生了个女儿，年轻人说不过就不过了，离了婚。还有玉芳，定了亲，感觉不合适又退了。玉麟还好，你大伯帮他操持结了婚，媳妇贤惠能持家，去年生了个儿子，一家人生活挺好。今年玉麟他媳妇提出分家，你田嫂和玉芳、玉珠住一屋，玉麟他们一家住一屋，这样也好。"

"妈，那家先哥要回来了吗？感觉他入狱好久了，二梅姐现在身体怎么样？"静雅难得回来一趟，似乎要把亲戚问个遍心里才踏实。

"家先明年要回来了！你二梅姐现在身体不错，做了几次大手术，这腿走路啊比以前好很多，结了婚生了女儿，她那老公也腿不方便，但这孩子人品真不错，小生意做得也可以，关键对你二梅姐真心好，她们娘俩像是一个大女儿、一个小女儿似的，这样男人少有。

"或许你二梅姐真的是吃了太多苦，老天把这个男人赏给她做补偿的吧！"

"还有，你整日在外面跑来跑去，以后选对象，要多长个心眼，不要光看长得好不好，要慢慢了解，娘也不催你，这是你一辈子的幸福，选择老公要看人品，要像你姐夫、二梅姐老公这样的，你明白不?!"包小英看了看闺女继续说道。

静雅笑了笑，"妈，我还不想那么早结婚，结婚有了家庭就有了约束，我就不能到处走了。还好我大姐已经有了小欢欢，还住得近，这样，爸和你也不会孤单，我没有压力，只是我姐辛苦些。"

静雅说完，看了看一旁的静妹和小欢欢，舒心地笑了。

二　十　二

天气渐暖，田间的紫云英开花了，一丛丛的紫云英汇聚成花海，仿佛漫天紫霞洒落到了田间，紫白相间的小花朵清丽喜人，在风中轻轻摇曳着，北岸村一派美丽的田园风光。

家先出狱了，整整五年了，吴大梅和老公陈春林去接他回家。吴大奎与妻子田荷花老泪纵横，这些年吴大奎身体一直不好，心脏不舒服，医生说是心梗，不能干重活了，也要注意情绪平稳。吴大奎真担心等不到儿子回来的那一天，而今，他希望儿子改造出来后，能够改头换面，重新做人。

刚出狱回来的吴家先，有些不太适应，也不爱与人说话，因为这几年与外界隔绝，有些无所适从，"二进宫"回来后，总有人会对他指指点点，找工作也是非常困难。

曾和他一起玩的少年朋友，如今都已成家，30 来岁了，如果自己当年没有犯错误，现在也是成家立业有子女的人了吧！"勿以善小而不为，勿以恶小而为之"，自己走了弯路，毁了前程，如今，父母已是满头白发，父亲身体欠佳，依然要早出晚归种菜种瓜果，维持生活。

回到家的这些日子，吴家先看到这一幕幕，心里觉得辛酸和愧疚。

人生没有后悔药，但还可以重新做人，现在要好好把握机会奋发向上，才能对得起二老，还有替他操心的大姐、二姐。

考虑到吴家先年纪也不小了，从监狱里出来，找工作比较难，大梅觉得还是得拉兄弟一把，她帮吴家先开起了布艺分店，进货、销售、客源，一点点地带他熟悉业务。

经过前期的铺垫，走过夏天的淡季，吴家先的布艺分店慢慢有客户了。吴大梅和弟弟说明白："这分店起头不难，接下来怎么经营，要靠你自己了。"吴大梅懂得放手，男人得自己去闯。

吴家先变得勤快了，来货、卸货都会帮忙，他这少爷般的性子是从没干过这些活的。

看着布艺分店一天一天地壮大起来，吴大奎心里也踏实了。

深秋的清晨已有点凉，清晨的土地，着了昨夜的小雨，散发着湿润的水汽、泥土的气息，厚重绵长。

吴大奎和往常一样，总是早早地去田里忙碌，除草、间苗，年复一年、日复一日，仿佛不干点事情，浑身不舒服。

走在田埂上的吴大奎忽然感觉有些胸闷晕眩，早上起床时就有点这症状，他想想这段时间也没有太累，儿子回来后，人精神状态还不错，医生提醒过："如果有不适，要平躺，要就医"，应该不会像医生说的那么严重吧。

不知轻重的吴大奎，一阵胸闷，心像是被螺丝钉拧紧了一样，不能呼吸，眼前一黑晕眩了过去，从田埂上摔了下去。

另一个田头的邻居吴建友发现了吴大奎，见吴大奎脸色发紫，他懂点心肺复苏，在一系列慌乱的操作中，吴大奎终于吐了一口气，吴建友赶紧找人用拖拉机把他送到医院急救，瘦弱的吴大奎脑袋上摔了个洞，因失血过多，进了抢救室，医生通知家属需要大量输血。

吴大梅、吴二梅、吴家先赶到医院，田荷花和三个子女都去验了血，吴大奎是 O 型血，田荷花是 B 型血，大梅、二梅是 O 型血，可吴家先的是 A 型血，吴家先顿时傻愣在那儿，田荷花像是被抽了魂似的，瘫痪在那儿。

吴大奎血是输上了，可人太虚弱了，一直在昏迷中，田荷花坐在吴大奎面前泣不成声，这个在她心里面藏了三十多年的秘密，如今是包不住了，田荷花越想越伤心。

那是三十多年前，吴大奎出海打鱼的日子，村里的老光棍吴大权欺负、占有了她，她哭喊过，挣扎过，可是这事万一闹大了，被村里人都知道了，她该怎么活？她天天咒吴大权早点死，吴大权前几年还真的一命呜呼了，田荷花以为这事从此了结了，谁知道大奎出了事，家先这孩子血型对不上，屈辱的往事又涌上心头，田荷花心里如针扎一般刺痛。

吴大奎醒了，但医生说病情并不乐观，吴大奎知道自己是回光返照，他知道，大梅和二梅献了很多的血，他想和田荷花说些什么。

子女们都退了出去，田荷花泣不成声。"花……这事有人讲过，被我骂过，已不重要了，这事不要对外讲，就随我带到棺材去，让家先好好做人……"

田荷花看吴大奎脸色不对，大声喊门口的子女，大梅、二梅、家先冲了进来，吴大奎最后望了一眼几个子女和女婿，咽了气。

吴家先的心结未打开，医生给了他一个解释："父亲是 O 型血，母亲是 B 型血，却生出了 A 型血的儿子，是当父亲的红细胞表面 H 抗原缺失的情况下，有可能基因型包含 A 基因，但未形成抗原，若母亲的基因型又是 BO，儿子的基因一半来自父亲，一半来自母亲，就会出现基因型为 AO，最终体现为 A 型血，父亲的 O 型血其实是孟买型，孩子存在与父母血型不匹配的几率 。"

吴家先释然。

田荷花听完后，泣不成声，跪倒在地上。

医生治病、救人，更懂人情人性的光亮。

二 十 三

办完吴大奎的丧事后，田荷花仍像丢了魂似的，与吴大奎生活几十年，他忽然离世，让她无所适从，她总感觉吴大奎还在田头，她常常坐在院子里的藤椅上，觉得吴大奎拐个弯马上到家了，她还没能接受吴大奎不在了，孤独、冷清、失落席卷着她。

大梅、二梅想接她过去住，可田荷花不愿意。也许，只有时间能让她从悲伤中慢慢走出来。

吴静勋自参军以来，离开家乡已有三年多了，终于有了一次回家探亲的机会，虽然只有半个月的时间，但静勋按捺不住内心的激动和喜悦，前几天还给家里去了电报，想到明天就要起程了，他兴奋得一夜未眠。家里的亲人一直在为自己担心，时刻牵挂着，他也盼望着自己能早日回家探亲。

经过两天两夜的路程，第三天快要天黑时，静勋从县城步行了十多公里，终于到了北岸村，这时，吴大柱、包小英、静姝、静娴，一家人早已等候在村口，当静勋出现在村口时，母亲和两位姐姐喜极而泣。吴静勋黑了，身体变结实了，褪去了稚嫩，俨然是一个成熟、稳重的男子汉了。静勋和她们紧紧拥抱在一起，热泪盈眶，三年多来，他太想亲人了。

北岸村的夜晚一片宁静，但是吴静勋的回来划破了这份宁静，吴大柱的院子里来了很多亲人和乡亲，田荷花、吴二柱、吴小柱，吴来祥和吴家先也来了，亲戚们围坐在一起，还有从小看着吴静勋长大的邻居们，都来瞧瞧这孩子，嘘寒问暖，大家有说有笑，家里好久没有如此热闹了。

北岸村所有的人都知道吴静勋回来了，以前的同学、发小，都来看望吴静勋，大家约好一同去看望高中的老师。年纪相仿的发小让静勋讲讲部队是如何演练打仗的。

探亲前，部队首长专门对吴静勋进行了保密教育，他丝毫不能违规。

这三年多来，吴静勋在部队特别能吃苦，考上大学的几个战友，都从海哨兵调为了前线陆地兵，军令如山，他们毫不犹豫地服从。当然，他最担心的还是父母亲，在刚调成陆地兵的那段时间里，静勋听姐姐静姝说了，父母是吃不好、睡不好，在家就等着他来信报平安。

假期在亲人们的问候中终于静了下来，静勋难得一个人出去到北岸村的田头走走。三月的北岸村仍是春天，潮湿的空气里飘荡着诱人的小草清香，静勋尽情地吮吸着这春天的气息，这是故乡的味道。

田野里，时不时地飘来泥土的芳香，放眼望去，满眼都是嫩绿的麦苗，一直延伸到遥远的地平线。村里的长辈扛着锄头，在田埂上走来，余晖映照着他们黝黑的脸庞和沧桑的身影。

田埂旁边的树上和草地里，有几只嬉戏的小鸟，静勋想起儿时与发小们追赶着鸟儿嬉戏，常常天黑了才知道回家。北岸河仍是清清亮亮的，河水打着回旋静静地流淌着，清澈的河面上映着树的倒影，也仿佛映照着一群孩童在水边玩耍的模样。

黄昏的炊烟缓缓升腾，与灰色的暮霭相融交织，房屋、树林和田野仿佛笼罩了一层薄纱，浓淡有致，故乡如同静勋梦里无数次出现的模样。在部队的日子，故乡是他心里的根，而他又即将远行。

回家探亲的日子总是开心的，一家人在院子里闲坐，父母、姐姐、姐夫，还有可爱的小欢欢聪明、淘气，学着静勋走路敬礼的模样，一家人欢笑不已。

然而，假期很快就要结束了，静勋开始收拾行囊，这次回去后，部队可能又有新的任务，不知道自己何时才能再回来。

吴大柱的风湿病越来越重，不下雨还好些。这几天他总是不说话，脸上没有了静勋刚回来时的喜悦，静勋心里明白，这是父亲以他的方式，做无言的告别，他不像母亲千叮咛、万嘱咐。"儿行千里母担忧"，母亲时不时问这个准备了没有、那个准备了没有，仿佛整个家让儿子带上，她才放心。

临走的那天清晨，一家人送静勋到村口，二叔吴二柱、小叔吴小柱也来了。静勋托付姐姐静姝和姐夫陈成志照管父母，他知道，现在只有他们在父母身边，照顾着父母。静勋辞别亲人，像回来时那样，拥抱了亲人，回来是相聚，而今天是别离，亲人的眼里满含珍重。

吴大柱借了一辆农用拖拉机，亲自送儿子去镇上坐车，拖拉机，一直"突、突、突"地响着，吴大柱想说什么，又觉得儿子听不见，欲言又止，千言万语淹没在拖拉机的响声里。

北岸村的那条路，慢慢变细、变远，吴静勋告别了父亲，告别了北岸村，带着亲人的嘱托，带着浓浓的亲情和乡情，返回了部队。

二 十 四

夏至，稻谷生长，天气逐渐炎热，北岸村晴空万里，白云朵朵，空气清新甜润。

潘大海终于回来了，他进监狱时，儿子才一岁多，如今儿子已七岁了，孩子腼腆地喊着"爸爸"，潘大海眼眶湿润，在儿子成长的这几年里，作为父亲，他感到愧疚。如果当时不为了十几元和三轮车夫计较，也不会进监狱，一时冲动，代价是沉重的。如今一家人总算团聚了。

吴二柱满心欢喜，吴来祥回来后，也改邪归正创了业，不管赚多赚少，只要走正道，他已心满意足，现在女婿回来了，一家人总算是大团圆了。

这几年吴二柱一直把女儿外孙带在身边照顾，日子总算是熬出头了。

吴静勋回到部队后，有了新的任务，这么多年在部队，他军事技术过硬，晋升为副班长，不久，在指导员的推荐下，被选为特种兵。

特种兵不是一般的士兵，须经过层层选拔和考核，吴静勋被派遣到北京特警队进行培训学习，他们是肩负特殊使命的特种部队队员，都是百里挑一的军中精英。要想成为一名合格的特种兵，在作战中必须具有不畏艰苦、英勇战斗的精神，在执行任务中永远以国家利益为重不怕牺牲。

特战队员的训练是艰苦的，普通人坚持一天都很难。

每天早上 5 点起床，进行负重 20 公斤 5 公里越野训练，然后拉单杠，来回穿越铁丝网，还有拉力器、臂力棒，接下来就是抗暴晒的形体训练。每隔一周还要来一次 25 公里负重越野行军训练，一个月有一次野外生存训练。一名特战队员不仅要学会射击、格斗和爆破技术，学会攀登和跳伞，学会警戒、侦察、营救等技能，还要掌握一些疾病的防治，可食野生动植物的辨别知识，掌握预定作战地域语言、风俗等，这些没有较好的文化水平和理解力是难以实现的。

通过这些入门条件考核后，后面还有更严酷的训练，有淘汰的可能。

像穿越雷区，攀登高山跳伞，穿行 10 多公里的泥潭，等等。

还有一项特别关键的技能就是侦探技能，要学会潜伏监听，捕获俘虏。

像机动技能的训练，驾驶各种车辆就不用说了，重要的是须熟练地排除出现的各种故障，培养机动车设备及武器出现问题时快速解决的应激能力。

这些严酷的训练，队员中也有练不下去的，但是他们相互鼓劲，不畏艰苦，这身军装都是他们最初的梦想，他们相互抱团取暖，训练的日子一起扛了过来，他们成了好战友、好兄弟。

通过考核后，吴静勋和队友们被分配到各自的岗位上去。

吴静勋思维敏捷，考核成绩优秀，被分配到边境缉毒组，缉毒工作十分危险，与毒贩打交道，就是与死神打交道，吴静勋没有迟疑，服从了组织的安排。

毒贩，是一些为谋取暴利不择手段的亡命之徒，在云南边境执行任务一年，吴静勋没有告诉任何亲人，他不想让父母、亲人们担心。

边境缉毒的工作比想象中还要复杂，毒贩们狡猾、阴险，玩的就是一条命，有时子弹就在耳边滑过，没有经过特种部队严酷训练的一般人不可能参与如此危险的行动。

在这里执行任务的队员们，除了缉毒，还要检查边境物防措施，消除辖区内的漏洞和隐患，杜绝跨境违法犯罪活动。

尽管工作危机重重，但西南边境是个非常美丽的地方，这里有傣族、景颇族、德昂族等少数民族，是"天然森林公园"和"动植物王国"，群山俊逸灵秀，民族风采浓厚。

在吴静勋心里，他只有一愿望，就是任务胜利完成，回军校继续深造学习。

二 十 五

转眼已到小雪节气，雨水增多，天空变得灰蒙蒙，气温骤然下降，薄薄的冰雪，浮在北岸村的土地上。

菜园里的越冬蔬菜基本上收割完了，此刻也是农闲时节，但村民们是闲不住的，挨家挨户都会腌些咸菜，做些年糕，等天气变好时，再晒些腊肉、干鱼肉，人们习惯要备足这些食物，过冬心里才踏实。

也是每到这个季节，吴大柱的风湿就越发严重，走不了路，痛得睡不好觉，偶尔做梦，就会梦到儿子静勋抓罪犯与罪犯搏斗的场面。儿子已一个月没写信回来了，吴大柱想着自己日渐虚弱的身体，盼着儿子早日来信。

外面下着雪子，"啪、啪、啪"地打在屋檐上，静姝和女婿刚回去，他们送来了一些中草药，让他泡脚缓解风湿疼痛。

静娴工作后，就住到了单位附近，她有了男朋友，两方家长已见过面，准备明年给他们办喜事，女儿静雅很优秀，吴大柱很是欣慰。

二女儿静雅还是到处跑，设计的服装获得很多奖项，这孩子独立好强的性格，能照顾好自己，也知道自己要什么。如今三个孩子在外面，身边只有静姝和成志，这两个孩子很孝顺，自己身体不好时，两人三天两头往家里跑，吴大柱知足了，几个孩子都已工作，生活也越来越好。

天越来越冷，冬夜呵气如烟，北岸村路边的柳树上，树挂散发着银光。吴大柱在妻子的搀扶下，泡完中药，双脚感觉到暖意，渐渐入睡。

深夜，吴大柱感觉喉咙被人掐住一样，喘不过气来，他一次次地挣扎，用力喊叫，他想伸起手，但双手发麻，不管怎么使尽劲儿，他都翻不了身，他仿佛听到儿子在喊他："爹、爹……"吴大柱感觉自己快断气了……接着，猛地从床上惊起。

　　包小英亮起油灯，吴大柱的喊声惊醒了她，她心里一阵不安。

　　吴大柱满身冷汗，尽管只是一个梦，但吴大柱的心里像有很多针在扎一样，他感到心在绞痛，难道是儿子遇到了什么危险？

　　天刚蒙蒙亮，寒气袭人，主任吴大春一早来到吴大柱家，神色凝重地说："大柱啊！静勋在出勤执行任务时，出了点意外，被接回在北京医院，你们先别着急，得有个亲人去趟北京……"

　　吴大柱心里打了寒战，他想起昨晚的梦，他尽量地克制自己，"儿子一定不会有事的，不会有事的……"

　　作为母亲的包小英，没法冷静，语气颤抖："吴主任，您说实话，静勋他怎么样了？"

　　吴大春回不了话。

　　吴大柱双腿已不能行走，包小英一直在屋里啰唆着。

　　接到通知的吴静姝，顾不上还在学校上课的陈成志，把孩子托给亲戚，一个人就出发了，她强烈地压抑自己的不安，她相信弟弟一定会没事。

　　吴静姝到了北京，是部队安排车接的，一位姓戴的首长接见了吴静姝，他语气缓慢地说着："静勋家属你好！我们万分悲痛地告诉您，吴静勋同志在执行任务时，为保护国家财产和队员，不幸中弹，伤势严重，未能抢救过来，牺牲了，他是为祖国、为人民而英勇献身的，他是英雄。"

首长后面讲些什么，吴静姝已听不见了，她瘫坐在了地上，"我弟弟现在在哪儿？我要见他！"

　　冬雪一片一片落下来，静悄悄的，像是上苍无声地哭泣。

　　吴静勋安静地躺在那儿，面容端庄。

　　吴静姝泪如雨下，她颤抖的双手捧着吴静勋的脸，"弟！你哪里疼，告诉姐姐，好不好，姐姐背你回家，弟啊！这里冷啊！你起来好不好，你热爱的军装，你要继续穿下去啊！你最听姐的话了，你起来，我们回家好不好，弟啊！你起来啊……"

　　吴静姝悲伤过度，晕了过去……

　　吴静勋被评定为烈士，记一等功，追认为优秀中国共产党党员。举行了烈士回归仪式后，吴静勋的骨灰在吴静姝的护送下回归故里。

　　电报已发给北岸镇，也通知了家属，吴大柱和包小英因悲伤过度，已根本无法下地，镇里领导带来了应急医生。

　　北岸镇的村民们听说烈士骨灰回家的消息，自发聚集在一起，来送烈士最后一程。乡亲们一直跟着车队，缓缓前行。

　　吴静勋的骨灰被安放在烈士陵园，静姝、静雅、静娴三个姐姐泣不成声，每个人都伤心落泪，他们低头默哀，为英雄送上崇高的敬意。

二 十 六

　　鹅毛般的大雪飘满了大地，平缓的坡上，涓涓的泉边，北岸村白茫茫一片，寒风萧瑟中，吴大柱使出了全身的力气，他一步一步来到了烈士墓园，雪缓缓落下，静勋最喜欢下雪，这雪一定是他对故乡冬日深深的惦记。

　　吴大柱一遍遍地擦拭着儿子的墓碑，他坐在墓碑前，手里捧着儿子的荣誉证书，一坐就是两小时。雪漫过他的脚背，他的双脚已冻得无法站立，也无法行走。

　　吴静姝和陈成志赶到了烈士墓园，吴大柱弯着背坐在墓碑前，头发上、身上落满了雪，静姝泪如雨下，陈成志走近吴大柱，"爹啊！您还有我们，我们回家。"陈成志流着泪水，把吴大柱背下山去。

　　吴大柱一病不起，不喝药，不吃食物，躺了半个月后，口吐鲜血，咽了气，离开了他辛苦操持的人间，留下一屋子亲人悲痛的哭声。

　　吴大柱太想念静勋了，儿子的离开，像是一把匕首插在他的心上，他不能动弹，动一下有如撕心裂肺。而今，他终于释放了这不能动弹的躯体，没有了痛苦，朝着儿子走去。

　　家里失去两个亲人，吴静姝消瘦了一圈，自己不能消沉，膝下有儿，上有老母，她得撑着。

　　母亲包小英一直卧躺着，昏昏沉沉，偶尔清醒一会儿，三姐妹怕母亲身体挺不住，轮流守在母亲床前，吴静姝流着泪水对母亲说道："娘啊，爹去陪静勋了，他们一定会好好的，静雅和静娴还未成家，您要想想往后的日子，她们以后成家，我们需要娘在啊！需要您在啊！您要挺住！"

　　在三姐妹的相守下，包小英渐渐缓过来，她觉得自己再走了，这三个女娃就没有了父母，她得要振作起来。

　　雪，像鹅毛般漫天飘洒，这是北岸村几十年来下得最大的一场雪，它盖满了屋顶，填白了马路，压弯了树枝，隐没了物体的轮廓，北岸山被裹成了银白色，与北岸村融成了一体。

吴静姝最近一直住在娘家，北岸镇常有工作人员来关怀问候烈士家属。

吴大柱去世后，吴二柱经常带儿子吴来祥来探望，会带些农作物，帮着清理院子，修缮篱笆，静姝觉得，这是二叔对父亲感恩的方式。

院子里枇杷树被雪包裹，风一吹，雪如花瓣似的落下。静姝想起小时候的冬天，姐弟四人一起在院里堆雪人、打雪仗，弟弟的笑声犹在耳边，想起弟弟和父亲，吴静姝泪如雨下，睁不开双眼。

北岸河上，吴小柱穿着蓑衣、戴着斗笠，心无旁骛，独自在寒冷的河面上垂钓，雪纷纷飘落，他满身的积雪不曾抖动一下，他痴迷上了钓鱼，他似乎在垂钓着他这一生起起落落的回忆。

雪似乎下得太久，但春的脚步依然会来，北岸村在等待着雪的融化、春的来临。

和煦的阳光洒满大地，村里的老人们蹒跚着踱出院外，挤在一起絮叨着去年冬的往事。

春终于来了，万物复苏，北岸山开始绿油油的，也许是经历了冬雪的滋润，映山红开得格外灿烂，一朵朵，一簇簇，紧紧相依，在阳光的照射下，如同火红的朝霞，焕发着勃勃生机。

悲痛随时间慢慢过去，静娴的婚事，推迟了一年，三闺女出嫁，包小英心里高兴，家里挂了红灯笼，贴了彩纸，亲戚和邻居们在院子里帮忙，你一言、我一语，家里又充满了喜气。静雅也找到了结婚对象，带着未婚夫回家了。静姝怀了二胎，挺着肚子在给妹妹整理喜糖包，再过三个月，又有小生命降临，包小英觉得所有难挨的日子都已撑过来了。

迎亲队伍来了，鞭炮声从村口一直响到了家门口，看热闹的邻居们也跟到了门口，新郎一路分着喜糖。长辈吴二柱、吴小柱，还有陈成志、吴家先、吴来祥都迎候在门口，举行了仪式，吃过汤圆，穿着红旗袍的静娴，在热闹的鞭炮声中出嫁了。

包小英望着女儿的迎亲车队，亲戚们都来了，她眼眶湿润，觉得大柱和静勋在天上，也在开心地看着。

吴静姝朝母亲走去，她扶着母亲的肩膀，灿烂的阳光照耀在她们身上。

北岸的映山红年年绽放，北岸的河静静地流淌，北岸村的人在大自然壮阔的山河里走过，一代又一代的酸甜苦辣，在这里演绎着动人的故事。

（终）